新　潮　文　庫

3652

伊坂幸太郎エッセイ集

伊坂幸太郎著

10250

3652

目次

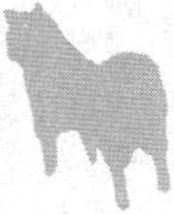

2004年

2005年

2006年

2007年

2008年

2009年

2010年

2011年

2012年

2015年

Bonus track

3652

伊坂幸太郎エッセイ集

2000年

幾▼1つもの映像や文章に影響を受け、そして現在《いま》

僕に影響を与えた言葉やメッセージが無数にある。そのうちの幾つか。

たとえば、『絵とは何か』というタイトルの本。

十代のころ父からもらった本だ。帯にこうある。

「人の一生は、一回かぎりである。しかも短い。その一生を〝想像力〟にぶち込めたら、こんな幸福な生き方はないと思う」

この非常に魅力的で無責任な言葉に、僕は唆《そそのか》された。

たとえば、映画監督マイク・リーのインタビュー記事。

エンディングがいつも乱暴に終わりますね、と質問されて、「観客は映画を観《み》ながら旅に出るんだ。ただ、ある時点が来ると映画は『さあ、きみは旅に出た。わたしたちはここに残るが、きみはその

▼1『オーデュボンの祈り』が刊行される前、新潮ミステリー倶楽部《クラブ》賞を受賞してすぐのころに書いたエッセイです。
初めての仕事の依頼だったので、「ゲラってなんのことですか？」と公募ガイドの方に電話で訊《たず》ねた記憶があります。すごく丁寧に教えてくれました。このエッセイをしっかり書くことができなければ、もう次の仕事がないかもしれない、と思って、何か趣向

まま先へ行ってくれ』と告げる」と答えていた。そうだ、僕はまさにそのような小説が書きたいのだ、と気が付いた。

たとえば、賞の応募要項。

書きたい小説を好き勝手に完成させたはいいものの、どの賞へ応募すべきだろうかと悩んでいた僕の目に飛び込んできたのが、選考委員である奥泉光《おくいずみひかる》さんの言葉▼2だった。「そこにある言葉を読み進むこと自体が快楽を生むかどうか」とあった。そうだよな、そうだよな、小説というのは本来そういうものだよな、と自分の技術は棚に上げて、僕は嬉《うれ》しく感じた。

たとえば、賞の選評。

馳星周《はせせいしゅう》さんがかなり挑戦的な選評▼3を書いているのを発見した。「新人賞の選考委員を務めさせてもらったが、総じて退屈だった」と。そうか、それなら自分が送ってやろうじゃないか、僕は見事にその気にさせられた。

オリジナルな物語を作りたい、そう願いながらも、僕は幾つもの映像や文章に影響を受けている。これからもきっとそうだろう。で

がないといけないのでは？　といろいろ「引用」したんですよね。以降もエッセイの際には、何か趣向を凝らさなくては、という気持ちは強いです。

▼2ミステリー倶楽部賞の応募要項にあった言葉です。

▼3これはミステリー倶楽部賞の選評ですね。「送ってやろう」とかすごく偉そうですけど（笑）、素人《しろうと》時代なんてこんな感じです。この十年で一番自信があっ

きることならば、それらを反対に飲み込んでしまうくらいの小説を作り出したい。

そうたくらむのはきっと自由だ。

〈賞と顔〉「公募ガイド」二〇〇〇年十二月号

た頃ですね（笑）。

2001年

▼1キャラメルコーン

▼2父と僕とはそれほど歳《とし》が離れているわけでもなく、どちらかと言えば年上の友人に近い。父への手紙を書くことは照れくさいが、父のことを手紙に書くことはできるかもしれない。友人を紹介するようにだ。

父は行動する人である。

「今できることはすぐにやるべきだ」とよく言った。服にこぼれたスープの染《し》みを布巾《ふきん》ですばやく拭《ふ》き取り、「すぐやれば大抵のことはどうにかなる」と言ったりもした。

実行力と判断力に優れ、正義感が人一倍強い彼は、何の変化も起きない平穏で優雅な毎日よりも、ちょっとした騒動や事件が起きた時の方が生き生きとしていた。

▼1デビュー前、サントリーミステリー大賞で最終候補に残った時、僕の作品を読んでくれていた編集者さんが依頼してくれたんですよね。こうやって仕事の注文がこなければ、おしまいなんだなと怖くなった記憶があります。これはたぶん、歌っぽくしたかったんですよね。「僕が子供の頃からそうだった。今でもきっと変わっていないだろう」がサビの部分で。

▼2失敗したのは、

たとえば自分の店で突発的なトラブルが発生したり、もしくは周囲に困っている人間が現われたりすると、それまでぼんやりと競馬新聞を広げて、来るはずのない穴馬たちに赤線を引っ張っていたのが、途端に背筋がしゃんとなり、顔が引き締まり、不意の指導者のようになって行動をはじめるのである。

僕が子供の頃からそうだった。今でもきっと変わっていないだろう。

父は善意の人である。

「自分のことばかり考えてると人は離れていくものなんだ」とよく言った。子供の頃、一緒に風呂《ふろ》に入ると、湯をかき混ぜてみせ、「ほらな、自分のほうにばかりお湯を集めようとすると、逆に、はねかえって向こうへ行ってしまうだろう」と言ったりもした。

思えば、父が自分の利益のために走りまわっている姿を見たことがない。自分以外の誰かを喜ばせているときが一番幸せのようにも見えた。

彼は他人のために尽力し、場合によってはわずかなお金を使うこ

これを読むと父が好人物にみえてしまうところですよね（笑）。実家には、父が書いた「十訓」が壁に飾ってありました。一度更新されて「新十訓」に改められたんですが、たとえば、「趣味を持て。でないと老後がつらくなる」といったような人生訓が書いてあるんです。父は、いまだに、無趣味で、実際、つらそうです（笑）。

ともあり、その結果、相手に裏切られたりすると、不意の鬱病《うつびょう》に罹《かか》ったようにうなだれてしまうのである。

僕が子供の頃からそうだった。今でもきっと変わっていないだろう。

父は正義の人である。

「間違っていることは間違っていると誰かが言わなくてはいけないんだ」とよく言った。

たとえば人間の無知につけこもうとする輩《やから》が現われたり、もしくは権力を持った何らかの組織が弱者に対して横暴なことをはじめると、血相を変えて怒り出したりもした。

彼は何の影響力も持っていないが、何もせずに泣き寝入りをすることは堪えがたいのかもしれない。

ただ、父の力が発揮できるような状況がそうそうあるわけもなく、大抵は、キャラメルコーンに入っているはずのピーナッツの量が袋の写真イメージと異なると言って立ち上がり、「俺はみんなのために闘うんだ」とばかりに抗議の電話をかけたりする、その程度のこ

▼3 コーンだけがいい、という人もいるんですよね。どっちが多数派なのか、気になります。

とになってしまうのである。

僕が子供の頃からそうだった。今でもきっと変わっていないだろう。

〈父への手紙〉「オール讀物」二〇〇一年三月号

ハードボイルド作家が人を救う話

五年前の一月、僕はパーティ会場に突っ立っていた。悲しいというより呆然《ぼうぜん》としていた。

ミステリー新人賞の公開選考の終わった後だった。[▼1] 選考委員から散々な評価と厳しい指摘を受けた僕の小説は当然のように受賞にはいたらず、記者会見や取材とも無関係だったので、付き添いで案内をしてくれる広告代理店の担当の方とその部屋にいち早く移動していた。誰もいないパーティ会場は広々としていて、とても静かだった。酒もろくに飲めない僕は居場所にも困り、入口近くで立っていた。

選考委員の言葉を思い返していた。かなり落ち込んでいたと思う。自分の好きな箇所ばかりが、「良くない」と指摘されたのだから自

▼1 今から十九年前に、「悪党たちが目にしみる」が第13回サントリーミステリー大賞の最終候補に残ったときの選考会ですね。選考会の途中から、もう書くのをやめようと思っていたんです。でも、付き添いの広告代理店の方が、結果が出たあとに「僕は一番面白いと思いました。また書いてくださいね」と言ってくれて、とても励みになりました。

分が小説を書く意味などないなと考えていた。

そんな時にどっと会場に人が流れ込んで来た。今でも覚えている。賑《にぎ》やかな人の声や足音が急に流れ込んで来て、あっという間に僕は取り残された。

で、肩を叩《たた》かれたのだ。

選考委員の一人だった北方謙三《きたかたけんぞう》さんが、編集者たちと一緒に会場に慌《あわ》ただしく入ってきて、ちょうど入口隅のところにいた僕の肩を叩いた。「後で、俺のところに来い。話をしよう」

実際に話をしてくれた。「とにかくたくさん書け。何千枚も書け」「踏んづけられて、批判されても書け」「もっとシンプルな話がきっといい」▼2
おそらく若い小説書きがいたら北方さんはいつもこんな風に励ますのだろう。明日になったら僕のことなど忘れているだろう。そう思いながらも救われた気分だった。

いや、それ以外にも会場では編集者の方や付き添いの方に温かい言葉をいただき、励まされた。ただ、やはりあの時の北方さんの

▼2この時の、北方さんの言葉に勇気づけられました。代理店の方と北方さんのおかげで、「よし、明日からまた書こう」と本心から思えたんですよね。ふたりは恩人だと今でも

「俺のところに来い」がなければ、僕はまた小説を書こうとはしなかったはずだ。

　結局、僕は小説を書きつづけ、幸いなことに最近本を一冊出版していただくことができたが、そうでなくとも小説を書く喜びを失わずに済み、今も次の小説を書いている。

〈すぽっとらいと〉「週刊小説」二〇〇一年五月十一日号

思っています。後日、北方さんにお会いしたとき、やっぱり、「よく覚えていないけど、そういうことをよく言うから俺は」とおっしゃっていました（笑）。そういうところがまたいいですね。ただ、ここで、「シンプルな話を書け」と言われたのに、デビュー作の『オーデュボンの祈り』は、「カカシが喋《しゃべ》る話」ですからね。微妙に、教えを守っていないような（笑）。

2002年

健康療法マニア ▼1

父は健康療法マニアだ。▼2そう言うと、父は怒るかもしれない。「そうやって俺を馬鹿《ばか》にするから、俺の体調は良くならないのだ」と。

けれど「マニア」には多分、「病的な」という意味合いが含まれているのだから、「健康療法」と「マニア」はさほど取り合わせが悪いとも思えない。

「八十以上はあるんじゃないか」と父は言った。試してみた民間療法の数だ。

父は長い間、原因不明の体調不良に悩まされている。おそらく十年以上だろう。で、それを治すために健康療法をはじめた。

どんなものを試してみたか訊《たず》▼3ねてみると、いろいろと出てきた。

▼1このエッセイは、勤めていた会社を辞めた直後に書いたものです。担当編集者たちにも、退職したことは数年間秘密にしていました。心配をかけるのが、嫌だったんです。

▼2あまり意識的ではないのですが、父のことを書くことが多いんです。まあ、ようするにネタになる逸話をたくさん持っているからなんですが。どうも母はそこが悔しいようです（笑）。

まずは身体《からだ》に良いとされる食べ物やジュースからはじまり、通信販売などで手に入る各種健康グッズにも手を出したらしい。

気功、座禅も。これはなかなか素晴らしい体験だった、と父は言う。

上海《シャンハイ》で会った素晴らしい気功師のことを話してくれた。そのお坊さんは父を見るなり、父の身体の悪い場所や症状をずばりずばりと言い当てた。

父は感動した。縋《すが》る思いだったらしい。

「どうすれば治るのでしょうか？」と訊ねたと言う。

すると、その気功師は「『西遊記』を読みなさい」とそれだけ。▼4
禅問答じゃないんだから、と思いながらも結局は父は『西遊記』を読んだらしい。このあたりは立派だと思う。

もう一度、その気功師に会いに行き「『西遊記』を読んだが治らないのですが」と言うと、今度は「座禅をしなさい」と言われたそうだ。

その他にも様々な健康療法に手を出していった。

▼3このときは父に、試したことがある療法の一覧をメールで送ってもらったんです。

▼4まさか数年後に『SOSの猿』を書くことになるとは思ってもいなかったです。

断食《だんじき》道場、写経、仏壇の購入、墓地の購入、旅行、マッサージ、波動治療、窒素療法、リラクゼーション療法、自律訓練法、霊視、吹き矢健康法、巡礼「秩父《ちちぶ》三十四箇所巡り」「四国八十八箇所巡り」、マイナスイオン布団《ぶとん》、チューブを身体に巻く健康法、先祖供養《くよう》、ウォーキング、免疫力《めんえきりょく》向上カイロプラクティック、ノーパン健康法、カウンセリング、腹式呼吸健康法、落語、ゲルマニウム療法、般若《はんにゃ》心経《しんぎょう》、音楽療法、温泉を飲む療法などなど。

簡単に列挙してもらってもこれくらいだ。聞いても意味の分からないものが幾つかあった。「吹き矢健康法」というのは有名なのだろうか。

いまだに父の体調は治っていない。と言うよりも健康になってしまったら、この健康療法の探求▼5ができなくなってしまうのだから、きっと無意識に健康になるのを恐れているのかもしれない。

最近、父は、「生きていくのが一番健康に良くない」と困ったように笑った。なるほど、そうかもしれないな、と僕は思わず感心した。

〈マニアック！〉「小説現代」二〇〇二年五月号

▼5 以前、父が気功ツアーのようなものから帰ってきた後、呼吸法を教えてやる、と手書きメモを読み上げながら指導してくれたんですけど、途中で「あっ、違うこれ。幽体離脱のやり方だった」と頁《ページ》をめくり直していて。危うく宙に浮かぶところでした（笑）。

アメリカンコーヒーゲーム

喫茶店の入り口で僕は、▼1バスケットボールのことを思い出していた。十代の時の部活動のことをだ。▼2フリースローを順番に行うという練習をよくやった。一人ずつシュートをして、誰かが失敗をするまで続ける。何人連続で成功するかを競うのだ。長く続けば続くほどいい。ただ、「記録を途切れさせたらどうしよう」というプレッシャーもだんだんに強くなっていくので、厄介だった。意外に僕は、そういう緊張感を、集中力に変えるコツをつかんでいて失敗が少なかった。試合には出られなかったくせに。

で、今、僕は喫茶店のレジの前で同じような気分になっている。十人近くの客がずいぶん前から並んでいるのだけれど、先ほどから誰も彼もが、同じ注文を繰り返しているのだ。

▼1 中学校の時はバスケ部でした。当時『スラムダンク』があればもっと熱心に練習していたと思うんですけど（笑）。スポーツマンガといえば『キャプテン翼』で、バスケを扱っていたのは『ダッシュ勝平《かっぺい》』くらいだったはずです。

▼2 緊張しやすいタイプなんです。でも、自分はフリースロー

「お次のお客様のご注文は?」

「アメリカンコーヒー」

「お次のお客様のご注文は?」

「アメリカンコーヒー」

このやり取りがリズミカルに五人ほど続いていた。実に心地よかった。

ああ、これはあの時のフリースローと同じだな、とすぐに分かった。一人一人が失敗をせず、ルールを守り、行為を繋《つな》げていくという意味では、あのシュート練習と同じに思えた。世の中には時折、こういうゲームが予告なしに現われる。

この場合、正しい行動とはすなわち、「アメリカンコーヒー」の一言を発声することだ。僕は完璧《かんぺき》に状況を把握していた、と思う。番が来る。緊張感はなかった。僕は迷うことなく、「アメリカンコーヒー」を注文する。役割を終えた充足感を味わいながら、レジの脇《わき》にある砂糖に手をやる。

そこで僕の後ろの女性が一歩前に出た。


が得意なんだと、自己暗示ができるようになってから、うまくいくようになりました。

「お次のお客様のご注文は？」

「ホットココアで」

失敗した選手の顔をしげしげと眺めないくらいの礼儀は僕にもあった。自分のカップを受け取りながら、小さく舌打ちをしただけだった。僕は涼しい顔をしたまま、しかし内心では「ミスしやがって」と呟《つぶや》き、店内を進んだ。「気にすることはない、次回、頑張ればいいんですよ」と心の中で相手を励ます余裕もあった。▼3

〈オン・ステージ〉「月刊J－novel」二〇〇二年十二月号

▼3これは、朝早い時間に、仕事をするために行った喫茶店での出来事です。『陽気なギャングが地球を回す』や『重力ピエロ』の追い込みをやっていたときだと思います。会社も辞めていて、ほかに行く場所もなく、エッセイのネタを拾う場所といえば、喫茶店でした。専業作家になったばかりで、正直、毎日不安だった頃です。このエッセイは、とても気に入っているんです。まあ、実際に、舌打ちはしなかったと思いますけど（笑）。

2003年

B型とセガールとヨーグルト

某月某日

　喫茶店で休んでいると、隣の席で、婦人たちが一人の中年男性を囲んでいた。どうやら、男性は中途採用で新しくやってきた営業社員らしくて、彼女たちは先輩に当たるようだった。うまくやっていけますかねえ、と言う男性に対して、婦人たちは「あなたはB型▼1だから平気よ。血液型がB型の人はね、へこたれないから営業が得意な人、多いのよ」と妙な励まし方をしていた。そんな理由で決めつけていいのかよ、と僕は内心首をひねっていたが、「あははは、そうですかねえ」と軽快に応対している男性を見ていると、確かに、心配ないのかもしれない。

　その隣で、『白昼堂々』▼2（結城《ゆうき》昌治著・角川文庫）を読んでいた。ス

▼1 僕もB型です。でも、子どものときから何となく、B型というものに抵抗があって（笑）、いわゆるB型的な性格から離れよう、と必死だった気がします。だから、血液型の話は大人になるまで苦手でした。ちなみに、自分がB型だから、茶化しても許されるかな、と思って『マリアビートル』の檸檬《レモン》をB型にしました（笑）。

リの名人だった中年男が、村ぐるみの集団万引き団を作って、活躍する話。仲間がドジを踏んだ時のための積み立て金があったり、専属の弁護士がいたり、なじみのベテラン刑事との駆け引きがあったりで、とても楽しい。世の中には重大で逼迫《ひっぱく》した問題がたくさんあるけれど、そういうものと関わらなくとも、小説の存在価値はあるのかもしれないな、と何だか嬉《うれ》しくなる。

しかもあとがきの最後に、次のような文があり、感動してしまう。きっと結城昌治はこの本がとても好きだったんだろうな。

――さらば、ドロボウ諸氏よ。

私は彼らとの別れが辛《つら》い。

▼2『ラッシュライフ』を読んでいるときに結城さんの小説を思い出した、という池上冬樹さんの書評があって、読んでみたんですよね。

某月某日

朝から『青梅雨《あおつゆ》』（永井龍男《たつお》著・新潮文庫）を読む。恥ずかしいことに、今まで読んでいなかったのだ。淡々としたお話の中に、唐突に現われるユーモアがとても心地いい。「電報」という短編のラストには大笑い。「▼3最後のオチが愛《いと》しい本」というジャンルを勝手に作って、それに認定した。井《い》伏《ぶせ》鱒二《ますじ》「ジョセフと女子大学生」と、岩館《いわだて》真理子のマンガ「まだ八月の美術館」も同じ仲間に入る。こういうお話を読んで「それがどうかしたの」と言うような人とはあまり友達になりたくないかも。完成度や評価は分からないけれど、同じユーモア感覚を持つ仲間を見つけたような、嬉しい気分になった。これを書いていた時、この作者すごく楽しかっただろうな。

つづけて、遅ればせながら『THE END』（真《ま》鍋《なべ》昌平《しょうへい》著・講談社）第四巻をめくった。壮大な話になるものだと思い込んでいたのに、何か事情でもあったのだろうか、突然、最終巻ということになっていてびっくりする。不気味さと恰好《かっこ》よさの混じった独特の絵と、奇妙なお話は魅力的だったので、とても残念。ただ、それにしても、この終わり方は結構凄《すご》いかも。十代の時に読んでいたら、僕はきっと胸が一杯になって、何日か学校に行きたくなくなっていたかもしれない。絶望的なのに、どこか不思議な爽快《そうかい》さがある。

小説や映画がいまだに「泣けるものが良いもの」という風潮から

▼3くだらないけど、愛しい。そんなオチの話が好きなんです。僕の小説にも、意味はないし、くだらないオチのものがあります（笑）。「ジョセフ～」とか未読の方はぜひ読んでほしいです。

抜けきれていない中で、マンガはすでに「泣けないけど、感動できる」というものを普通に受け入れているのかな、と偉そうなことを考えてしまう。偉そうなのは良くないな、とすぐに反省する。

某月某日

車でラジオを聴いていたら[4]「それでは、次の曲はスティーブン・セガールさんからのリクエストです」と流れてきて、本気でびっくりする。しばらくしてから、そうか、こういうラジオへの投稿は実名でなくてもいいんだな、と気づく。何だ、本人じゃないのか。[5]

『A2』（森達也・安岡卓治共著・現代書館）を読み終える。オウム信者を追ったドキュメンタリー映画「A」の続編「A2」。その撮影内容やエピソードが書かれている。とても面白い。オウム信者と住民との対立がクローズアップされていて、もちろんそれはそれで興味深いのだけど、もっと普遍的なことを教えてもらった気分になる。正義感や、押しつけがましい問題提起とは無関係だ。「何かを断定するのには覚悟が必要で、その覚悟を持たないで軽々しく物事を決

▼4 ラジオは、ほとんど聴いてこなかったんですよね。ラジオ文化とは縁遠くて。たぶん、早寝早起きだったからですかね（笑）。

▼5 このセガールさんと、次の森さんの話が、全然つながっていませんね（笑）。森さんとは、このエッセイを書いたあと、山形国際ドキュメンタリー映画祭で初めてお会いしたんです。その会場で、森さん

めつけている人が多いんじゃないかな」そう言われている気持ちになった。

　この著者の本は、超能力やオウム、放送禁止歌など、題材は異なっていてもいずれも面白い。作者のスタンスが変わらないからだろう、とずっと感じていたのだけれど、今回、さらにその思いを強くした。あとがきのおしまいのほうに、こういう言葉が書かれていて、とても幸せな気持ちになる。

「世界はもっと豊かだし人はもっと優しい」

某月某日

テレビをつけると、ある国が核関連施設の封印を取り外した、だとか、来年の国民の生活はますます厳しくなります、だとか、暗くなるようなニュースばかりやっている。なるほどこれは、僕たちの気を引き締めるために、わざと憂鬱《ゆううつ》な情報ばかり流しているに違いない、▼6と思うことにした。

　妻がカスピ海ヨーグルトというものをもらってきた。どうやら、

が『少林《しょうりん》サッカー』を、ものすごく険しい顔でご覧になっていたんですよ。きっと気に入らないんだろうな、怒っているんだろうなとそのときは思いました。二次会の場で会ったので、訊《たず》ねたら「良かったよねえ。感動して、泣いちゃった」っておっしゃって(笑)。いい人だなあ、と改めて思いました。

世間ではとっくに流行《はや》っているものらしいが、とにかく我が家には初上陸。放っておくとヨーグルトが増える、というのは不思議だ。無から有を作り出すような、金のなる木を手に入れてしまったような、そんな勘違いまでする。

近いうちに戦争が起きるかもしれませんと脅してくるニュース番組を横目に、とりあえずは、妻と一緒にヨーグルトのことを考えることにする。

〈bookmark〉「小説現代」二〇〇三年二月号

▼6 ヨーグルトを死なせてはならない！という使命感で、しばらくの間、絶やさないように作り続けました。

映画館は平和だ

ああ、またですか。映画館に途中入場してくる客がいて、僕は溜《た》め息をつきます。

若い男女のようです。デートですか。遅刻したのに、そんなに堂々と入ってくるなんて、法律に違反しそうな気がしますが、平気ですか?

しかもよりによって、僕の前の座席にやってくるなんて、いやあ、感激です。一期《いちご》一会《いちえ》ですからね。とにかく、早く座ってください。

あ、帽子▼1を脱いでくれませんか。そのてっぺんにある飾りが邪魔で、字幕が見えないんですよ。そうです、そうです、そうやって取ってくれると助かります。って、何ですか、その寝癖。髪が天に向かって、伸びてますよ。怒髪天を衝《つ》くのは、僕のほうですよ。やっ

▼1 別の日に『マトリックス』を観《み》にいったとき、「こりゃあ、後ろに座る人は気の毒だなあ」と一目で思うくらい、髪の毛をぐるぐるに高く巻き上げてる女の人が一番前の席にいたんです。僕は館内の後ろの方の席に座っていました。早く映画が始まらないかなと思いつつ、俯《うつむ》いて靴のズレを直し、

ぱり帽子、かぶり直してもらっていいですか？

　と思っていると今度は、後ろの座席で、がさごそと音が聞こえてきます。コンビニの袋ですか。あ、ほら、スクリーンではとても綺《き》麗《れい》な景色が映っていますよ。静まり返った、美しいシーンじゃないですか。がさがさ、ばりばり。いやあ、あなたがお菓子を食べる音、臨場感がありますねえ。映画の音なんてほとんど聞こえませんよ。あなたに会えて本当に良かったです。

　さらには、斜め前に座っている婦人が突然、喋《しゃべ》りはじめました。隣の男性に、「何でトランシーバーを使わないの？　何で？」と言っています。かなり離れている僕のところにまで、はっきり届いているんですから、大した声ですね。

　確かに映画の中では、主人公が敵から逃げ、味方に連絡を取ろうと必死です。

「トランシーバー使えばいいのに」婦人がまた言います。

　主人公がトランシーバーを利用しないのが、よほど納得がいかないんですね。さっきまで持ってましたもんね。


はっと顔を上げたら、僕の目の前の席に、その女性が移動してきていて、仰天しました。運よく、横の席があいていたので、事なきを得ましたが、「さっき、前にいたじゃん！　なぜだ！」と心の中で叫びました。

　帽子も気になりますよね。アフロとかも。映画館で、いろんな意味で座高の高い人に出会うと、はみ出ている部分をチェーンソーで切っていく、レザーフェイスみたいな殺人鬼をいつも思い浮かべてしまうんです。もし

でも、わざわざ今、訊ねる必要はないんじゃないですか？　違います？　家に帰ってから、じっくり検討すればいいじゃないですか。それとも、ここ、自宅ですか？

それにですよ、ずばり言っちゃいますが、ついさっき、トランシーバーが壊れる場面が映っていたじゃないですか。はっきりと。もしかして、観てなかったんですか？　トランシーバーは使えないんですってば。

感動的な映画なので[2]、しだいに観客の啜《すす》り泣きが聞こえてきます。ああ、僕も泣きそうです。別の理由でですけど。

〈腹立ち日記〉「小説新潮」二〇〇三年五月号

本当に出てきたら怖い、と思いながら(笑)。いつか、小説に登場させてみたいです。

▼2 この映画は『エネミー・ライン』でした。

言葉の壁

専門用語というものが苦手だ、という人がいます。僕がそうです。自分の知らない言葉を、平然と使われてしまうと、爪弾《つまはじ》きにあったような気分になりますし、理由もなく劣等感すら覚えてしまうのです。みんなが知っている言葉を使ってくれればいいのに、と思ったりするのですが、よく考えてみると、この「みんな」が曲者《くせもの》なのかもしれません。

十年ほど前、関東の田舎町から仙台へやってきた僕の前には、「いずい」▼1という未知なる言葉が、立ちふさがりました。

「その『いずい』ってどういう意味なの？」「『いずい』とは『いずい』としか言いようのない感覚なんだよ」「みんなが知っている言葉で言ってくれよ」「『いずい』は、みんなが知ってるんだって」

▼1 仙台で方言の話をしたら、一番最初に出てくるってくらい、「いずい」は有名な言葉です。最初に、「間違えて弟のパンツを穿《は》いた感じだよ」と教えられました。「がおる」や「いきなり」も、とまどいました。「がおる」は、「ガオ」という音があるから、元気がある感じかと思いきや、めちゃめちゃへばった、という意味で、「いきなり」は、「突然」という意味のほかに、

説明を求めても、このように意地悪としか思えない言葉が返ってくるばかりで、はじめのうちはかなり困惑したのを覚えています。ああ、なるほど、不気味な暗号で僕を戸惑わせ、追い返そうとしているんだな、と不安になったくらいです。

　仕方がなくて、その言葉の使われる場面や文脈をじっくり観察しました。今では、「たぶん、しっくりこない、という意味なのかな」と見当をつけ、僕自身も頻繁に使うようになっていますが、もし今、よそからやってきた誰かが意味を訊《たず》ねてきたら、僕は笑いをこらえ、とても残念そうに、「これは『いずい』としか言いようがないのですよ」と説明してやろうと思っています。

　そう言えば、こういう話を聞いたことがあります。

　両親の実家は信州なのですが、そちらの地域では「つもい」「まえで」という方言があるようなのです。前者は「きつい」、後者は「前」という意味にあたるらしいのですが、ある時、そこの地元企業が、販売しているプリンターの取扱説明書に次のような記述をしたそうです。

「とても」とか「いっぱい」のようにも使うんですよね。実際に声に出すときには「いぎなし」みたいになるみたいですけど。会社勤めをしているときに、プリンターの前に立っていると、先輩から、「いぎなし出っから、気をつけて」といわれ、いきなり紙が出てきたら怖い、と思って身構えたんですけど、沢山出るよ、という意味だったみたいで。「標準語だよ」と言い張る先輩と一緒に辞書を引いて、方言であることを確認しました。

3652

「つもい場合には、まえでのレバーを回してください」とか何とかそんなふうに。▼2

おそらく作成者たちにしてみれば、「みんな」が知っている言葉ですので、違和感はなかったのでしょうが、全国からの問い合わせが相次いだようです。「つもい場合ってどういうケースですか？」「まえでのレバーってどれですか？」

いっそのこと、「それは専門用語ですよ。え、知らないんですか？」と強気に押し通してしまえば、次第に業界内で定着して、そのまま全国へ広がった可能性もあるのかもしれないな、言葉ってそういうものかもな、と思うのですが、どうなんでしょうか。

河北新報（朝刊）二〇〇三年五月十二日付

▼2 親戚《しんせき》の人に聞いた話ですが、もしかしたら有名なエピソードなのかもしれませんね。

自由な席

英語が苦手です。学校教育のおかげで、それなりに読み書きはできるのですが、実践的な、話を聞いたり、しゃべったり、ということに関してはまるで駄目なのです。そのため、英語に苦労している人を見かけると、自分の仲間を見つけた気分になり、うれしいような、ほっとしたような気持ちにもなります。先日、▼1こんなことがありました。東京駅のみどりの窓口で、僕の前に外国人のお客さんが並んでいたのです。彼はどうやら日本語がしゃべれないようで、しかも、駅員さんも英語は苦手らしく、切符を購入するのに、かなり手間取っていました。英語に堪能《たんのう》だったら通訳を買って出るのですが、あいにく僕はそうではないので、やり取りを見ていることしかできません。

▼1『重力ピエロ』が出た直後、取材か何かで東京に行ったときに目撃したエピソードです。この話は気にいっていて、いろんなところで喋っています（笑）。ある担当編集者にこの話をしたら、次の日くらいに「早速、ネタとして使いました」とメールがきました。

しばらくすると、駅員さんがこう言いました。「リザーブシート オア　ええと」

「指定席か、それとも自由席か？」と質問をしたかったのでしょう。ただ、「自由席」を英語で何と言うのか思い出せなかったようで、駅員さんは「ええと」と言ったきり、無言になってしまいました。たぶん、「自由席」は「Non-reserved」と言うのでしょうが、僕にはそれを伝える勇気はありませんでした。三十秒ほどたったでしょうか。駅員の顔がぱっと明るくなりました。「ああ、ようやく思い出したのだな」と思ったのですが、駅員の口からは、予想外の言葉が飛び出しました。

「フリーダム？」「リザーブ　オア　フリーダム？」と訊ねたのです。

フリーダム？　いや、たしかに「フリーダム」は「自由」という意味なんでしょうが、少し違うのではないでしょうか。外国人のほうも不思議そうな顔で、▼2「フリーダム？」と聞き返したりしています。まさか、こんなところで「自由か？」と訊《き》かれるとは、思ってもいなかったのかもしれません。

▼2「フリーダム？」と訊ねられた外国人の方が、本当に驚いた顔をしていたのが印象深いです。声が裏返っていました。それで、僕の前に並んでいた男性が英語を話せるようで、あわててフォローに入っていました。最後まで確認できなかったんですが、きっと、なんとかなったんだと思います。僕は今も、英語は、あんまり得意ではないんです。

フリーダム、と言ったら、とても魅力的な座席に聞こえるじゃないですか。そう訊ねられたら、「自由席」のほうを購入したくなるよな、と思いつつ、その駅員さんが自分の仲間のように感じられたのでした。

河北新報（朝刊）二〇〇三年五月十九日付

ごきげんよう

あの虫が嫌いだ、という人がいます[1]。あの虫、つまり黒光りしてかさかさと素早く動く、三億年も前から地球にいる、あの虫のことです。あれを見かけただけで、この世の終わりが来たかのような気分になる人がいます。僕の妻がそうです。そして、新聞によればイラクのフセインさんも、あの虫が嫌いらしいです。

先日も台所にいた妻が、いつにない怯《おび》えた声で僕を呼んでいると思ったら、案の定、あの虫がいました。

名前がまた恐ろしいですね。口に出すと、その響きから恐怖が倍増してしまいます。「ごきげんよう、おひさしぶり」などと呼ぶことにしたらどうでしょうか[2]。最初の二文字と最後の二文字をつなげると、ちょうどあの虫の名前になりますし。

▼1 昔は仙台にはあまりいなかったらしく、仙台出身の会社の先輩は以前、東京にいったとき、あの虫を初めて見て、「なんだろう、この美しい虫は」と思ったそうです（笑）。最近はあの虫も北上してきているんですかね。

▼2 後に、「魔王」という作品を書いた時に、この名前の話を使いました。

どうにか僕はその虫を退治することに成功したのですが、その後で念には念を入れて、罠《わな》を仕掛けることにしました。敵はまだいるのかもしれませんからね。

ただ、妻が「その罠を回収するのがまた恐ろしいではないか」と主張するものですから、別のものを用意することにしました。

何と、最近のお店では「巣に殺虫剤を持ち帰らせて全滅させる」などという、考えようによってはひどく残酷な商品を売っているんですね。人間の身勝手さを感じながらも僕はそれを買い、設置しました。

が、使ってみるとこれが少々、物足りないということに気が付いたんです。だって設置したら後は待つだけで、効果があったのかどうか分からないんですから。本当に巣に持ち帰っているのか、虫にダメージを与えているのか、さっぱり分かりません。

そこで▼3閃《ひらめ》きました。うまくいった場合には音が鳴る、という仕組みがあったらどうでしょう。殺虫剤で虫が倒れるたびに「ピンポン」と鳴るのです。これはなかなか良い商品になるのではないでし

▼3あの虫をモデルにした超人を小説で書こうと思ったことがありました。人間と同じくらいの大きさで、正義のために戦っている、だけど皆から嫌われている、という悲しい超人です。でも、誰かすでに書いてそうですよね。筋肉むきむきでバズーカ砲を背負って、一〇〇メートル走のスタートのときのポーズで、万引きを防ぐためにコンビニの前にずっといる男、「クラウチング・マン」というのも思いついていて、それも封印された

ようか。さっそく妻にそのアイディアを話したのですが、「ピンポンピンポンものすごい数が聞こえてきたら恐ろしい」と相当、嫌な顔をされて一蹴《いっしゅう》されてしまいました。なるほど確かに恐ろしい。

河北新報（朝刊）二〇〇三年五月二十六日付

アイディアですね（笑）。

壁

世間的な評判は知りませんが、丸山健二という作家の『虹《にじ》よ、冒《ぼう》瀆《とく》の虹よ』という小説は、僕がとても好きな作品の一つです。追手から逃れるヤクザの（時代錯誤とも言える）物語なのですが、はっきりと覚えている印象的なシーンがあります。

突然、主人公の前に死神[1]が現われる場面です。「いいかげん命を寄こせ」と詰め寄ってくる死神はとても恐ろしいのですが、それに対して主人公がこう叫ぶのです。「何様のつもりだ！」

先日ふいに、この台詞《せりふ》を思い出しました。

「別冊東北学」[2]という雑誌をご存じでしょうか。東北の人々や文化にかかわるインタビューや対談、聞き書きで構成された雑誌です。年に二回、じっくりと丁寧に作られたこの雑誌は、毎回読み応《ごた》え

▼1「死神の精度」を書く前に、このエッセイを書いていたんですね。全く忘れていました。

▼2この雑誌を作っていた編集者さんたちが今は荒蝦夷《あらえみし》という会社を作り「仙台学」を出しています。その雑誌で、継続的にエッセイを書いて、一冊にまとめたのが『仙台ぐらし』です。二〇一五年に集英社で文庫化されます。

がある内容なのですが、最新号では「壁を超える」と題されて、差別の問題が取り上げられていました。

被差別部落の問題を中心にしたインタビューや対談が読みやすく興味深く、印象的な言葉がいくつかでてきて、何度かはっとさせられました。たとえば、ある人の「なんで差別されるんだろうと思いますよ。差別って客観的な理由がない。理由があったら教えてほしいくらいや」という言葉。

まったくそのとおり、と根が単純な僕はうなずいてしまいます。「根拠もなく、見下すなんて最低だ、僕は絶対にやらないぞ」と。けれど、さらに別の対談を読んでいると、今度は次のような言葉も出てきました。

「狩猟民の世界では動物と人間の関係は食うか食われるかであり、それが農耕文化になると、人間は動物を殺して食ってもいいが、動物は人間を殺してはいけないという関係を作り出した」

途端に、自分のことが言われているような気になり、居心地が悪くなります。そう言われてみれば、僕はためらいもなく殺虫スプレーを噴射するし、肉料理だって大好きです。きっと逆のことをやられたら、怒るでしょうし。

何だか、動物やら自然やら、そういうものから「何様のつもりだ！」と指をさされているような気分になってしまいました。

河北新報（朝刊）二〇〇三年六月二日付

連絡を待つ

五月、金曜日の夕方、僕は自分の携帯電話▼1が鳴るのを待っていました。

実は、去年書いて雑誌に掲載してもらった僕の短編ミステリーが、あるミステリー短編賞の候補▼2に残っていたのです。受賞しても落選しても連絡はくれる、との話だったので、選考会が始まる時間から一人で待機していました。

場所は、仙台市役所の「市民のへや」。いや、どうしてわざわざそんなところで待つことにしたのか、という理由は、説明をすると長くなってしまい、その割には面白くないので省略しますが、とにかく、市役所の一階で結果を待っていたわけです。

正直なところを言ってしまえば、受賞の期待が三割、落選の不安

▼1 本当はPHSだったんです。なんだか恥ずかしくて、つい携帯電話と書いてしまいました（笑）。

▼2「チルドレン」が日本推理作家協会賞の短編部門の候補になったときのことです。乙一《おついち》さん、笹《ささ》本稜平《もとりょうへい》さん、本多《ほんだ》孝《たか》好《よし》さん、舞城王太郎《まいじょうおうたろう》さんなど、僕が意識している作家たちが候補になっていたので、個人的にはすごく盛り上がっていました。

が七割というところでした。

時間帯のせいか、まわりには年配の方たちがお茶を啜りながら、テレビで相撲を観戦したりしています。

騒がしいわけではありませんが、静かというわけでもない場所なので、こんなところで電話に出ていいのだろうかとびくびくしながら、連絡があったときの受け答えの練習を頭の中でやったりしていました。

僕はあまり縁起をかつぐほうではありませんが、こういう時にはどんなことにも期待を込めてしまうらしく、お茶に茶柱でも立たないものか（市民のへやでは無料でお茶が飲めるのです）と何杯か汲《く》み直したりもしてしまいました。

そうこうしているうちに一時間、二時間とたち、市民のへやからも出ざるをえなくなり、そのまま妻と合流し、今度は喫茶店で時間を潰《つぶ》しはじめたのですが、そこでも電話はなかなか鳴りません。

ああこれはきっと連絡を忘れられたのではないかな、もしくは落選者には連絡がないのかな、と疑いはじめたころ、ようやく電話がぶるぶると震え出しました。

電話に出ると、相手はとても申し訳なさそうな声で、「今回は、受賞作はなし、となりました」と伝えてきました。残念です。落ち込むことはありませんでしたが、とりあえず、茶柱が立たなかったせいだな、と思うことにしました。▼3

河北新報（朝刊）二〇〇三年六月九日付

▼3 翌年、「死神の精度」で推協賞の短編賞をいただきました。同じく推協賞の長編部門の候補にもなっていた『重力ピエロ』の担当者と一緒に喫茶店で連絡を待っていたんです。僕がトイレにいったときに推協から電話があり、「死神」受賞、『重力』落選という結果を聞かされました。わくわくして待っている編集者の元に戻って、伝えたんですが、結果を知った彼は、悲しそうに、「おめでとうございます」と言ってくれました（笑）。

会いましょう▼1

小説の場面としては陳腐だけれど、現実に遭遇すると興味深い、そんな出来事があります。

つい先日のことです。喫茶店で休んでいると、目の前のテーブルに座っていた背広姿の男性のもとに、別の男性が近づいてきました。どちらも四十代くらいの年齢です。

「よ、サラリーマン」と声をかけてきたその男性の方は、頭に鉢巻きをしていて、会社勤めとしては軽装でした。

おお、と会社員の男性が返事をします。鉢巻きの男性はもう帰るところらしく、席に座る様子でもないのですが、お互いが、久しぶりの再会を喜んでいるのは、こちらにも伝わってきて、無関係の僕もうれしくなります。

▼1 実はこのエッセイ、書いたこと自体あんまり記憶に残っていないのですが、旧友同士の再会にすごく幸福な気持ちになったことは、覚えています。

学校時代の同級生か何かかな、それとも昔の仕事仲間かな、と勝手に想像をしてみました。

二人は最初のあいさつこそ調子が良かったものの、それ以降の会話はあまり弾まなくて、聞き耳を立てている僕の方がどぎまぎとしてしまいました。

「あ、そうだ。▼2名刺を渡しておくよ」と背広姿の男性が、ポケットに手を入れると、鉢巻きの男性が困った顔で「おれ、名刺ないんだよなあ」と笑いました。そのかわりに「電話番号を教えておくよ」と、マジックで連絡先を書いているようです。

「今度、飲みにいこうや」帰り際《ぎわ》に鉢巻きの男が言うと、座ったままの会社員男性も「ああ、そうだな」と答え、その雰囲気には、社交辞令のようなものは感じられなくて、悪くありませんでした。

「たださ」鉢巻きの男性が、大切なことを思い出したように付け足しました。「安いところで頼むよ。二千円とか、三千円とかさ」軽口にしては深刻な声で、会社員の方も「そうしよう、そうしよう」と笑って、うなずいています。

▼2 本多孝好さんと対談をしたときに、彼が名刺を配っているのをみて、いいなあ、間が持つなあと思って（笑）、僕も名刺を作ったんです。刊行された小説のタイトルも名刺に書いていました。新刊を出すたびに、新しい小説のタイトルを付け加えたものを増刷していました（笑）。いまはもう使っていません。

店から出て行く、鉢巻きの男性をぼんやりと眺めながら、僕は、「本当に一緒に飲みに行くのかなあ」「安い居酒屋があればいいなあ」と思ったりしましたが、余計なお世話ですね。

河北新報（朝刊）二〇〇三年六月十六日付

心を広く

とても狭量なんです、と告白をしてしまいます。

先日、古井由吉《よしきち》さんの傑作▼1『槿《あさがお》』という小説が文庫本で発売されていました。と、言いましても、もともとは二十年ほど前に出版された本のはずで、文庫本にも一度なっています。ただ、その後、市場からは消えて、品切れになっていました。僕はこれを、古本屋さんで入手した記憶があります。内容も素晴らしく、お気に入りの一冊ではあるのですが、それとともに、「今は手に入らないものを、持っている」という、優越感があったのも事実だったりします。

だから、今回、復刊されたのは悔しかったんです。これで、みんな買えちゃうじゃないか、と地団駄を踏みたくなったくらいです。

何と身勝手な、と叱《しか》られてしまうかもしれませんが、こういうこ

▼1『グラスホッパー』『マリアビートル』に出てくる殺し屋「槿」の名前は、この小説のタイトルが元になっています。

とに関して僕は、本当に心が狭いんです。お恥ずかしい。

映画でも同じです。自分の観《み》たい作品がなかなか上映されないと、「まだかな」とそわそわしているのですが、一度、観てしまうと今度は、「早く終わればいいのにな」と違う意味でそわそわしはじめます。「早く次の映画を上映してくれればいいのに」と口をとがらせたりします。まったく、心が狭い。

今年観た映画の中では、黒沢清▼2の『アカルイミライ』という作品が、特に気に入っているのですが、ついこのあいだこの映画が、フランスでのカンヌ映画祭というイベントに出品されました。

この映画祭ではコンクールのようなものがあり、最終的に優勝作品（のようなもの）を決めることになっています。受賞した作品はかなり話題になりますし、もう一度全国で凱旋《がいせん》上映されることも少なくありません。

ファン心理からすると当然「自分の好きな作品が受賞してほしい」と願うものなのでしょうが、僕の場合は「あれは僕の映画だ。誰にも見せたくない」という歪《ゆが》んだ愛情が先に立ってしまい、受賞

▼2黒沢さんとは二〇〇九年に対談することができました。『ラッシュライフ』などに出てくる僕の気に入っているキャラクター、泥棒の「黒澤《くろさわ》」の名前は、黒沢清さんの名字を拝借したものです。

しませんように、とこっそりお祈りをしたりします。うんざりするほどの、心の狭さです。▼3

結局、映画は賞の選考から漏れました。たぶん、僕のせいです。

河北新報（朝刊）二〇〇三年六月二十三日付

▼3 二〇一〇年のノーベル文学賞を受賞したバルガス＝リョサがすごく好きなんですが、受賞したことによってむかし高いお金を出して買った彼の本が復刊され、安く入手できるようになるのではないか、と悲しんでいます。狭量ですねえ（笑）。逆に、僕の好きなエルモア・レナードなんかは、新刊ではほとんど手に入らないので、復刊してくれればいいのにと思っていたりもします。僕の心の狭さは、複雑なんです（笑）。

町から戻り、本を読もう

先日、あるミュージシャン▼1の方にお会いして、話をする機会があったのですが、その時に彼がこう言っていたのが非常に印象的でした。「映画は、映像が嘘《うそ》っぽいと白けちゃうんだけど、小説だと自分で想像するから、何でもできるよね」

また、とある作家▼2さんは、「映像にできるならしてみろ、というくらいの気持ちで書いています」と言っていました。

僕自身は、小説を書くことについてまだまだ駆け出しなので、偉そうなことはまったく言えないのですが、でも、一読者として、小説は映画とはまったく違った喜びを与えてくれるのだ、と信じています。

別段、映画をライバル視しているわけではないのです（僕のふだ

▼1これは、ポルノグラフィティの晴一《はるいち》さんのことですね。『重力ピエロ』のプロモーションのためにラジオに出演したとき、お会いしました。無名の僕にも本当に優しくて、すごくありがたかったです。

▼2これは、本多孝好さんのことです。新刊を楽しみに待っている作家のひとりです。

んの楽しみは、▼3映画を観ることくらいですし）。

ただ、「本を読むくらいだったら、レンタルビデオを借りる」と若者に言われたりすると、「いや、そうじゃないんだ」と悲しくなったりもするのです。

最近、思うのですが、「映画と漫画」は映像を「見せてしまう」という点で同じジャンルですが、そういう意味で言うと、「小説」は「音楽」の仲間ではないでしょうか？

映像はないので、自分で想像するしかありません。言葉によってイメージが喚起されて、リズムやテンポを身体感覚で味わう、という点で、同じような気がします。書かれている（もしくは歌われている）テーマなんてどうでもいいんです。読んで（聴いて）、ああ気持ちよかった、と思えるものが最高なんじゃないでしょうか。

優しさは想像力だ、とはよく言います。▼4「世界中の人間が想像力を働かせれば、核兵器なんて一瞬にしてこの世から消える」という作家の言葉も、読んだことがあります。

見えているものだけを眺めているのも、それはそれで楽しいので

▼3このエッセイを書いた当時は、年に百本くらい劇場で映画を観ていたんですけれど、子供が生まれてから激減しましたね。

▼4この想像力についての言葉は、大江健三郎さんが、新聞でおっしゃっていたか、書かれていた記事のなかにあったような気がするんですが、違っていたら申し訳ありません。

すが、どうせならば、目には見えないものを想像してみるのも、悪くはないような気がします。

そういう意味では、携帯電話のメールなどは意外に想像力を刺激するのかもしれないな、と感じることもあるのですが、いやいや、メールもいいけれど、本も読んでみましょう。[▼5]

河北新報（朝刊）二〇〇三年六月三十日付

▼5 何だか無理やり、読書のススメみたいな言葉で結ばれていますけど、たぶん、エッセイの終わり方が分かんなくなっちゃったんでしょうね（笑）。

狂っちゃいないか?

時折、落ち込むことがあります。理由がはっきりしていることもありますし、漠然とした不安だけの場合もありますが、とにかく悶々《もんもん》と悩みはじめると、きりがありませんので、とりあえずそういう時は『狂っちゃいないぜ』のDVDを観ることにします。

マイク・ニューウェルのこの映画、話の筋はそんなに派手ではないんですよね。無理に派手にしようと努力した痕跡《こんせき》のようなものは見えるのですが、基本的にはのんびりとした話、だと僕は思っています。

観たことがない方もいるかもしれませんので、一応、粗筋を書きます。

「ジョン・キューザック演じる主人公は航空管制官をやっている。

▼1マイク・ニューウェルは好きな監督のひとりです。『フォー・ウェディング』とか、ジョニー・デップが出ているマフィアものの『フェイク』とかも大好きですね。『ハリー・ポッターと炎のゴブレット』も撮っているみたいなんですけど、それはまだ観ていません。

しかも、優秀（だと、自分でも思ってる）。で、その前に颯爽《さっそう》と現われた転校生、いや、航空管制官が、ビリー・ボブ・ソーントン。二人はお互いライバル心を剝《む》き出しにして、そのおかげで騒動が起きたり、不倫があったり、大変！」

文章で書くと、まあ、これだけなのですが、ストレスを抱えた航空管制官の大変さ（滑稽《こっけい》さ）や、存在感のある脇役《わきやく》たちが作るわいわいがやがやとした温かい雰囲気、それにアンジェリーナ・ジョリー▼2の不思議な魅力やら、素敵な部分は幾つもあります。

中でも、僕が一番、気に入っているのは後半の、ある場面です。主人公と転校生がいがみ合うとなれば、ラストはもちろん、二人で喧嘩《けんか》をして「おまえもやるなあ」と健闘を称《たた》え合い、熱い握手を交わすのが定番なのかもしれませんが、この映画も似たような展開を見せます。

ただ、この映画では殴り合いの喧嘩はやりません。拳銃《けんじゅう》の撃ち合いも、車による競走もありません。もっと単純なことで、分かり合うのです（別にもったいをつけるほどのことではないのですが、一応、観

▼2 確かこの映画で、ビリー・ボブ・ソーントンと、アンジェリーナ・ジョリーは知り合って、結婚したんだったと思います。とそんな話はぜんぜん関係ありませんね（笑）。

ていない人のために書きません)。

ほんの短いシーンなのですが、僕はこの場面を観ると、心の底から、愉快な気分になります。大袈裟《おおげさ》かもしれませんが、自分の悩みなんて馬鹿馬鹿《ばかばか》しいよな、とさえ思えてくるから不思議です。きっとこの爽快感は、小説ではうまく表現できないはずです。

この映画、ラストは少々お決まりのパターンになるのですが、ほのぼのとしていて、そこもまた素敵です。唯一《ゆいいつ》の欠点は、犬が出てこないことくらいですかね。

〈Café du Cinéma〉「小説すばる」二〇〇三年八月号

読んでいるだけで幸せな気分になりました。

こう言っては何ですが、表紙も題名も地味でしたし、作者の名前も聞いたことがありませんでした。敏腕記者ウェルズが主人公だとはかろうじて分かるのですが、それでは食指が動きません。おまけにシリーズ▼1の二作目だというのに、一作目は書店に置かれていませんでした。

たしか、たまたま読んだ解説▼2に、熱い言葉が並んでいて、それでふらふらとレジにこの本を持っていったような気がします。

読みはじめたとたんに惹《ひ》きつけられて、一気に読んだのをよく覚えています。とにかく、（決して、突飛ではないのに）登場人物たちに存在感があって、読んでいるだけで幸せな気分になりました。

シリーズ四作目が十年前に発売されて以降、ずっと新作を楽しみ

▼1このウェルズシリーズは、一作目より二作目の方が傑作だと僕は思っているので、もし興味を持たれた方は、ぜひ二作目から読んでみてください（笑）。僕もそうでしたから。

▼2僕は、解説を先に読んでから、その文庫本を買うかどうか判断することが多いんですよね。妻は逆に、解説を絶対に先に読まない派です。

にしていたのですが、先日、ある編集者さんの口から「ウェルズ全四作」とかいう言葉が出てきて、驚きました。そ、そうか、完結していたのか。

『幻の終わり』（キース・ピータースン　芹澤恵訳　創元推理文庫）

〈私の一冊〉「ミステリーズ！」二〇〇三年九月号

ＣＤ特等席

毎朝、ドトールコーヒー店に寄るのですが、最近、仙台市内の店舗では、九時から一時間、独自のラジオ放送をすることにしたようです。

先日、その放送中、このＣＤの曲が流れてきたので、「お」と思ってしまいました。ちょうど、その日、ウォークマンで聴いていたものだったからです。ＤＪが選曲したのでしょうが、予想もしなかった場所で耳にするのは、新鮮でした。

告白してしまえば僕は、リアルタイムの洋楽には本当に疎《うと》くて、どういう新人バンドが現われたのか、誰の新譜がいつ出るのか、そういうことをまるで知らないんです。ただ、この「マンドゥ・ディアオ」のＣＤは、試聴で気に入って、すぐに購入していました。

バンドのメンバーは若そうで、あんまり演奏が上手とは思えませんし、気取りも垣間見《かいまみ》えるし、参照しているのはビートルズやザ・フーなどの古典的な音楽だそうで（ここまで書いてきて、自分の小説の欠点をあげつらっている気分になってきました）、でも、勢いがあって、切実な焦燥感のようなものが滲《にじ》んでいるし、近頃大量に現われている、ロックバンドとは一味違う気がしました。このまま、十年くらい、同じ音楽をつづけていったら、相当、素敵なロックバンドになるんじゃないかな、という期待も感じさせてくれます。まあ、きっと、すぐに▼1解散しちゃうんでしょうね、どうせ。

話を▼2戻します。喫茶店を後にした僕は街をうろうろしてから、近所のレンタルビデオ店に立ち寄りました。すると、レジで電話中の▼3店員さんの口から、こんな声が聞こえてきたのです。

「マンドゥ・ディアオ、恰好《かっこ》いいんだよね」

面白い偶然に驚いてしまいました。喫茶店に引き続き、レンタルビデオ店でも、このバンドの名前を耳にするなんて。愉快に感じた

▼1 たぶん、まだ解散はしていないようですが、実は二枚目以降はあまり聴いていないんですよね。

▼2 当時、映画はほとんど妻と一緒に観ていたんですけれど、一人で観てもいいジャンルが三つだけあって（笑）、それがヤクザ映画、ホラー映画、ゴダールだったんですよね。会社を辞めてから、平日の昼間、喫茶店に仕事をしに行く途中や家に戻るときに、ラフな服装でこのレンタルビデオ店に通いつめ、その類《たぐい》の映画ばかり借りていまし

ので、ビデオを借りるついでにこう切り出してみました。

「僕もマンドゥ・ディアオ、好きなんですよ」

訝《いぶか》しがられるかな、と不安でしたが、店員さんはにこやかにこう応《こた》えてくれました。

「いやあ、実は僕、毎朝ＤＪをやってるんです。で、今朝も、そのＣＤを流したんです」

「え」僕は声が裏返った。「も、もしかして、あのコーヒー店で流れている番組ですか？」

なんと！　予想もしなかった展開です。ラジオ番組のＤＪと、こんなにすぐ、遭遇できるなんて。しかも、いつも利用しているレンタルビデオ店の店員さんだったとは。

「いつもラジオ聴いていますよ」僕がにやにやしながら言うと、店員さんが申し訳なさそうにこう言いました。

「伊坂さんですよね？」

「は？」

「本、読みましたよ。もしかして、そうかなあ、と前から思ってた

た。小さなお店だったのですが、ＤＶＤになっていないビデオがたくさんあって、ここは宝の山だ！という場所だったのですがいまはなくなってしまったんです。

▼3　これは、仙台在住の詩人、武田こうじさんのことです。あとで聞いたら、僕のことを、真昼間からよくお店に来て、しかも、ホラーとか借りていく少し怪しい人、と認識していたそうです。
　仙台の書店員の方から『重力ピエロ』を薦められ、僕の顔写真もどこかで見て、

んですけど」
「そ、そうなんですか」
小説でこういうことを書くと、「都合が良すぎる」とか批判されそうですが、でも、世の中（仙台は）というのは、狭いものなんですね。

武田さんもいつからか、怪しい人＝伊坂幸太郎かもしれない、と思っていたそうです。ただ店員の自分の方から声をかけることもできずにいたときに、この「都合が良すぎる」偶然が起こったんです。これ以来、映画や音楽など、いろいろな話をするようになりました。

『bring 'em in』MANDO DIAO「別册文藝春秋」二〇〇三年十一月号

一〇六人の作家《ひと》に聞きました。

「無人島に流されることになりました。私物を三つだけ持っていけます。
　なにを持って行きますか？」

・ドッグフード
・キャットフード
・きゅうり

「無人島」が実は、「人はいないけれど、犬はたくさんいる」などという叙述トリックだった時に備えて、ドッグフードを。加えて、死ぬまでに一度はドッグフードを食べてみたいと思っているのですが、機会と勇気がありません。無人島で遭難している時であれば、やれそうですし、他の人の理解も得られそうです。キャットフードも同様の理由で。きゅうりは嫌いなので、これを機会に克服できるかな、と。▼

〈発作的特別大アンケート〉「小説すばる」二〇〇三年十一月号

▼なにか面白いことを書かなきゃと思って書いたんですが、狙《ねら》いすぎの感じが漂っていて、失敗している気がしないでもないです（笑）。

他の方の回答を、すごく熱心に読んだことを覚えています。

叫ぶ、叫ぶとき、叫べば、叫べ

パンクロックというのは、叫ぶものなんだ、と思う。実際に大声を張り上げるわけではなくても、不満とか怒りとか、焦《あせ》りのようなものを、切迫感に駆られて、不器用に声を上げる。呟《つぶや》き声でも、それは叫んでるんだと思う。その切実さ、滑稽さが（これが重要）、僕はとても好きだ。

クラッシュのファーストアルバムとか、ルースターズの「シッティング・オン・ザ・フェンス」とか、チャーリー・パーカーとか、そういうものはみんなパンクだと僕は思うのだけれど（思うのは勝手だから）、それらを初めて耳にした時は、理屈や知識は抜きにして、「あ」と思い、「やばい、いいかも」とにやにやした。「これはいいぞ」という予感があった。

実は、大江健三郎の『叫び声』▼1を読んだ時も、似たような感じだったのを覚えている（内容はほとんど覚えていない）。

告白してしまえば僕は、大学に入るまで「大江健三郎」という作家の存在を知らなかった。これは、とても恥ずかしいことかもしれないけれど、実際、そうだったのだから仕方がない。

そもそも十代の頃、僕のまわりには、本を日常的に読んでいる友人は少なくて（大江慎也▼2は話題に上っても、健三郎という名前は誰も口にしなかったと思う）、今のようにインターネットのような手軽な交流ツールはなかったし、僕には、未知の作家の情報を得る手段はほとんどなかった。読書量自体が貧弱だったこともある。

出会ったのは、大学に入学して、少し経《た》ってからだ。

大学構内にある書店で、たまたま、『叫び声』を発見した。

平台にあったのか棚差しになっていたのか、どうして講談社文芸文庫なんていう高価な文庫に手を伸ばしたのか、そのあたりは今となっては判然としないのだけれど、とにかく買った。

でもきっと、『叫び声』という題名に、滑稽に喚《わめ》きつづけるパン

▼1『叫び声』は本当に好きです。当時も今も、大江さんはパンクです。

▼2大江慎也さんはずっと好きです。この両大江は、僕の中ではとても大事な偉人ですから、いつか小説に、「大江」という名前の人物を出したいと思っているんですが、実現できていません。大事な役で使いたいんですけれど。

クロッカーの切迫感や可愛《かわい》らしさ、そういうものがあると期待したのではないかな、とは思う。

家に帰って、さっそく読んだ。

そしてすぐに、「あ」と思い、「やばい、いいかも」とにやにやした。

確か、出だしのほうで、「僕らはその僕らの車を、フランス風にジャギュアと呼んで、他のすべてのジャガーと区別していた」という文があって、「そういう感覚は馬鹿馬鹿しくて、いいなあ」と気に入ってしまったのだ。

いつの間にかのめり込んでいた。

不気味な、うねうねとした文章は気持ちが良かったし、若者たちが、下らないことに慌《あわ》てたり、焦ったり、必要以上の不安や不満を抱えて、右往左往しているのには共感できたし、エロティシズムや単なる「セックス」とは違う、不穏でファニーな「性」の取り扱い方も、僕には新鮮だった。

読み終わった僕は、「こりゃいい」と感激し、しかも無知で単純なものだから、「この『新人』作家は僕が発見した、僕のものだ」と思い込み、すぐさま、次の本を買い求めに向かった。

もちろん、文庫の解説を読めば、大江健三郎が「知らない」と口に出したら笑われるくらいに有名な作家で、ずいぶんたくさん作品も出していて、有名な賞を幾つも受けていることは分かったのだけれど、構わなかった（パンクと権威は相反するものに思えたので、受賞歴については、見なかったことにした）。僕は学者でも評論家でもないし、仙台のアパートのこたつに入った、ただの学生だったので、細かいことは関係がなかったのだ。「これは僕の発見した作家だ」と決めた。

そうしてそれから、十日ほど、▼3原付バイクで大学に行っては、大江健三郎の本を一冊買い、家に帰って読み終わってはまた原付バイクに乗って、という生活をした。

つまり乱暴に言ってしまえば（厳密には違うけれど）、僕が大江健三郎の小説を読んだのは、人生のうちで、その▼4十日間だけ、ということになる。だから、あんまり偉そうなことは言えないのだけれど、

▼3学生時代、大学から原付で十分くらいのところに住んでいました。冬でも、原付で通学していて、一度、思いっきりこけたことがあります。雪のクッションのおかげで、ひどい怪我《けが》をせずにすみました。

▼4大江さんの本を買って一人暮らしをしていた家に戻り、無音の部屋でときどきお菓子を口にしながら、読む。読み終えたら大学に行き、本を買ってから家に帰って読む。その繰り返しの十日間でした。大学生のころ、部屋にこもってひと

でも、その十日間は楽しかった。

読書が好きになったのはそれからかもしれない。「小説も音楽も似てるんだなあ」と思えるようになった。

その作品の意味とか意義とか、どんでん返しとかトリックとか、試験に出る「作者の言いたいこと」とかいうのとは関係なく、読んで楽しめばいいんだな、と当たり前のことに気づくことができた。▼5英語がまったく聞き取れなくても、恰好いい音楽は恰好いいのと一緒だな、と。

で、今も僕は、「やばい、いいかも」とにやにやしたくて、急《せ》きたててくるような叫び声が聞きたくて、本を買いに行く。そして、いつか僕も、叫び声を上げたいな、と思っている（でも、そんなことを小賢《こざか》しく頭で考えているような人の叫び声は、あまり恰好よくない、とも知っているのだけれど）。

〈私を変えたこの一冊〉「小説トリッパー」二〇〇三年冬季号

りの作家の本を読みふけったのは、大江さんの他には、北方謙三さんですね。

▼5大学入試の前にウンベルト・エーコの『薔薇《ばら》の名前』を買っていて、入学したあとに読むぞと決めていたんですが、大学の授業で美学の先生にネタをばらされて、相当ショックを受けました。ショックというか、怒りでしたね（笑）。それでも、雪の降る日に『薔薇の名前』を部屋にこもって読みました。ネタを知っていても、とても面白かったです。

私の隠し玉

いろいろな人に感謝をしていたら、一年経ってしまった、という気がします。

正直なところ、出来上がるのかどうか自信はないのですが、これから書く予定の話を並べてみます。

『グラスホッパー』

殺し屋たちの話。

『砂漠』

学生と超能力とパンクロックと麻雀《マージヤン》の話。

両方とも仮題です。
それから、「小説現代」で掲載させてもらっている短編が、本に[1]なるかもしれません。連作と言いますか、シリーズものと言いますか、とにかく気[2]に入っている話ばかりなので、読んでもらえれば幸いです。

「このミステリーがすごい！」二〇〇四年版

▼1これは、『チルドレン』のことです。
▼2『チルドレン』も『グラスホッパー』も『砂漠』もほんとうに気に入っている作品ですね。このころは、本になる、ということを想定せずに、自分の好きな話を無邪気にひとつひとつ書いていました。

2004年

猿で、赤面▼1

猿のせいで赤面したことがあります。それも二度も。

一度目は、チンパンジーに関することです。実は去年、僕は自分の小説のために、「遺伝子」のことを調べたのですが、その時に、ある有名な豆知識に出会いました。「チンパンジーと人間の遺伝子は二パーセントしか違わない」というやつです。どの本を読んでもそう書いてあるので、これは面白い、と僕は、友人に会うたびに、「実はさ、チンパンジーとヒトの遺伝子はね……」と、とうとうと説明していました。

ところがです。数カ月前、新聞に、「チンパンジーと人間では、実際の遺伝子は一五パーセントも違う」というようなことが載っていて、驚きました。僕は今まで自慢げに吹聴《ふいちょう》していたことに顔を赤

▼1 親しい記者の方が、ある日仙台にいらして「お土産を持ってきました」と大きい箱と小さい箱を僕の前に出し「どっちがいいですか」と僕に訊《たず》ねてきたんですよね。僕も、舌切り雀《すずめ》の話は知っていますから、「小さいつづら」がいいだろう、と小さい方を選んだら、入れ子みたいになっていて、開けても開けても小さい箱が出てくるんです。なんだこれ、と一番小さい箱を開け

らめ、大慌《おおあわ》てで友人たちに訂正する羽目になったのです。すると彼らは、たいていがっかりして、「本気にして損をした」という顔になりました（たぶん、みんなどこかで、わずか二パーセントの違い、という神秘を信じたかったのでしょう）。とにかく僕は、あれは猿に赤恥をかかされたのだ、と思うことにしています。

二度目は、孫悟空《そんごくう》です。あの、『西遊記』の孫悟空のせいで、恥をかきました。

松島のほうへと妻とドライブに行った時のことですが、細い山道を走っていると、小さな駐車場が目に入りました。そのまま横を通過しようとしたのですが、その時に、ぎょっとしてしまいました。一番端の駐車スペースに「孫悟空専用」の札が掛かっていたのです。「そ、孫悟空がこんなところに出現するのか」と僕は驚き、彼の操るキントウ雲がその場所に着陸する情景を想像し、感激に震えました。

すぐに、隣にいる妻にそのことを伝えたのですが、彼女の答えはいたって冷静でした。「隣に、『孫悟空』っていうラーメン屋がある

たらなかにエッセイの依頼が入っていて（笑）。当時は、基本的にエッセイはすべてお断りしようと思っていたんですが、つい笑ってしまって「じゃあ、やります」と言ったんですよね。これ以来、毎年僕を悩ませることになる「干支《えと》エッセイ」の第一弾がこれです（笑）。

だけだよ」なるほど。

と、ここまで書いて原稿を担当記者に送ると、すぐに電話がかかってきました。てっきり誉《ほ》めてくれるのかと思ったのですが、違いました。「伊坂さん、孫悟空の雲は、キントウ雲ではなくて、キント雲ですよ。まずいですよ。これ、常識です」

え、と青褪《あおざ》めて、手元の辞書▼2をひっくり返すと、確かに「キント雲」となっています。あまりに恥ずかしく、紅潮した顔を覆《おお》うほかありません。ああ、またやられました。三度目です。

〈サル・申・猿エッセー〉中日新聞（夕刊）二〇〇四年一月九日付

▼2この頃は父からもらった広辞苑《こうじえん》を使っていました。喫茶店に仕事をしにいくときにも袋に入れて持っていっていたんですが、重いんですよねえ。「いつものくださ い」と注文すればコーヒーと広辞苑が出てくるようなメニューがあればいいのにと、本気で思っていました。

▼読書亡羊

読書亡羊、という四字熟語が好きです。よく覚えていないのですが、「物事に熱中するあまり、肝心なことを忘れる」とか、そういう意味合いだったと思います。どこかの羊飼いが読書に夢中になって、羊を見失ったのでしょう。その情景を想像するだけで、楽しくなります。

広大な緑の土地に、白い羊たちが草を食《は》んでいる。たぶん季節は、春か初夏で、羊飼いは見晴らしのいい場所に腰かけている。はじめのうちこそ彼も、羊を監視しているのだけれど、そのうちに持っている本のことが気になって、ページをめくりはじめる。そのとたん、物語に引き込まれ、時間はどんどん過ぎていく。しばらくしてはっと顔を上げると、羊が消えている。「あ、やばい」

▼これは、図書館から依頼をいただいて書いたエッセイです。最初この言葉は、読書ばかりしていたら、羊がいなくなるから、本ばかり読んでいちゃだめだぞ、気をつけろよ、という意味だと思い込んでいましたが、調べてみたら全然違っていて、驚きました。

羊飼いが羊を見失うほど、面白い小説。そういう本に僕も、出会いたいと思っています。できるならば、いつか自分でも書ければいいな、そう願ってもいます。

「ことばのうみ　宮城県図書館だより」二〇〇四年一月号

また、っていつだよ

僕はとくだん旅行好きというわけでもなく、むしろ出不精なほうですが、それでも数回くらいは、海外へ行ったことがあります。

はじめて行ったのが、ブータンという国でした。

十年以上も前のことです。僕はまだ十代で、弟と共に、母親に強引に連れて行かれただけですので、正確には旅行というよりも儀式、と呼んだほうが近かったのかもしれません。ただとにかく、それがはじめての外国だったのは間違いありません。

十日程度の滞在ではありましたが、今でも、記憶が残っています。

正直なところ、まわりを囲む山々やのどかな田園、そういった広大な自然については、あまり感動しませんでした。当時の僕は、十代の若者の例に漏れず、それなりに生意気だったので、「景色に感

▼1 山に登ることになって、バスで行くのかなと思っていたら、ロバみたいなのに乗せられました。何時間もかけて頂上に到着し、そこから、タクツァン寺という有名なお寺を見ました。驚いたのは、ちょっと歩いただけで、

動する」ことは、「ださい」とか感じていたんでしょう。「写真やテレビで見るのと同じじゃないか」と思って、良く眺めもしませんでした。まったく、もったいないことをしたものです。ただそれでも、ブータンの人々の、穏やかさと、がさつさが混じった不思議な雰囲気には、衝撃を受けました。

彼らは、車の運転は荒っぽいし、いつもガムのような果実▼2を噛《か》み、口の中は真っ赤だし、着物のような服を着ているのにラフな雰囲気があって、それでもって何よりも、笑顔が印象的でした。いつもへらへらと愛想笑いをしている僕とは違い、普段は真面目《まじめ》な表情をしているのに、時折、可笑《おか》しそうに歯を見せる。それが、年齢や性別に関係なく、とても可愛《かわい》らしく見えました。

現地では、ブータン人のガイドさんがつきっきりで、その彼らがまたとても恰好《かっこ》良かったのも覚えています。映画俳優のようでした。しかも、ガイドだというのに、僕たちにサービスするようなところはまるでなくて、ガムを噛んだり、拾った木の枝を振っていたり、山から石を投げたりしていて、「暇つぶしに一緒に行動している」

はあはあと息が上がるんですよね。ブータンが高地だからなんですが、びっくりしました。

▼2 ブータン人が噛んでいたガムのようなものは、ビンロウジュという木の実と石灰をキンマの葉で包んだもので、ドマという嗜好品《しこうひん》らしいです。このエッセイ集の校閲の方が教えてくれました（笑）。

としか見えませんでした。たまたま会った友人じゃないんだからさ、と言いたくなったくらいです。

　当時の日本はバブルの頃で、一方のブータンといえば「世界一GNPの低い国」などと言われていて（現在もそうかもしれません）、彼らガイドがしきりに、「日本は小さい国なのに、アメリカを負かして凄《すご》い」と喋《しゃべ》っていたのを覚えています。僕は苦手な英語をどうにか使って、「日本はみんな忙しそうで、ブータンのほうがよっぽどいいよ」と伝えたかったのですが、うまくはいきませんでした。

一番良く覚えているのは、ブータンを去る日、ブータンの空港で（と言っても、原っぱに滑走路があるだけですが）、彼らガイドと別れた時のことです。ブータンでの滞在はなかなかハードなスケジュールで、おまけに高地であったせいか僕は結構、疲れ果てていて、ようやく帰れるとほっとしていました。そんな時に、ガイドの人が握手をしてくれたのです。そして、いつもどおりのクールな顔つきでこう言いました。

「See you again」

▼3新潮ミステリー倶楽部《クラブ》賞の副賞で、ビジネスクラスのチケットを一枚いただいたときに、エコノミークラスの席を実費で購入して、妻と二人でニュージーランドに行ったことがあるのですが、日本に戻る飛行機で、僕の近くに新婚旅行帰りと思《おぼ》しきカップルがいたんです。離陸直後から仲良さそうに、ワインを飲み、はしゃいでいて、とても楽しそうだったんですが、日本に到着する頃には険悪な雰囲気になっていて、「実家に帰ります」

寂しさがこみ上げてきたのは、少し経《た》ってから、飛行機を降りた▼3後でした。

あのガイドさんはああやって、毎回違った旅行客を相手にして、毎回「じゃあ、また」と言って送り出すんだな、あの人にはあの人の人生があるんだから、きっと僕のことなんて忘れちゃうんだろうな、とぼんやりと考えていたら泣いてしまい、「again、っていつだよ」と文句を言ってやりたくなりました。

今回の小説にブータン人が登場するのはそういうわけです。▼4

つまり、この小説を書くことで、僕はあの時のガイドと再会し、絶対に来ない「again」を楽しんでいたんだろう、そう思います。

彼は今もまだ、あそこで石投げてるのかな。きっとそうだな。

〈前書後書〉「新刊展望」二〇〇四年一月号

と言っているので驚きました（笑）。どちらかが何かの鍵《かぎ》をなくした、というのが原因だったみたいです。

▼4『アヒルと鴨《かも》のコインロッカー』のことです。デビュー前に、「悪党たちが目にしみる」の次に書いた小説が元になっています。

マニュアル通り

先日、不快な電話がかかってきました。やけに馴《な》れ馴《な》れしい若い男性の声で、「賃貸マンションにお住まいの方に、お得な話をしているのですが」と早口で言ってきたのです。正直なところ僕は、「書いている小説を面白くする劇的なアイディア」ならまだしも、「お得な話」にはあまり興味がありませんでした。「関心がないので」と電話を切ろうとしたのですが、すると相手は、「関心がない⁉」と急に声を荒らげました。信じられない、という口調です。「大切なお住まいについて、関心がないのですか？」と。

仕方がないので、「時間がないんです」と断わろうとすると今度は、「時間がない⁉」とまた語調を強め、「ではいつならよろしいですか？」ときました。

「そういう時間の問題ではなくて、とにかく、電話されても困るんです」

「ということは、先ほどの、時間がない、というのは嘘《うそ》だったんですね」

こういう場合、向こうには、こう来たらこう返事をする、というマニュアルがあるのでしょうね。相手の言葉に矛盾があれば、それを責めるのも作戦なのでしょう。

ためしに、「ところで、会社の名前は何と言うのですか」と訊ねると、意外にもあっさりと答えてくれました。「あなたのお名前は」と言うと、それも教えてくれます。結局、「いくら電話をかけてもらっても、無駄ですよ」ということをどうにか、お伝えして、それで電話を切ることができました。

その後で、インターネットで、その不動産会社の名前を検索した▼のですが、見事、「悪徳業者」らしき情報が出てきました。「違法な契約」で裁判沙汰《ざた》にもなっているらしく、そういう情報まで出てきてしまいました。恐ろしいものです（後で、知人から聞いたのですが、

▼最近またインターネットで調べてみたら、勧誘電話を録音したものを、あるサイトで見つけました。僕のところにかかってきた電話と、話し方、抑揚などがそっくりで、これは同一人物ではないか、と思うほどでした。あいうのってパターンなんですね。少しでも相手の話を聞いてしまうと、電話を切ってもまたすぐにかかってくるんです。話だけでも聞いてください よ、と。家に来ることをうっかりOKしてしまったらもうアウトらしいで

こういう電話は長く喋るといけないようですね。話した内容はどうであれ、とにかく会話した時間によって、「A」とか「B」とかランク付けがされる場合があるそうです)。

それにしても、と思います。もう少し、丁寧な応対はできないのでしょうか。あれだけ、不快な喋り方をされたら、穏やかな僕だって、腹が立ちます。騙《だま》される人も騙されません。ぜひ、マニュアルの改善を！

いや、そういう問題じゃないか。

〈TEA TIME〉「文藝ポスト」二〇〇四年四月号

す。居座られてしまうとか。みなさんのところにかかってきても、ガチャ切りです。で、切るとすぐに折り返しかけてきて、「何で切るんだ。そっち行くぞ」と来るので、電話線を抜いたほうがいいみたいです。僕からのアドバイスです（笑）。

わが心の恋愛映画　フィッシャー・キング

駅構内でのダンスシーン、あそこが大好きです。それと、ロビン・ウィリアムズが片想《かたおも》いの女性と初デートをする、馬鹿馬鹿《ばかばか》しい食事のシーンも。

白状してしまうと僕は、恋愛小説や恋愛映画などには非常に疎《うと》い▼のですが、それでもこの映画を観《み》て、恋愛の映画もいいものだな、と感じました。

日常の風景に突然、悪魔のような騎士が登場してきたり、銃乱射事件が絡《から》んできたりと、奇妙な(この監督らしい)面白さもたくさんあります。でも基本的にこれは、笑って、じんと来る、非常に贅沢《ぜいたく》な恋愛の映画なんだ、と勝手に思っています。

ジェフ・ブリッジスが、胸のうちを明かす場面も好きです。「奴《やつ》

▼昔はフィクションで恋愛を扱うことにあまり関心がなかったんです。みんなが興味を持つ恋愛は、料理でいえば、肉みたいな存在だと思っていました。肉が入ってれば、その料理はうまいに決まってるよ、と。だったら、肉が入っていない美味《おい》しい料理を作る方が恰好いいと考えちゃって(笑)。いまは少し変わってきて、肉料理を作るにしても、焼き加減や味付けとか、いろんな技術が必要なんだよな、と思います。

のために何かしてやりたいんだよ。女との仲を取り持つとか……」

こうやって、まわりの友人や知人を巻き込むような、ひとりよがりで傍迷惑なのが、恋愛の面白さ、豊かさなのかもしれません。

『フィッシャー・キング』(テリー・ギリアム監督)「オール讀物」二〇〇四年五月号

よろしくお願いいたします。▼1

日本推理作家協会に入会させていただきました伊坂幸太郎と言います。どうか、よろしくお願いいたします。

特別な経歴や特技もありませんので、最近周囲▼2にあったことを、書いてみようかと思います。どれも電話に関連した話なのは偶然で、特に意味はありません。

一つ目は、僕自身のことです。少し前ですが、仙台駅近くのビルで、ＰＨＳを使い、東京にいる弟と会話をしていた時のことでした。

それなりの長電話で、ああでもないこうでもない、と喋っていたのですが、途中で僕はあることが気になり、自分の鞄《かばん》を探りました。

「どうかした？」弟もこちらの物音に気づいたようでした。

「いや、ちょっと」僕は答えながら、「ちょっとさ、ＰＨＳが見つ

▼1 本当は、入会の挨拶《あいさつ》をしなければいけなかったんですが、特に言えることもなかったので、こういう、変化球みたいな形にしたんですけれど、これはこれで何か、「狙《ねら》っている」感じがするので、素直に挨拶をしておけばよかったかなあと思わないでもありません（笑）。

▼2 このエッセイに書いてあるのは、全部実話です。

からないんだよ。鞄を探しているんだけど、ないんだ。やばいな、どこかに落としたのかな」

するとと弟はひどく困惑した口振りで、いぶかしむように、「あのさ」と言いました。

「ちょっと待ってくれ、PHSを探しているところだから」

「あのさ、兄貴、今、俺とPHSで喋ってるんだよね？」

「あ、そうか」なるほど、なるほど。自分の耳に当てていました。

二つ目は、喫茶店で耳にした話です。ある年配の男性が二人、真剣に話し合っている場面を目撃しました。▼3

何について喋っているのかな、と耳を傾けたのですが、どうやら「IP電話」についてのようでした。ようするに、「IP電話のIPとは、いったい何の略なのだろう」とそういう議論のようです。

正直なところ僕も、正しい答えは分からなかったので、正解が聞ければいいな、と期待したのですが、しばらくすると片方の男性が、「少し前に、そんな名前の映画がなかったかな」と言い出しました。

僕は咄嗟《とっさ》に、「まずい」と思います。

▼3 たまにこういう愉快な話が耳に飛び込んできたら、笑いをこらえるのに必死になります。やっぱり、聞こえてくるとうれしいですよね。

きっとそれは、『ミッション：インポッシブル』ではないか、と直感的に思ったからです。根拠はないのですが、あの映画の二作目は、「M:i-2」と表記されていて、何となく、「ＩＰ」と似ている気がしますし、「インポッシブル」という響きは、「ＩＰ」をイメージさせます。だから、そのあたりの混同が男性の頭には起きているのではないか、と想像したのです。

案の定、男性は、「ほら、あの何とかクルーズの」と言い出すではないですか。僕はどぎまぎしてしまいます。何とかクルーズ、といえば、ジャングル・クルーズか、もしくは、トム・クルーズに違いなく、そうなると、『ミッション：インポッシブル』の可能性はぐんと上がります。これはまずい。「インポッシブル」は確か、「不可能」とかそういう意味合いですから「不可能電話」はさすがに正解とは思えません。その方向で、答えを探していっても、袋小路《ふくろこうじ》です。

「うーん、何だったかな」ともう一方の男性も考え込みますが、幸いなことに、映画の題名は出てきませんでした。

結局、彼らの話は、「ああ、あれだ。インターナショナル・フォーンの略じゃないか?」ということで決着したようです。

それは「国際電話」じゃないか、とも思わないでもなかったのですが、でも、インポッシブルよりはよほどマシの気がします。

三つ目は、間違い電話です。先日、自宅の電話が鳴ったので出ると、名乗るわけでもなく相手が喋りはじめました。「あ、俺だけどさ、もう家に帰ってたんだ? あのさ」と早口でまくし立ててきます。最初は呆気《あっけ》に取られましたが、これは明らかにかけ間違いだな、と僕も気づきました。ただ、それを確認する間もないくらいに、とうとうと喋ってきます。「あ、すみません、どちらにおかけでしょうか」としばらくして訊ねることができたのですが、すると相手もぎょっとした様子で、「あ、○○さんではないんですか?」と声を改めました。

「違います」

「失礼いたしました」相手は丁寧に謝って、電話を切ったのでした。

相手の名前を確認しないで喋り出すとこういうこともあるんだな、

と思っていると、またすぐさま電話が鳴りました。嫌な予感はありました。いや、嫌な予感しかなかったのですが、とりあえず受話器を耳に当てます。

すると予想通り、先ほどと同じ声が聞えました。「いやあ、まいったよ。今、おまえのところ電話かけたら、番号間違えててさ」

いや、ですから、よく確認してからのほうがいいんですって。

［4］「日本推理作家協会会報」二〇〇四年八月号

▼4　二〇一二年まで、推理作家協会賞の選考委員をやらせてもらっていたりもして、なんだか不思議な感じもしています。

私が繰り返し聴く3枚のCD

①ザ・ルースターズ「THE ROOSTERS」日本コロムビア
②▼斉藤和義　アルバム全部
③ソニー・ロリンズ「ソニー・ロリンズ Vol.2」東芝EMI
①去年、ボーカルの大江慎也がライブをやったと知り、感動のあまり、「チルドレンⅡ」という短編を書いてしまいました。②抒情《じょじょう》的で、可愛い。なぜもっと話題にならないのか不思議ですが、あまり話題になると寂しいのでちょうどいいです。③ジャケットも好きです。

「週刊文春」二〇〇四年八月十二日・十九日合併号

▼「本当に好きなもの」を書くのは恥ずかしくて、斉藤和義さんの音楽が好きだ、というのは公《おおやけ》にはしていなかったんですが、ここで初めて書いたんですよね。誰も読んでないだろう、と(笑)。でも、スタッフの方や斉藤さんのファンの方が、この記事を読んでくれたらしく、数年後に、作詞をしませんか、という依頼を受けるんです。全《すべ》てはここで書いた数行から始まった、という。書いておくもんだな、という感じですよね(笑)。

熱帯と化した東京を舞台に灼熱《しゃくねつ》のファンタジー

「小説は何でもできるんだよ」これは数年前、ある小説家の方が、僕の横で言った台詞《せりふ》▼1です。とても嬉《うれ》しそうにそう仰《おっしゃ》っていたのをよく覚えています。詳しい説明はなかったのですが、僕はとても感激しました。映画や漫画、音楽とは違った、小説ならではの手法や試みが、まだまだ無限にあるような、そんな気持ちにさせられたからです。

実は、佐藤哲也▼2の小説を読む時、僕はいつもこの言葉のことを、大袈裟《おおげさ》に言えば、「小説表現の可能性」を考えます。

物語に惹《ひ》きこまれると同時に、小説の力に興奮し、だからこそ、幸せな気持ちになるんです。

今回の、『熱帯』もまさにそうでした。いや、と言うよりも、傑

▼1 これは奥泉光さんの言葉です。エッセイに書いてある通り、聞いたときはとても感激しました。

▼2 僕はほとんど文学賞のパーティには行かないのですが、以前、佐藤哲也さんがいらっしゃることを知って、あるパーティに行き、サインをいただいたことがあります。そのとき

作揃《ぞろ》いの佐藤哲也作品の中でも、もっともいろいろな楽しみ方ができる小説かもしれません。

物語の内容を羅列するだけでも、とてもおかしな小説であることが分かってもらえるかと思います。

ある島の歴史が語られるところからこの小説は始まるのですが、その後には、アリストテレスとプラトンのプロレス中継が挿入されます。かと思えば、エアコンに爆弾が仕掛けられ、システムエンジニアたちの会議が描かれます。マンガ喫茶ではCIAとKGBが対決し、可愛らしい水棲人《すいせいじん》までもが登場するのです。

こう書くと、何それ、と首を傾《かし》げられる方もいるかもしれません。「それって、馬鹿げた要素を詰め込んだだけの、キワモノ小説ではないの?」と嫌悪感《けんおかん》を示されるかもしれません。でも、心配無用です、この小説はそういうたぐいのものとは、まったく違うんですから。

佐藤哲也にかかれば、これらの不思議な素材がすべて、「小説表現」のために使われることになるのです。

は、妻も一緒でした。たぶん、ああいうことって最初で最後でしょうね。会社勤めをしていたときから、佐藤さんがブログで書かれている映画評を読んでいて、面白いなあと思っていました。それで小説を読んだら、素晴らしくて、感動しました。『オーデュボンの祈り』を書いて新潮ミステリー倶楽部《クラブ》賞に応募したあとに佐藤さんの『イラハイ』を読んで衝撃を受け、僕はこのままじゃだめだ、と思いました。もし、順番が逆になっていたら、『オー

いや、あまりここで、小説表現小説表現、と繰り返していると、「何だ実験的な本なのか」と敬遠される方もいるかもしれません。難解で、独りよがりの作品なのか、と。でも、心配無用です。この小説はそういうたぐいのものとは、まったく違うんですから。

この本はそういった小難しさをまるで感じさせない、愉快でスピーディなお話でもあるんです。

ある島の歴史が語られたかと思うと、アリストテレスがプロレスをはじめ、エアコンに爆弾が仕掛けられたかと思うとエンジニアが会議を……あ、これはもう書きましたね。

つまり言ってしまえばこの作品は、小説表現の追求という奥深さと、不思議で可愛らしい物語の面白さが一緒になっているんです。おそらく、小説や映画の教養があれば、より深く楽しめるのでしょうが、そうではない僕も、ちりばめられた素敵なユーモアを満喫するだけで、とても幸せな気持ちになれました。

駄洒落《だじやれ》やドタバタ喜劇とは違う、小説ならではのユーモアで溢《あふ》れています。読んだ方ならお分かりでしょうが、突然出現する「部長

デュボンの祈り』は応募していなかったかもしれません。それくらいの衝撃でした。河出書房新社の「文藝別冊」の企画で、佐藤さんにインタビューをする機会があって、ようやくじっくりとお話ができてとてもうれしかったです。

もどき」や、危機管理センターの自動音声応答システムの馬鹿げたやり取り、映画の場内アナウンス、どれもが、ぎゅっと抱きしめたくなるような、「馬鹿馬鹿しさ」です。

佐藤哲也は、毎回、「他の何にも似ていない」オリジナルの物語を創《つく》り出し、それを独特のユーモアでくるんで、提供してくれる、そういう作家です。

この作家と同じ時代に生きることができ、そしてその作品を母国語で読めるということを、僕たちはもっと誇ってもいいと思います。

『熱帯』佐藤哲也（文藝春秋）書評▼3「週刊文春」二〇〇四年九月二日号

▼3 小説を書くことと、小説を評する能力は、違うものなんだろうなあと思っていて、書評はほとんどやっていません。ようするに、苦手なんです。

こちらマガーク探偵団

▼子どもの頃にどんな本に夢中になっていたかなあ、とぼんやりと考えていたのですが、この本（『こちらマガーク探偵団』E・W・ヒルディック・作、蕗沢《ふきざわ》忠枝・訳、山口太一・画、あかね書房）のタイトルを思い出した瞬間、「これこれ！」と当時のわくわく感が甦《よみがえ》ってきました。

今までずっと忘れていたのに、名前が頭に浮かんだとたん、興奮してしまうなんて、きっと小学生の僕は、あのシリーズがお気に入りだったんだと思います。

マガークという赤毛の男の子が、友達と探偵団を作るというお話なのですが、人間離れした鼻を持つウィリー、眼鏡をかけて真面目そうな男の子、それから気の強そうな女の子の四人がメンバーだっ

▼小学生のときは児童向けのものをよく読んでいて、なかでも、探偵団ものは好きでした。ここにも書いてありますが、友達と一緒にIDカードみたいなものを作ったり、道を歩いている大人の男性を「あの人は怪しい。悪いおじさんに違いない！」と勝手に決めつけて、みんなで尾行したりしたこともありました。たぶん、つけていることは、ばれていたんだと思いますが（笑）。

たはずです。彼らがわいわいと言い合ったり、匂《にお》いを嗅《か》いだり、野球をしながら、事件を解決する。そういう話でした。

特に僕が大好きだったのは、彼らが一人ずつ、「IDカード」という身分証明書を持っているところです。自分たちの手作りで、写真を貼《は》ったり、指紋を押したりし、年齢や身長を記してあるカードで、これを読んだ僕が、もういても立ってもいられなくなり、仲のよい友人たちと同じような身分証明書を作ったのは言うまでもありません。

特別に派手なことは起きないのに、身近な範囲ながらも冒険をするマガークたちが、羨《うらや》ましくて仕方がありませんでした。

僕が書く小説の大半が、日常的な、一般人が巻き込まれる冒険であるのは、この辺が影響しているのかもしれません。

〈心にのこる一冊〉「こどもの本」二〇〇四年十月号

僕の家を基地にして、公衆電話を使い、連絡をとりあって探偵団の真似事《まねごと》をして遊ぶこともありました。一度、怖い上級生に友達が捕まった、いや、逃げたらしいと、緊迫した状況でやりとりをしていたとき、いきなり連絡が途絶えたんです。いつまで経《た》っても電話がかかってこない。一大事だとみんなで慌《あわ》てていたら、僕が、受話器をちゃんと戻していなかったことが判明しました。お話中になってたみたいで（笑）。

「亡《な》くなったけれど、ベンチにいる」人たちの声が聞こえる短編集

「君、それはしょせん亡くしたものじゃないか」と言う誰かに対し、「いや、亡くしたとは言え、消えたわけじゃなくて、ちゃんと、あるんですよ」と静かに答える人がいる。

この短編集を読みながら、そんな状況を思い浮かべた。実際に、そういう場面が描かれているわけではないし、登場人物たちの多くはそこまで吹っ切れていないけれど、ただ、「亡くなった人は、消えたんじゃなくて、いるんですよ」という視線が全体に、流れている。

それから僕は、前作の、『ぼくのボールが君に届けば』に出てきた、「野球とは基本的に孤独なスポーツだ」という話を思い出した。野球は、打席に立つのも、捕球するのも全部、一人の作業だ。孤独

かもしれない。けれど、周囲にはチームメイトがいて、勝利に喜ぶのも一人ではない。確か、そういう話だった。

　これはそのまま、今回の短編集にも繋《つな》がっているし、思い切って偉そうに言っちゃうけれど、生きていくこととも通じるように、僕には感じられた。確かに、生きていく作業の大半は、自分一人でやらなくてはいけない、気がする。打者と同じで。でも、一人で闘っているわけでもない。ベンチからは仲間の声が飛んでくる。少なくとも、飛んでくる、と思うことはできる。そしてそのベンチには、今、一緒に生きている人だけではなくて、すでに亡くなっている人が座っていてもまったくおかしくはないはずだ。この短編集にはそういった、「亡くなったけれど、ベンチにいる」人たちが幾人も出てくる。

　収録されている短編はどれも雰囲気が違っている。移植手術と草野球の関わりが印象的な、「2ポンドの贈り物」もいいし、「渡月橋」の余韻もいい。そして何と言っても、「チョウさんのカーネーション」に出てくる、チョウさんが、巨人の長嶋《ながしま》の引退試合の挨拶

▼あのあたりに、伊集院さんの家があるらしいという未確認情報を頼りに、むかし、妻とふたりでご自宅を見に行ったことがあるんです。近づくにつれ、建ち並ぶ家々がだんだん立派になってきて、当時乗っていた軽自動車でこんなところに入ってきてはいけないのではないか、と心配になりました（笑）。
『アヒルと鴨《かも》のコインロッカー』で吉川英治文学新人賞をいただいたとき、控室で、お会いしたのが最初ですね。

を、一字一句違《たが》えずに、再現する、というのが楽しい。その演説に対し、主人公の少女が、「長嶋、まだやれるぞ」と合いの手を入れ、そうするとチョウさんは本当に泣き出してしまう、というエピソードが、可愛いらしくて好きだ。

『駅までの道をおしえて』▼伊集院静（講談社）書評「週刊文春」二〇〇四年十二月二日号

そういえば、あるとき伊集院さんが僕に、「小説というのは、理不尽なことに悲しんでいる人に寄り添うものなんだよ」とおっしゃったことがあって、その話がとても好きなので、よく取材のときも、「伊集院さんに聞いたんですけど」と話しているんです。そうしたら、少し前に電話があって、「律儀《りちぎ》に私の名前を出さなくていいから。あれ、もう、あなたの言葉にしちゃっていいから」と言ってくれました（笑）。

我、▼1この地を愛す。仙台01　政宗《まさむね》が二人

伊達《だて》政宗の像が二つある、というのは仙台では有名です。青葉城▼2と仙台駅に、一人ずつ。ただ、これほど二つの雰囲気が違うとは、みんな知らないかもしれません。いつも何気なく見ているだけなので、僕は今回写真を撮って、そのあまりの違いに驚いてしまいました。

青葉城のほうが、圧倒的に貫禄《かんろく》がありますね。歴史を感じますし、人を射すくめるような迫力があります。いや、と言うよりも、駅の構内の政宗は、こうやってみると少々漫画的ですね。軟弱と言ってもいいかもしれません。実は、青葉城の政宗は、仙台市街地を見下ろす格好になっているのですが、ちょうど駅の方角を向いている気もします。「おまえ真似するんじゃねえよ」と駅の政宗像を睨《にら》みつ

▼1「我、この地を愛す。」の三本は、自分で写真を撮って、その写真について書くという企画でした。そういえば夜の政宗を見たことがないと思って、最初、青葉城に夜中に行ったんです。真っ暗で、誰もいなくてとても怖かったんですよね。しかも暗すぎて写真を撮っても、ほとんど写らなくて。あきらめて昼間の政宗を撮影しました。

▼2二〇〇八年三月に大崎市に移設されたんですよね。

けているのかも、と思ってしまいました。

そうそう、そう言えば、昔ジョージ・ルーカスが、「ダース・ベーダーの参考にしたい」と政宗の▼3鎧《よろい》について、仙台市に問い合わせてきた、という話を以前耳にしましたが、あれは本当なんでしょうか。

〈日本縦断↕リレーエッセイ〉「小説宝石」二〇〇四年四月号

▼3 鎧のこのエピソードは、『砂漠』で書いてみました。

我、この地を愛す。仙台02 自慢話

サッカーを観《み》に行きました。J2のベガルタ仙台のホームゲーム[▼1]なのですが、僕と妻は敵チーム側の応援席で観戦をしていました。そちらのチームに、僕の友人が所属しているからです。彼とは小学校の数年間、クラスが同じでした。卒業後に彼が転校して以降、直接会う機会はほとんどなくなったのですが、それでも連絡は時折取り合っていて、いまだに彼は、僕の大事な、自慢の友人なのです。

大学卒業後、サッカー選手となった彼は、仙台での試合がある時には、「仙台に行くよ」と教えてくれ、僕は試合を観に行きます。そしてそのたび、感動します。彼のプレイが、冷静で、的確で、丁寧で、小学生の時に僕たちを翻弄《ほんろう》していた時と同様に、堂々としているからです。快活で明晰《めいせき》で、人に好かれていたあの頃の彼のままな

▼1 二〇一〇年からはJ1に昇格したんです。嬉しいですね。

のだな、と僕は誇らしく感じるのでした。自慢と言えば、その帰る道すがらの公園で、▼2土鳩《どばと》が僕の肩に止まったのですが、これ自慢になりますか？

〈日本縦断↕リレーエッセイ〉「小説宝石」二〇〇四年八月号

▼2　高校生のころ、整髪料をつけて立てた髪の毛にハチが入ってきたことがあるくらいで、犬に嚙まれそうになったことすらない僕ですが、このときは本当に、鳩が僕の肩に止まったんです。特に攻撃もされませんでした（笑）。もちろん生まれて初めての経験で、感動しました。

我、この地を愛す。仙台03　松島

え、だから何なの？　大学生で、仙台に来てはじめて松島に行っ▼1た時の感想はこんなものでした。日本三景の一つ、ということで、「劇的な」景色を期待していたせいかもしれません。駐車場で降りると、松の生えた島がぽつぽつと見えるのですが、「それだけじゃないか」と思わずにはいられませんでした。ただ、そうは言いつつも、比較的近い場所に住んでいるため、何度も訪れる機会があり、そうこうしているうちに、今ではお気に入りの場所の一つになっています。確かに、観光客が多いと辟易《へきえき》してしまいますが、けれど、人の少ない日など、空や松島湾の青さ、木や芝生の緑が素晴らしくて、清々《すがすが》しいです。

隣にある、瑞巌寺《ずいがんじ》の参道も好きです。太い杉の木が並ぶ場所で、

▼1 いまは、松島好きなんです。学生の頃は、車で行って、あそこに松島見えるね、よし終わり、という感じだったんですが、遊覧船から見ると、違った趣があって素敵なんです。ぜひ乗ってみてください遊覧船。何か勧誘みたいですが（笑）。

じっと立ち止まっていると静かな気持ちになれます。最近出た、僕の殺し屋小説の、▼2最後の対決の舞台が杉林なのは、ここを歩いている時に、「いいなあ」と感じたのが、明らかに影響しています。

〈日本縦断↕リレーエッセイ〉「小説宝石」二〇〇四年十二月号

▼2このときすでに『グラスホッパー』の続編を書こうと思っていて、『マリアビートル』というタイトルも決まっていました。

私の隠し玉

『砂漠』[1]という タイトルの書下ろしを書いています。大学一年目の学生たちの、軽快な青春ものになりそうで、自分でもできあがるのが楽しみです。

それとは別に、今年の夏、唐突にタイトルと内容が、わっ、と思い浮かび、憑《つ》かれたように書き上げてみたら、「魔王」という小説ができました。中編と言いますか、半長編、という感じです。

超能力者と呼んでいいのかどうか、ある男の、滑稽《こっけい》で、救われない闘いのお話で、謎《なぞ》もトリックもどんでん返しもないため、明らかにミステリーではないのですが、読んでいただければ嬉しいです。

講談社から十二月上旬発売の、小説と漫画の雑誌「エソラ」[2]に掲

▼1『砂漠』の発売準備の頃に、子どもが生まれたんですよね。

▼2 講談社の当時の

載してもらう予定。

「このミステリーがすごい！」二〇〇五年版

担当編集者さんが、ゼロから作った雑誌です。現状を変えるために自力でトライする人は、パンクっぽく感じられて(笑)、どうしても応援したいんですよね。最初に短編の依頼をしてくれた方ですし、今は別の部署にいるんですが、早く文芸の仕事に戻ってこないかな、とこっそり思っています。

2005年

▼1 吾輩《わがはい》は「干支《えと》」である

吾輩は「干支」である。実績は、まだない。つい先日、「鳥（酉《とり》）」の担当を言い渡されたばかりなのだ。

昨日、引き継ぎの打ち合わせをしてくださった、「猿（申《さる》）」の先輩は、「新人でいきなり、出番とは大変だな」と同情の声をかけてくれた。ありがたいことだ。「まあ、怯《おび》えるほどではないけれどな、ただ、この仕事もいろいろと苦労は絶えないものだよ。特にここが疲れる」と自分の胸に親指を向けた。

「気苦労ですか」

「たとえば二〇〇四年は、猛暑だったり、台風が来たり、地震が来たり、それに相変わらず中東のほうでもいろいろあっただろ。自分の出番の年にそういうのが重なると、自分のせいじゃないか、なん

▼1「干支エッセイ」第二弾です。紙面に独立して「干支エッセイ」のコーナーがあるわけでなく、年によって掲載される場所が違うので、毎回、少しずつ長さが異なっているんですよね。

　こうなったら毎年干支エッセイ書きますよ！　と半ばやけくそで宣言したんですが、記者さんが楽しんでくれて（笑）。よし、じゃあ、いけるところまでいこうと思い始めたころで

て悩んでしまうし、つらいんだよな。しかも、年末になってだぜ、『忌々《いまいま》しいサル年が、ようやくサル』なんてな、駄洒落▼2まじりに言われるんだから、気が滅入《めい》るよ」

「駄洒落を言われるんですか」

「新年の挨拶の時もそうだよ。年賀状とかテレビとか、広告とかな、駄洒落が大半だ。聞いた話だと、『鼠《ねずみ》（子《ね》）』なんて大変らしいぞ」

とサル先輩は苦笑しながら、「『お餅《もち》の食べすぎにチューい』なんて年賀状が、何万通も書かれるらしい」と言う。

「吾輩の場合もそうなりますかね」

「まず、『トリあえず』だとか、『トリいそぎ』なんてのは、死ぬほど書かれるだろうな。あ、でも、そういえば」

「何でしょう」

「今回、サル年のはじめに鳥インフルエンザというのが起きて、大騒ぎだったんだ。もし、これが、おまえの年だったら、笑うに笑えなかったかもしれないな。トリ年に鳥インフルエンザなんてことになったら」


すね、このときは。架空駄洒落会話で逃げているような気もしないでもないですが（笑）。

▼2 駄洒落は実生活ではあまり使いませんが、小説のなかで使うのは結構楽しいんです。といいつつ、三十歳を過ぎた頃から急に、駄洒落を言いたいという衝動が出てきて。おやじギャグはやはり、おやじの特性なのか、と（笑）。最近思うんですが、駄洒落を言うのは、「受けたい」というよりも「発見を広めたい」気持ちだと思うんですよね

吾輩は青褪《あおざ》めずにはいられない。「そ、その騒乱は、今は平気なのでしょうか」

「被害を受けた人はたくさんいるんだろうけれど、最近はあんまり話題にならない。あのな、これだけは言っておくけどさ、とにかく世間の奴《やつ》らは忘れっぽいからな。忘れっぽくて、飽きっぽい。ひどいもんだよ。だいたい、半年ほど経《た》ってみろよ、毎日どこかでな、『そういえば今年の干支は何だっけ』なんて会話がされてるよ」

「そういうものですか」

「でも、よく考えてみればおまえ、案外、歓迎されるかもしれないぞ。トリ年ってのは意外に、いい出来事が多いんだよ。人類が初めて、月面に到着したのも、沖縄返還の声明もそうだろ。終戦もそうじゃねえかな」

ということは原子爆弾が落とされた年ということではないですか、と言いかけたが、口幅ったいと思い、吾輩は口を噤《つぐ》む。

「Jリーグがはじまったのもそうだったはずだし、もしかすると、トリ年というのは、『新しい始まり』が巡ってくる可能性が高いの

（笑）。啓蒙《けいもう》活動というか、この言葉とこの言葉、実は似てるぜ！　という発見を、みんなで共有したい、そういう感覚なんですよ。ですから、反応としては、「つまらない」というんじゃなくて、「それはすでに発見されている！」と批判すべきかもしれません。

かもしれないな」

「他の干支は違うんでしょうか？」

「たとえば、牛（丑《うし》）はな、サッカーでワールドカップ初出場が決まったいい年なんだけど、日航機の墜落だとか、ペルー大使館の人質事件だとか大きな事件もあるんだよ。あと、あれだ、プロ野球の読売ジャイアンツがV９をやったのも、ウシ年だからな。つらいよ」

「V９は、悪い出来事なんでしょうか」

「立場によるな」とサル先輩は淡白に言い放つ。「あ、それから二〇〇五年は、オリンピックもワールドカップもないから、初心者にはちょうどいいかもしれないしな」

「そうなのですか」

「そういうイベントがあると、マスコットキャラクターが出てくるからな。干支とかぶるんだよ」

かぶる、の意味合いが分からなかったが、吾輩はただただ、感心し、不安を覚えるばかりだった。万博があることを思い出してもいた。「吾輩にできますかね」

「いや、実は俺はさ、おまえの年こそ、新しい夜明けがやってくるんじゃないか、って思ってるんだよ」

「え」

「世の中に流れる、この沈滞したムードを、おまえのトリ年が、トリ払ってくれるんじゃないか、とそんな予感がするんだ」

「そう言っていただけると励まされます」吾輩は心底ほっとしたので、深々と先輩に頭を下げたのだけれど、そこで、サル先輩は、手を横に振った。「いや、これは毎年、言うことになってるんだ。次回、おまえが、犬(戌《いぬ》)の担当者に引き継ぐ時にも、同じことを言うんだぞ。『来年こそ、夜が明ける気がする』ってな。最近の申し送り事項だから」

「つまり、夜は明けないということですか」

「何でもいいじゃないか。とりあえず、精いっぱい務めてくれよ。それでもって、最後には」

「立つ鳥跡を濁さず、ですね」と吾輩は先取りをした。

「分かってるじゃないか」と誉《ほ》めていただく。

〈漱石から百年〉中日新聞（夕刊）二〇〇五年一月六日付

人気作家63人大アンケート！

「二〇〇四年に読んで印象に残った本」

『中二階』ニコルソン・ベイカー（白水uブックス）とか、『熱帯』佐藤哲也（文藝春秋）とかが読めたのが幸せでした。あと、薦められて読んだ、『ライダー定食』▼1東直己《あずまなおみ》（発行：柏艪舎《はくろしゃ》・発売：星雲社）が、じわじわ面白かったです。


「二〇〇四年で印象に残った出来事」

温暖化のため、二一〇〇年には、ホッキョクグマが絶滅するかも、というニュースに悲しくなりました。（シロクマを贔屓《ひいき》▼2するつもりはないのですが）

▼1『ライダー定食』を薦めてくれたのは、「仙台学」の方です。
▼2前に、温暖化でエサが減り、共食いしているシロクマの写真をネットニュースで見ましたが切ないですね。短編「透明ポーラーベア」で、シロクマのことを書

「二〇〇五年の執筆＆刊行予定とその結果予想」

書き下ろしの『砂漠』という本をどうにか完成させたい、それだけです。いつできあがるのかは分かりませんが、でも、できあがりが今予想しているものとはずいぶん違うんだろうな、ということは予想できます。

「活字倶楽部」二〇〇五年冬号

いています。美しい白い体と、無邪気な顔なのに、アザラシを食って、血だらけになっているのを見ると、生きることの厳しさが伝わってくるようで、興味深いです。

運命を分けたザイル▼1

本当に残念で仕方がないけれど、僕はこの映画に、完璧《かんぺき》には乗り切れなかった。つまらなかったとか、期待はずれだったとか、そういう気持ちではなく、面白かったけれど乗れなかった、そんな感じだ。

壮大な雪山や、峰の上から、白い炎のように揺らめく雲は、美しくて厳かだったし、登山家たちの真剣な演技（演技というか、すでに真剣な登山にしか見えないのだけれど）には迫力もあって、映画が始まったときには、これは傑作だぞ、と勝手に思いもした。それなのに少したつとどこか違和感を覚えてしまった。

この映画には二種類の人間が出てくる。本人と役者だ。実話を基にしているので、「本人」が当然、いる。二十年前、「ザイルを切ら

▼1 当時、妻がよく読んでいた雑誌からたまたまお仕事の依頼があり、その偶然が面白いから書こう、と引き受けました。ジョニー・デップの出ている『ネバーランド』か、こちらの映画のレビューを、という依頼だったんです。『ネバーランド』は元々観《み》に行くつもりだったので『運命を分けたザイル』を選びました。少し辛口の評になっているかもしれませんが、書評やCD

なくては、二人とも死んでしまう」という究極の状況に置かれてしまった、登山家二人だ。そしてさらに、その、「二十年前のシーンを演じる」役者たちもいる。役者の映像の合間に、本人たちの発言する姿が挟まり、本人たちの説明が重なる、そういう構成だ。

監督は、あえて、この手法を取ったのだろう。「事実を基にしたドラマ」ではなくて、あくまでも、「ドキュメンタリー」という点を主張したかったのかもしれない。確かにそういう気概が伝わってくるし、スタジオのセットではなく、実際の山で撮ったという登山シーンは、本当に臨場感があって、普通のドラマとは一線を画していると思った。でもだからこそ、その世界に浸らせてもらいたかった、というのが正直な気持ちだ。

本人たちが画面に現れ、「あのときは、こんな気分だった」とコメントをすると、そのたびに、役者二人のせっかくの迫真の演技が(演技というか、すでに必死の下山にしか見えないのだけれど)、ただの再現ドラマに思え、白けてしまった。這《は》って下山しているこの彼は、本人ではなくて役者なのだな、と現実に戻されるような感覚がずっ

評などでも、基本的には自分に正直であることを前提に書こう、それは守ろう、と思っているんですよね。だからこのレビューも、面白かったけど、気になった点についてもちゃんと書いておこう、といろいろ考えた記憶があります。

と続いた。本当にシンプルで、興味深い物語だし、映像も魅力的なだけに、なんだか残念で仕方がない。

ただ、それにしても最後に、テントに戻ってきたジョーが発したというセリフ▼2は、感動的だ。特別な言葉ではないし、陳腐な言葉かもしれないけれど、でも、その状況で真っ先に言えるなんて素晴らしいな、と感じ入るほどの、強くて優しいセリフだった。コメントを極力減らしてしまい、迫力ある映像と最後のそのセリフがあるだけで、十分、素晴らしいものになったのではないかな、とも思う。

『運命を分けたザイル』（ケヴィン・マクドナルド監督）レビュー
「PREMIERE」二〇〇五年二月号

▼2このセリフが何だったのかすっかり忘れているんですよ（笑）。気になりますね。僕は何でもかんでも忘れちゃうんですよね。と思ったら次頁《ページ》のエッセイのはじまりがまさにその話で驚きました（笑）。

記憶に残る短編小説

僕は非常に忘れっぽい性格で、よっぽどのことがないと小説のあらすじを覚えていない。いったいこれはどこで読んだのだろう、とその状況すら思い出せないことも、しょっちゅうだ。

ただ、この短編については、内容も、はじめて読んだ時のことも(僕にしては)よく覚えている。

読んだのは、図書館▼1にいた時だった。きっかけは(当然ながら)忘れたけれど、たぶん、「『山椒魚《さんしょううお》』の最後の台詞《せりふ》って正確にはどうだっけ」とか、そういう(相変わらず、うろ覚えが原因の)気がかりのためだったと思う。

僕は図書館の書棚から、「井伏鱒二▼2全集」を探してきて、開架コーナーで立ちながら、めくっていた。

▼1これは、「せんだいメディアテーク」にある図書館のことですね。

▼2「鱒二」という名前は、『オー!ファーザー』に出てきます。『オー!ファ

そして、目的を果たして（気がかりを解消して）、本を閉じようとした時に、この「休憩時間」という短編が目に入った。確か、そうだったと思う。どうしてそこで、読んでみようと思ったのかは定かではないけれど、僕は、大学生たちの話が好きなので、それで気になったのかもしれない。「少しだけ」という気持ちで読みはじめたのだ。

　すると、これが本当に僕好みのお話で、結局、立ったまま、最後まで読み切ってしまった（しまった、と言っても別に、後悔しているわけではない）。もちろん、短編の中でも短い作品なので、長時間ではなかったけれど、ただ、立ったまま一気に読む経験はあまりないので、だから、この時のことは覚えている。

　この短編小説の内容を、読んだことのない人のために説明すれば、だいたい次のような感じになる。

　学生たちが教室で休憩時間を無為に過ごしている。そこに、学生監がやってきて、下駄を履いた仲間を一人、連れて行ってしまう。下駄は校則違反だからだ（この学生監という者たちが何者なのか僕には

ーザー』では主要登場人物たちの名前に「（三島）由紀夫」や「（河野）多恵子」など、「鱒二」の他にも文豪たちの名前を使っています。

分からないけれど、おそらく、風紀を監視する人たちなのだろう）。

教室に残されたほかの学生たちは、学生監の行動に憤《いきどお》り、文句や主張を口にしはじめる。

ほどなく、連れ去られた規則違反者は戻ってくるけれど、みんなの興奮は収まらない。そのうちに、それぞれが自分の意見を、黒板に（順に）書き始める。

ある者は詩を、ある者は怒りの言葉を、順番に書く。

その様子が、真剣に（それだけに▼3ユーモラスに）描かれている。言ってしまえばそれだけの話だった。

ただ、僕にはこれがとても面白かった。十代の頃、友人の発言を受け、「それよりも面白いことを言えないだろうか」「気の利《き》いたことを言ってやれないだろうか」と頭を絞った経験は僕にもあって、それはこの小説の状況の真剣さや馬鹿馬鹿《ばかばか》しさと似ているようにも感じた。

挙手してから口頭で述べるのではなくて、黒板へ向かい、黙って文章を書く、というのが何よりいい。

▼3 ユーモラスであったり、ユーモラスでないけれど何かしらの「笑える」要素であったり、そういうものがある小説を読むのが好きです。自分が小説を書くときも「笑える」というのはとても重要で、そのことばっかり考えていると言っても過言ではありません（笑）。

しかも、一番最後に黒板に書いた若者の、その言葉が、下らない上に可笑《おか》しくて、カタカナの短い文だけれど、そんな台詞が黒板に書かれるとは思ってもみなかったから、僕は不意打ちを食らって、そこが図書館であるにもかかわらず、噴き出してしまった。▼4

小説を読んでいて、にやにやすることは多いけれど、噴き出すことは滅多にないから、これもよく覚えている（少し前に読んだ、永井龍男の「電報」のラストも、そうだった）。ただ、今から考えると、こういうものは予期していないから可笑しいのであって、もし、この僕の文を読んだ後で、期待して読んだら、さほど笑えないかもしれない（と予防線を張っておこう）。

そしてさらに、この小説の最後には、作者の意見のようなものがくっついている。「青春というのはこういう喜劇の積み重ねなのだ」とか、「桜の花をむしるんだったら、思い切って、大きな枝を折るんだ」とか、「学生監の腕力や叱《しか》り声に負けるな」とか、教訓や激励、煽《あお》りともつかない文章で、（僕は今もってその意図が完全には理解できていないのだけれど）その唐突さも、僕には楽しかった。

▼4この言葉は奇跡的に覚えています（笑）。ぜひみなさんにも読んでほしいのですが、今まで、「あれ良かったですよ」という人に会ったことがありません。

とにかく、読んですぐに、この小説が気に入ってしまった。休憩時間の話、それだけなんだけれど、でも、この、「それだけなんだけれど」というのが短編小説の面白味のような気もする。「休憩時間の話、それだけなんだけれど、でも、良いんだよ」と言いたくなるような、そういうところが魅力であると思う。

その図書館からの帰り道に僕は、当然のように、複数の書店に立ち寄った。この小説を自分の家に置いておきたかったのだ。だから、文庫売り場で、この短編が収録されている短編集を探し出し、買って帰った（ということは覚えているけれど、最終的にどの書店で買ったのかは、忘れている）。

「休憩時間」井伏鱒二〈短編小説を読む醍醐味《だいごみ》〉「小説現代」二〇〇五年五月号

青春文学とは?

「もっとも好きな、または影響を受けた『青春文学』作品は何でしょうか?」

▼1『十九歳の地図』中上健次

不穏で、危なっかしくて、やりきれなくて、青春小説と言えばこれが真っ先に浮かびます。

『夏、19歳の肖像』島田荘司

切ない片思いや、不穏な謎、勇ましい冒険の融合したお話で、夢中になって読みました。

『19分25秒』引間徹

引間徹の新作を待っています。

▼1 何か趣向を凝らしたくて、「19」で揃《そろ》えました。大好きな小説のなかに、ちゃんと三つあってよかったです。最初に、『十九歳の地図』が思い浮かんで、次が『夏、19歳の肖像』で。三作とも傑作ですよね。

「『青春文学』とはどんなものだと思いますか？」

「僕にはきっと、特別あつらえの人生が待っている」[2]と無根拠に思ってる若者の話ではないでしょうか。

▼2これは、三島由紀夫の小説に出てきた文章ですね。

「『青春』とは何だと思いますか？」

「僕にはきっと、特別あつらえの人生が待っている」と無根拠に思ってる時期のことではないでしょうか。

〈作家＆著名人50人アンケート〉「野性時代」二〇〇五年六月号

これは僕の映画だ！としか言いようのないアカルイミライ

好きな映画について書くのは怖い。底の浅さがばれてしまったり、「素人《しろうと》だ」と物知りな人に（僕は素人なのに）指摘されたりするかもしれない。だからいつも、一番好きなものは口に出せない。でももうやめた。今回は、本当に好きな映画を取り上げよう。そう思う。『アカルイミライ』が好きだ。▼1監督の黒沢清が好きだ。『復讐《ふくしゅう》』も『蛇の道』も『CURE』も『大いなる幻影』もみんな好きで、だから、『アカルイミライ』を映画館に観に行った時には期待と同程度の不安もあったけれど、でもそれはまったくの杞憂《きゆう》で、映画が始まってしばらくすると、僕は心の中で、「もう終われ。もう終われ」と唱えていた。つまらなかったからではなくて、傑作だと思ったからだ（傑作と言い切るのもリスクがありそうだけれど、もういいんだ。言

▼1『カリスマ』が公開されたとき、黒沢監督のトークショーが仙台でありました。大雪が降った日で、妻とふたりで観に行き、なんて素敵な人なんだ、と思いました。偉そうじゃないですし、穏やかですし。前にも言いましたが、黒沢監督の名字から、泥棒の「黒澤」の名前が生まれたんです。
　不思議な縁ですが、その「黒澤」が出てくる『ラッシュライフ』の映画を、黒沢

ってしまう）。この、「傑作な状態」のうちに早く終わってくれないかな、と思わずにはいられなかった。

正直なところ僕にとっては、この映画に出てくるクラゲの意味合いとか、「君たちを許す」というテーマ▼2（なのかな）はどうでも良くて、ただ、主人公の若者が鉄パイプをぶんぶんと振り回したり、ボウリングの投球をしたり、階段を駆け上がったり、橋の上からポリタンクを傾けたり、川を行くクラゲを見ながら藤竜也が両手を上げたり、そういうシーンに見惚《みと》れた。漂ってくる倦怠感《けんたいかん》や息苦しさに緊張し、不思議な空気にぽうっとした。映画というのは、あらすじではなくて、映像と音の「運動体」なんだ、と勝手にそう思う。心配をよそに、最後までこの映画は素晴らしい。ゲバラのTシャツを着た若者たちが道をだらだらと歩く。たぶん、意味なんてない。不穏な気配はあるけれど、まさか若者の頽廃《たいはい》や暗い未来の暗喩《あんゆ》ではないはずだ。流れ出すバックホーンの曲がまた最高に恰好《かっこ》良くて、これはもう小説や漫画では絶対に作り出せない感動なのだな、と僕は確信した。だから、僕の前で、この映画の悪口は言わないでほしい。

監督が教えていらっしゃった学生さんたちが撮ることになって、対談することができました。実際にお会いしても、やっぱり素敵な方でした。そのときに、「黒澤」命名の由来をお話ししたら、若干ノーリアクション気味ではありましたが（笑）、光栄ですねとおっしゃってくれて、優しい方だなと思いました。

▼2この映画の「許す」というテーマと『終末のフール』で扱った「許す、許さない」という問題には関連性があるのか

『アカルイミライ』（黒沢清監督）〈ＣＩＮＥＭＡ〉「パピルス」二〇〇五年八月号

もしれないと、改めてこのエッセイを読んで思いました。

リョコウバトのこと。

ドラえもんについての思い出、って何があったかな、と今回、思い返してみたら、本当に次から次へと、いろいろな記憶が蘇《よみがえ》りました。あの道具、あのエピソード、僕の小学校時代はドラえもん、さらに言えば藤子・F・不二雄の作品で埋まっていたのだな、と気づきました。

まず、思い出すのは、テレビ放映がはじまった時（どうやら、今調べてみると、それは厳密には二度目のテレビ化のようですね）、僕は、あのドラえもんがテレビで見られる！　と興奮し、一つ下の弟と一緒にテレビの前に座り、今か今かと放送時間を待っていたのを覚えています。たった十分程度の放送枠で（確か）、はじまって歌が流れたと思ったら、あっという間に終わった、という印象があるのですが、とにかく僕は、その第一回放送で登場した道具が、ガリバートンネルだったことに不満で、「何でガリバートンネルなんだよ。もっといいのがあるじゃないか」と憤っていた記憶があります。では何の道具だったらば納得したか、と言えば正直、分からないのですが、とにかく怒っていました。

記憶に残っている漫画のエピソードは山ほどありますが（たとえば、オシシ仮面という作中作の恐ろしさ、とか、子供ながらにはじめて賄賂《わいろ》の意味を知った、Yロウの巻であるとか）、とりあえず、一つということであれば、第十七巻の「モアよドードーよ、永遠に」を挙げます。のび太が、タイムホールとタイムトリモチを使って、絶滅動物を部屋に連れてくる話です。モアやドードーなどの絶滅動物について、おそらく僕はこの漫画で知ったに違いありません。

そして何と言っても、リョコウバトです。この漫画では、ほんの一羽、ちょっとしたシーンなのですが、絶滅したリョコウバトが登場してきます。変わった名前の鳩《はと》だなあ、と思った覚えがありますが、とにかく、僕の頭にはこのことが強く刻まれていたようです。

僕は、『オーデュボンの祈り』というタイトルの長編小説で新人賞をいただいて、デビューしました。実は、その小説には、リョコウバトが重要な役割として出てくるのです。数億羽の群れで飛んでいたにもかかわらず、絶滅したこの鳥に僕は関心があって（▼1何億羽がゼロ羽になるなんて、信じられないじゃないですか）、それに関係する本を読み、小説に盛り込みました。

そして、その新人賞をいただいた直後のパーティで、おもむろに近づいてきたある▼2新聞記者さんが（その時はまだ、本も発売されておらず、小説の内容は知らなかったはずで、あらすじだけを読んで、話しかけてくれたのですが）、こう声をかけてくれました。「伊坂さん、リョコウバトが出てくるというのは、ドラえもんと関係していますか？」

その瞬間、僕の頭には、遠い昔に読んだ、この、「モアよドードーよ、永遠に」のことが一気に蘇り、「そうか、もしかすると、もともと、僕がリョコウバトに興味を持ったのは、あの漫画のおかげかもしれないな」と気づいたわけです。「あ、そうですそうです。関係ありますよ」と僕は返事をし、するとその記者さんはとても嬉《うれ》

▼1これだけたくさんいるんだからちょっとくらい狩っても平気だろう、という根拠のない感覚で絶滅に追いやられてしまったんですが、そういうのはやっぱり怖いですね。

▼2この記者さんが、後に、「干支エッセイ」を依頼してくる方なんですよね。このとき、リョコウバトのことを訊《たず》ねてくださったのは、とてもうれしかったですね。まさかいま、干

支エッセイで、動物に、毎年苦しめられることになるとは、思ってもみませんでしたが（笑）。

しそうに、「いやあ、僕もあれ、好きなんですよ」と微笑《ほほえ》みました。不思議なもので、僕はその記者さんに、初対面であるにもかかわらず親近感を抱き（大の大人が、しかも比較的公《おおやけ》の場で、ドラえもんの話をするというのも可笑しいですが）、そのせいというわけでもないのですが、今でも、その記者さんとは親しかったりもします。

　考えてみると、あのドラえもんがなければ、僕は、リョコウバトの存在を知らなかったのかもしれません。ということはつまり、リョコウバトの出てくる小説など書かなかったかもしれず、つまり、ミステリー作家になっていなかったかもしれません。そういう意味でも本当に、大切な漫画です。

　さて、最後に、僕がわざわざ言うことでもないのですが、今回この、「モアよドードーよ、永遠に」を読むために、二十年ぶりくらいにドラえもんを読み返して、そのクオリティの高さに本当に驚きました。シンプルでスマートな絵柄もさることながら、各短編の発想や意外な展開やオチのユーモアの素晴らしさまで含めて、何て贅《ぜい》沢《たく》なんだろう、と感激しました。

もし子供が生まれたらその子供が読むために、そして自分自身が何度も読み返すために、一刻も早く、ドラえもん全巻[3]を揃《そろ》えなければならない。今、そんな気持ちになっています。ただ、その全巻を収納する書棚がないことにも気づきました。ドラえもーん、広い部屋と大きな書棚を出してくれ。

「もっと!ドラえもん」No.2

▼3ドラえもんの全巻は、まだ手に入れていないんです。全集が出ているので、そちらを購入したいと思っているんですが、いまは増殖する本と格闘中なので、置き場を確保できたら、すぐにでも買いたいと思っています。

連作のルール

集英社のI君が最初、仙台にやってきて、その次にKさんがやってきて、そして、こう言いました。「デカローグをやりませんか？」

このキェシロフスキのテレビシリーズは、あるマンションの住人たちを登場人物にした話で、主人公を毎回替え、全部で十話、という作品でした。どの回も趣が異なっていて、深刻な人間ドラマもあれば、サスペンスやコミカルなものもあって、多種多様でした。同じ場所に住む人たちが交錯したり、すれ違ったり、というお話が（当時の）僕は好きだったので、すぐに、「いいですね」と応《こた》えたのですが、ただ、「隕石《いんせき》が落ちてきて、あと数年で世界が終わる、という設定にしていいですか」とお願いもしました。隕石で地球滅亡、という話は映画でもたくさんあります。けれど、パニックそのものではなく、パニックが一段落して、小康状態となった時点、しかも数年後には終末が来るのが分かっている世界の話を書きたいと思ったのです。それは、いつ死ぬか分からないのに安穏と生活している僕たちの、譬《たと》え話としては適しているようにも思えました。

▼1この連作を進行させながら、I君と決めたのは、▼2「タイトルは韻を踏むこと」「毎回、主人公や話の雰囲気を変えること」そして、「『許す』という思いをどの短編にも盛り込むこと」というルールでした。その頃の僕の作品は、復讐物《ふくしゆうもの》やギャング物のような、「許さない事」「許されない人」というものばかりだったため、今度は逆に、「終末を前に、許すこと」を描いてみようと決めたのです。ただ、自分から言い出したとはいえ、これらが非常に厄介な足枷《あしかせ》で、毎回苦労ばかりでした。「このルールはやめましょうよ」と何度も訴えたのですが、最後まで、I君には許してもらえませんでした。許しがテーマなのに。

でも、とにかく、どの短編も満足のいくものが書けて、今はほっ

▼1この連作をまとめたものが『終末のフール』です。天文学の専門家である東北大学の教授さんや天文台の方など、この連作は僕にしてはめずらしく、取材に行って書いた作品です。最初に、「ミステリーじゃないのをやりましょう」と担当者にいわれたんですが、あとで聞いたら、その発言には深い目論見《もくろみ》がなかったことがわかり、思わず笑ってしまいました。

▼2最初は、『死神の精度』と同じように、タイトルの上の

としております。もうタイトルで悩むこともないでしょう。

〈カーテンコール〉「小説すばる」二〇〇五年十一月号

「終末」の方で韻を踏んでいこうと考えていたんです。「終末のフール」「終末のサン」とか。結局は、下のカタカナで揃えることにしたんですよね。先にタイトルを考えて書いていたので、「籠城《ろうじょう》のビール」では、書き終わって原稿を送ったあとに、担当I君から「すいません、ビールが、出てこないんですけど」と指摘されたことを覚えています（笑）。

魔王[1]が呼吸するまで

とり憑《つ》かれるようにして書く、というのはどうにも胡散臭《うさんくさ》い表現ですし、冷静さを失って書いた小説が面白いとも限りませんから、あまり自慢げに書くことでもないのかもしれませんが、「魔王」という作品は、本当にとり憑かれるようにして書き上げました。

はじめ、編集者からは、「百枚くらいのお話を」と依頼を受けました。ただ、書きはじめると次々と、「書かなくてはいけない場面」が頭に浮かび、これはまずいなと、どきどきしながらも、「少し長くなります」「すみません、二百枚くらいになります」「申し訳ないのですが、二百枚を超えてしまいます」「三百枚近くになったら、怒りますか?」と何度も編集者に確認をして、進めていきました。

これを書きはじめる直前の僕は、自分自身の作品への満足度と、

▼1 このときはまさか「魔王」が『モダンタイムス』までつながっていくとはまったく考えていませんでした。

読んだ人たちの反応の差に少し戸惑って、思い悩んでいたこともあって、「深く考えても仕方がないから、自分の好きなように書いてしまおう」と決意をし、自分のそれまでの小説で好意的に受け止められた部分を、ほとんど削って書いてみようと思ってもいました。たとえば、「伏線を生かした結末」であるとか、「意外性」であるとか、「爽快感《そうかいかん》」であるとか、そういう部分を削《そ》ぎ落として、そうしたら、読者はどう思うのだろう、と考えたのです。

「魔王だ」

最初にあったのは、題名でした。「魔王って強そうじゃないか」とそんな思いつきからなのですが、とにかく題名だけが存在し、そこから、「魔王ってどんな話だろうか」と想像を膨らませていくやり方でした。

まず、魔王なら、「死ね」と思うだけで、人を殺せるんじゃないかな、と次々と人を殺害する男の話を思いつきましたが、それではあまりに工夫がないように思え、それなら、何か別の能力をでっち上げようと頭を悩ませた結果、「自分の思っていることを、他人に喋《しゃべ》らせる」という腹話術能力を主人公に持たせることにしました。

「主人公は、政治家と対決するんだ」

次にそう決めました。特定の政治家の顔が念頭にあったわけではないのですが、ただ、政治家や大統領の映るテレビ画面の前にかぶりつくようにし、眼を充血させ、必死に念を送る、そんな青年の、非力で執拗《しつよう》で、しかも地味な姿が頭に浮かんだのです。

ただ、そうは言ったものの、僕自身は政治や政治家のことをほとんど知りません。関心はありますが、知識も情報もなく、下手をすれば常識すら持っていない状況で、果たして、政治家を描くことなどできるのだろうか、という不安に襲われました。

「ムッソリーニを流用しよう」

というわけで、比較的すぐに、このことも決定しました。どうせ政治のことを知らないのであれば、過去に存在する有名な政治家を、そのまま現代に登場させてしまえばいいのではないか、と短絡的に思ったのです。

そこまで決まると後は不思議なことに次々と様々な要素が、現われてきました。ファシズム、宮沢賢治、冒険野郎マクガイバー、スイカの種並び、死神、とにかく僕の記憶に隠れていた物が次々と表に出て、いつも通り、後先を考えず、ひたすら先へ先へと物語を進めていったのですが、そういった要素がどんどん、繋《つな》がっていくのは不思議な体験でした。そして最後には、唐突に、シューベルトの「魔王」が、題名とぴったりと合致し、僕としては、「一生懸命、がむしゃらに走ってきたら、目的地についた」とそんな感覚になりました。

そういうわけで書き上げたのが、「魔王」です。「好きに書こう」と作った小説でしたが、出来上がってみるとやはり、読者がどう読むのか緊張するところもありました。「いつもと同じだ」と言われればおそらくほっとするだろうし、政治に関するメッセージだ、と受け取られればきっと困惑するだろうな、と思っていました。ですから雑誌掲載時はかなりどきどきしていましたが、否定的な意見と、思いも寄らない好意的な意見、様々な反応があり、とても興味深かったです（唯一《ゆいいつ》、驚いてしまったのは、スティーヴン・キングの『デッ

▼2黒沢監督のこのシリーズは本当に好きな映画なんです。

ド・ゾーン』と似ている、という指摘でした。僕はこの作品を、小説も映画も見ていないのですが、類似した作品がある、と言われ、大きく落胆をしました。書くからには、誰も見たことのない物語を書こう、と意気込んでいたのですが、やはりそう簡単には達成できないようです）。

「続編を書こう」

そう思ったのは、「魔王」を書き上げた直後でした。「魔王」は救われない結末だったため、いわゆる、「悲劇であることを売りにしている」と理解されたら嫌だな、と強く感じたからです。穏やかで太平楽なお話を続編で書き足すことで、この、「魔王」という作品はもっと得体が知れない物になるのではないか、と期待しました。

「呼吸だ」

続編のタイトルもすぐに思いつきました。「魔王」の正反対の物語にしようと決めた瞬間、「『魔王』の反対語は、『人間』や『天使』ではなく、『呼吸』である」と確信しました。「魔王」は荒唐無稽《こうとうむけい》で、派手な、現実から離れている物だけれど、「呼吸」はごく自然の、地味な物だろう、と。

一作目が、オーソドックスな雰囲気の映画で、二作目がオフビートというか、つかみどころがなくて。連続した作品の色を、自覚的に変えるという方法は、フィクションを作るうえで、とても楽しい手法だと思っているんです。僕の場合では順番が逆ですが、オフビートな『グラスホッパー』、エンターテインメントに傾斜した『マリアビートル』が、そういうつながりですよね。

▼3 発表後は、恐れていた通り、政治的なことを書いた、と

というわけで、今度は、「呼吸」を書き始めたのですが、その時に念頭にあったのは、映画監督、黒沢清の、『復讐』シリーズ、『修羅の極道』シリーズという作品群▼2です。この二つは、「上下巻」「一巻二巻」と明記こそされていませんが、それぞれ、二つずつの作品で構成されています。そして、面白いことにどちらも一つ目の作品は、「比較的、分かりやすい、娯楽映画」の体裁で、二つ目が、「得体の知れない、オフビートな映画」となっています。第一巻が、「復讐を為《な》す話」だとすると、第二巻が、「復讐を終えてしまった男の、奇妙な日々」と、乱暴に言えば、そんな風に作風がずれているわけです。果たして、監督自身がどの程度、意図的にそれをやっているのかは判然としないのですが、ただ、僕自身は、「それ」をやるべきだ、と思いました。「魔王」が直球だとしたら、「呼吸」はスロウカーブにすべきだ、と。

そしてさらに、「憲法改正を取り上げる」ことも最初から決めていました。知識や情報からそう思ったのではありませんが、単なる予感として、「近い将来、憲法改正の国民投票は必ず行われる」と

あちこちで言われましたね。単行本が出た時は、ちょうど小泉総理の郵政民営化選挙があって、「それをモデルにした」と言われて、執筆はそれよりも前なのに、と悔しかった覚えがあります。最近は、民主党が選挙で圧勝したことと重ね合わされたりして（笑）。文庫解説で、斎藤美奈子さんが書かれていましたが、たぶん、いつの時代も似たようなことって起きるんでしょうね。

▼4セックス・ピストルズが、「英国をアナーキズムに！」

僕は思っていたため、「その時になって、小説で描くよりも、今から先に描いておくべきではないか」と考えずにはいられなかったからです（どんな物でも先にやった者勝ちではないか、という色気もあったのかもしれません）。

結局、「魔王」も「呼吸」も政治に関係するお話になりました。

社会や政治に関心を持たず、距離を置き、自分の周辺だけが愉快であればそれでいい、という人々や、そういった感覚の小説に違和感を覚える僕としては（僕自身の作風が、そうだと認識されているのは覚悟した上で）、政治に接続したお話を書いたことは納得できる作業でした。

ただ、にもかかわらず、これが▼3政治に関するメッセージだ、と受け止められることには恐怖があって、頭を悩ませ、何度も何度も立ち止まり、書き上げた部分を消してやり直す。そんなやり方で、この本を書き上げました。

僕が昔から好きな▼4パンクロックは、政治や社会に対する不満を歌っていますが、その歌詞はたいがい陳腐で、僕の考えとは一致しな

という内容を歌っているのを聴いて興奮しても、僕は、「よしアナーキストになろう！」とか思わないですし（笑）、尾崎豊さんの曲を聴いて、「バイクを盗んで、どっかに行こう」と思ったりはしないんですよね。ただ、それを発した何者かの感情の爆発とか孤独や焦燥感に、ぐっと来るんだと思うんです。

僕としては、どうせ「何かと戦う主人公」を描くのなら、「大きい敵」のほうがいいな、という単純な発想で、「国」

いものも多かった気がします。ただ、聴いているとどきどきしてくる楽しさがあったのは確かで、僕のこの作品もそんな風に届けばいいな、と今は願っています。

「本」二〇〇五年十一月号

とか「社会」とかを書きたくなるだけなんですよね。だいたい、「アメリカ」とか「中国」というのは、僕の中では、「外にある大国」の記号みたいなもので、そこにはまったく意味がないですし。ただ、個人的には、「いつまでも一緒にいようね」とか、「空を見上げたら虹《にじ》が架かっていたので、渡ろうと思った」というようなタイプの音楽よりは、「うおー、体制をひっくり返せ」という音楽のほうが、幼稚さも含めて好きです（笑）。

大好きな本　『キャプテン翼』▼1

子供の頃に好きだった本、というと僕の場合、『ズッコケ三人組』であるとか、『こちらマガーク探偵団』であるとか、江戸川乱歩であるとか、『王さまシリーズ』であるとか、ああいった一連の児童書でした。

ただ、よく考えますと、そういった小説よりも小学生の僕を夢中にさせたものは、漫画だったような気もします。『ドラえもん』や『21エモン』など藤子不二雄さんの作品を集めたり、ゴミ収集所から『おそ松くん』や『天才バカボン』を拾ってきたりして、繰り返し、読んでいました。

そして何と言っても、「ジャンプ」です。「週刊少年ジャンプ」は、当時の僕たちには欠かせないものでした。漫画と言えばジャンプ、

▼1『キャプテン翼』は、夢中になって読みました。小学生のときにお小遣いをはたいて買い集めた『キャプテン翼』は、いまはもう家にないかもしれません。大学に入るときの引っ越しで、持ってこなかったんです。『大甲子園』なら、全部あるんですけど（笑）。

当時一番好きなキャラクターだったのは、岬太郎くんです。次に、好きだったのが、「ガラスのエー

ジャンプにはあらゆる面白い漫画が載っている、と根拠もなく信じていた節もあります（高学年で、大友克洋《かつひろ》の▼2『童夢』を読んで衝撃を受け、目が覚めましたが）。

とはいえ僕自身は、雑誌の「週刊少年ジャンプ」を毎週買っていたわけではなくて、時々、友人から借りたり、はたまた、ゴミ収集所で拾ってきたりして、ぽつりぽつりと読むくらいで、基本的には、単行本にまとまったものを読むのが主だったと思います。作品としては、『キン肉マン』や『リングにかけろ』『Dr. スランプ』『ハイスクール！奇面組』などでしょうか。

どれも印象深く、思い出もそれぞれにあるのですが、とりあえず今回は、『キャプテン翼』を挙げてみます。

小学校時代の僕は、とにかくサッカーが大好きで、いつでもどこでもボールを蹴《け》っていました。このサッカー漫画を読んだからサッカーをはじめたのか、サッカーをしていたからこの漫画に夢中になったのか、今となっては判然としませんが、ただ、この漫画に大きな影響を受けたのは間違いありません。

ス」こと三杉淳くんですかね。

▼2『童夢』は親戚《しんせき》のおじさんに薦められ、自分で買って読んだんですけど、こういう漫画もあるのか！　と衝撃を受けました。

中でもとりわけ、思い出深いのは、この、『キャプテン翼』の第▼3二巻です。

確か、同級生から借りたのだと思うのですが（やはり買ったわけではないのですが）、帰り際《ぎわ》に頁《ページ》を開いたら、もう読むのが止められなくなってしまい、家まで読みながら帰りました。今から思えばあれは、僕が生まれて初めて観戦する、サッカーの試合だったのかもしれません（漫画ですけど）。こうやってパスを出すんだな、であるとか、キーパーはここのシュートが取りにくいのか、であるとか、▼4スライディングしてボールを奪ってもいいんだな、であるとか、そんなことでサッカーの技術を学んだ気持ちにもなったものです（漫画ですから、実際にはできないことも多かったのですが）。

坂道や交差点で周囲の車を気にすることもなく、漫画をじっと読んだまま、興奮しつつ家に帰りました。観客をどよめかせる主人公、翼君のサッカーの巧《うま》さに感激し、そして、後半、転校生の岬太郎君が唐突に現われ、助《すけ》っ人《と》となる場面では興奮しました。確か、この時はまだ翼君は、チームのキャプテンでも何でもなかったので、タ

▼3 第五巻に「意外な伏兵」というサブタイトルがついていて、どういう説明をされたかまでは覚えていないんですが、母に「伏兵」という言葉の意味を訊ねた覚えがあります（笑）。

▼4 スライディングタックルも、漫画から学んで実際にやっていました。校庭でやると、血だらけになるんですよね。サッカーが大好きだったけど、中学ではバスケ部に入ったんです。バスケ部にしては、サッカーがうまい、というポジショ

イトルの『キャプテン翼』とは整合性が取れていなかったはずなのですが、僕にはそれも気になりませんでした。

そして、何と言っても一巻で出てきた、オーバーヘッドキックのエピソードが、伏線となって、最後の最後で生き、「おー」と心の中で歓声を上げ、感動したものです。

などと書いても、読んだことのない人には何も伝わりませんね（読んだことのある人にも伝わらないかもしれませんが）。申し訳ありません。

正直なことを言えば、もっと感動した本や、価値観を引っくり返された漫画、もしくはきちんと自分で購入して読んだ作品もあるのですが、ただ、子供の時に、漫画を読みながら帰宅した、なんてことはこの時一回きりでして、だからこれは、とても大事な本なのです（ちなみに、自分でも買い直しました）。

〈子供の頃、私を夢中にさせたこの一冊〉「小説宝石」二〇〇五年十一月号

ンを狙《ねら》って。そういうずるいのが、得意なんです（笑）。

調査官とチルドレン[1]

「どうして家裁の調査官を、小説で取り上げようと思ったのですか?」

二〇〇四年の五月、『チルドレン』[2]という本を出した際、インタビューで、よくそう質問をされました。そのたびに僕は、「安易な動機なんですが、友人に家裁の調査官がいたからなんですよ」と答えていたのですが、実際、最初のきっかけはその通りで、友人のM君が調査官だったからなのです(つまり、安易だったんですね)。

M君が、どうして家裁の調査官になろうとしたのか、あらたまって訊ねたことはありません(彼が大学四年生の時に、図書館で勉強をしていたことは知っていますし、休憩時間のほうが勉強時間よりも長かったことも覚えていますが)。けれど、卒業後に時折会って、M君の話を

▼1『チルドレン』を書くときに、いろいろと協力してくれた友人がいて、それがここにも書いているM君なんですが、その彼から依頼を受けてこのエッセイを書きました。これは、読んだことがある人がほとんどいないエッセイだと思うので、貴重です(笑)。

▼2『チルドレン』は自分なりに一生懸命、書いたものの、現場の方から、何もわかっていないくせに、と批判されそう

聞いていると、「調査官というのは大変そうな仕事だなあ」と感じずにはいられませんでした。しかも、酔った僕たちから、「少年なんて、どうせ、謝れば許されると思って、社会をなめてるんだから、厳しく罰したほうがいいって」などと勝手なことを言われて、「うーん」と苦笑する彼は、反論することも怒ることもなく、「でもさあ」と何かを言いたげでもあって、その、「でもさあ」の後に続く言葉があるとすれば、何なのだろうか、と僕は知りたくもなりました。

その後で僕は、家裁調査官による本をいくつか、読みはじめたのですが、これもまた面白くて、驚きました。「熱血教師の熱さ」とも違えば、「患者を診る医者のクールさ」とも異なっていて、その奮闘ぶりは新鮮で、しかも、「少年というものは○○だ」とひとくくりに断定するようなことがどこにも書いていなくて、好感を抱きました。そして、ああでもないこうでもない、と頭を悩ませている調査官の様子に、じんわりと感動し、「専門家である調査官だって、悩みながら仕事をしているのに、部外者の僕たちが偉そうなことを

で、いまだに不安なんですよね。やっぱり、調査官の友人の話を聞いて、「大変だなあ」と感じたところが発端なので、不快に思われたら本末転倒ですし。だから、家裁の調査官の人が、「チルドレン」を読んでくれているのか、どういう感想を持っているのか、それはすごく気になります。陣内君は好きですし、登場人物の話も長編で書きたい、とずっと思っているんですけどね。

言うべきではないかもしれないなあ」という思いにもさせられました。

正直なところ僕は、「少年には未来があるから、罰を与えることよりも、矯正を考えるべきなのだ」という考え方にはどうも違和感があって、むしろ、「少年だって大人と一緒に厳しく罰しないと駄目なんじゃないの」と考えるタイプなのですが、ただ、家裁の調査官の本を読んだり、M君の話を聞いていると、「正解なんて、ないのかもしれないなあ」と感じるところもあり、「答えが出ないものは、小説にするべきなんだ」と常々、思っている僕としては、そこで、調査官の話を書くことに決めたのでした。

「チルドレン」というお話を書くに当たって、最初に決めたことは一つだけです。「調査官が真剣に向き合えば、少年は心を開き、立ち直るのです」的な、都合のいい美化された話にはしない、ということでした。しかし、かといって、「仕事が報われない」という皮肉めいた話にもしたくありませんでしたし、「少年の心は闇《やみ》である」という嘘《うそ》っぽい内容も書きたくありませんでした。とにかく、その中間あたりに落ち着くような、可笑《おか》しくて楽しい話を作ってみようと考えたのです。

さらに執筆途中に、たまたまつけたテレビに映った政治家が、子供でも分かるような嘘をついたり、言葉遊びとしか思えない言い訳をしたりするのを眺めているうちに、「そもそも、大人が恰好《かっこ》悪いから、子供がなめるんじゃないのかな」とそんな思いも湧《わ》いてきました。

というわけで、そんな気持ちを込めて書き上げ、そして、他の短編と合わせて一冊の本とすることができたのですが、ただ、いざ本が出てみると、「真正面から対峙《たいじ》すれば、少年は回復するんですね」と受け止める人が現われたり、もしくは、僕の伝えたかった、「大人が恰好悪いから駄目なんじゃないの」という気持ちにまったく気づいてくれない人も出てきたりして、やはり、自分の思惑を作品にする力が、まだまだ足りないのだな、と反省しているところです。

それから、話は変わりますが、最近ふと、カミュの『異邦人』▼3を読み返して、考えたことがあります。この小説は、よく、「理由な

▼3むかしテレビで、「理由なき殺人」について議論している

き殺人」の代名詞のようにも使われるのですが、今回読んでみて、「本当にそうなのかな」と首を捻《ひね》りたくもなりました。

あらすじを簡単に説明すると、「ムルソーという若者が、人を殺害し、逮捕され、そして処罰される」という、それだけの話ですが（それだけ、というと誤解があるかもしれませんが、あらすじには還元できない、小説としての面白さに満ちた作品です）、このムルソーが、動機を訊《き》かれてもまともに答えず、そして、「太陽が眩《まぶ》しかったから」などと答えたものですから、「若者による理由不明な、意味不明な、犯罪」と取り上げられることが多いのでしょう。

ただ、僕には、「理由がない」とは感じられませんでした。

物語は、ムルソーの母親が、施設で亡《な》くなるところからはじまります。ムルソーが動揺しているのは明らかですし、しかも、雇い主や、近所の男など、ムルソーの周囲にいる人間はどうにもこうにも、「嫌な感じ」の人間が多く、想像すればするほど、ムルソーの生活にはストレスが溜《た》まっていたような、そんな気がするのです。

おそらくこの事件は、「理由がない」のではなくて、「本人にも理

番組を観《み》たんです。そのなかである方が、「理由なき殺人なんて、カミュの時代からあるものだから、新しい問題ではない」と切り捨てていたんです。でも、ぼくは違和感があって。カミュが「理由なき殺人」を描いたのは、それが文学的なテーマになるほどだったから、いいかえれば、めずらしいことだったからではないかと思うんです。そのめずらしいことが、いま、現実に起きているから、議論をすべきなんじゃないんだろうか、と。それ以

由が分からない」だけで、もし、この事件が現代で起きて（ムルソーが少年で）、家裁の調査官が調査を行ったとしたら、決して、「理由なき殺人」などとは言い切らなかったのではないでしょうか。

もちろん、理由があったからと言って、ムルソーを大目に見てあげれば良かったのに、とは思いません（僕は何でもかんでも厳しく罰するべきだと思ってしまいます）。ただ、この小説に出てくる検事が、「この若者は、母が死んだというのに、海水浴へ行き、女の子と遊んで、喜劇映画を観に行き、そして母の埋葬の時に泣かなかった。何て不気味なんだ。死刑に値する」と主張する様子は恐ろしくもあります。

表面的な事実だけを見て、「理解できない」物には蓋《ふた》をしてしまい、「若者は異常になってきている」と決め付けるのは、このカミュの時代から現代まで、変わっていないということかもしれません。そんな気がしました。

「家裁調査官研究展望」No.33

来、あの時、「そんなのはカミュの時代からあったんだから！」と言った人には不信感を抱いています（笑）。でも、そう思って、『異邦人』を再読してみると、逆に、そこで扱われている殺人には、理由が存在しているようにしか思えなかったんです。そんなことを考えているときに、このエッセイの依頼をいただいたので、『異邦人』を中心に書きました。

私の隠し玉

これが掲載されているころにはすでに発売になっているかもしれませんが、二〇〇五年の十二月に、『砂漠』という書き下ろしが出▼1ます。

超能力とか大統領とか麻雀《マージャン》が出てきますが、基本的には、大学に入学した若者の生活と冒険を描いた物語です。

二〇〇六年は、春ごろから、▼2地方新聞の長編連載をやらせていただく予定になっています。

具体的にどの新聞に掲載されるのか、現時点ではわからないのですが、今のところ、『オー！ファーザー』という題名で、四人の父親をもつある一人の高校生の日常を書く予定です。

ご自宅に届く新聞に載っていた際には、読んでいただけるとあり

▼1『砂漠』の単行本の装幀《そうてい》を僕は気に入っているんですが、当時は評判があまり良くなくてショックでした（笑）。

▼2『ラッシュライフ』が出た直後に、新聞小説の配信元の会社が依頼してくれて、「どうして、僕に依頼を？」と訊ねたら、「河北新報の方が薦めてくれて」

がたいです。

「このミステリーがすごい！」二〇〇六年版

と答えがあったんです。ただ、親しい河北新報の方は、「私じゃありません」と言いますし、誰が推薦してくれたのかいまだに謎《なぞ》です（笑）。

2006年

父の犬好き▼1

犬を題材にエッセイを書いてください、と依頼をされて少し悩んでしまった。確かに私の書く小説には犬がよく登場するし、私自身も犬の健気《けなげ》で優しそうな立ち振る舞いを見ると頬が緩む。「警察の犬」という表現が出てきて、てっきり警察犬のことかと思ったら、「警察に媚《こび》を売る、卑《いや》しい奴《やつ》」のことで（たいがい、「警察の犬め！」のように使われる）、「『犬』をそんな意味で使わないでくれ」と憤《いきどお》りを覚えるくらいには、▼2犬好きだと自覚しているが、実は犬を飼ったこともなければ、生態に詳しいわけでもない。

だからわざわざ原稿に書くエピソードがなくて、困ったな、と思っていたのだけれど、そこでふと、「いつもポケットにドッグフードを入れている人」のことを思い出した。私の父だ。

▼1おなじみの（笑）、「干支《えと》エッセイ」第三弾です。このあたりですでにプレッシャーになってきているんですよね（笑）。

▼2父と同じく僕も犬が好きですけど、一度も飼ったことはないんです。猫は十代の時、一緒に暮らしていたので、もちろん好きなんですが。

彼のスラックスのポケットにはいつも、ドッグフードが入っている。ハンカチはなくとも、ドッグフードは常備している。どろっとしたタイプの物ではなく、乾燥したスナック菓子のような物だが、袋や箱に入っているのではなく、そのままポケットに入っている。

いったいその服を誰がどう洗うのか、であるとか、小銭と間違えて出すことはないのか、であるとか疑問は尽きないが、とにかく彼はそうやってドッグフードを持ち歩き、道端で犬がいようものなら、「よう」と挨拶《あいさつ》をし、おもむろにポケットから差し出す。

犬はもちろん尻尾《しっぽ》を振り、喜び、すると父も嬉《うれ》しそうな顔になり、「おお、元気か?」と犬を撫《な》でる。傍から他人が見たら怪しげな人物だろうが、家族の私から見ても相当、怪しい。

餌付《えづ》けのつもりではないようで、もしかすると、子供の頃の私が、父から何かをしてもらっても喜ばないタイプだったので、ドッグフードに感謝する犬を見て、味わえなかった満足感を嚙《か》み締めているのかもしれない。

時に彼は、鎖に繫《つな》がれた犬の頭を撫でつつ、「おまえは偉いなあ、一人で生きて」と話しかける。一人で生きるも何も、首輪があるくらいだから、飼い主がいるに違いないだろうに、と思うのだが、もっと深い意図のある言葉なのかもしれない。いや、たぶん、違う。

さらには、近所の家の庭の犬に餌《えさ》をやろうとするが、犬小屋が遠くにあるので、柵《さく》のこちらからドッグフードを投げつけることもあるらしい。それはすでに、餌をあげているのではなく、攻撃や虐待《ぎゃくたい》のたぐいではないか、と思わずにはいられないが、彼は意に介さない。

そして、「犬の鼻が湿っているのは、健康のバロメーター」だからなのか、鼻の乾いた犬を見つけると、「おい、大丈夫か」と言って、自分の指に唾《つば》をつけ、犬の鼻にこすって湿らしてやる。本末転倒だ、と思うが、やはり気にしない。この前は、どこかで会った他人の子供の鼻にも唾を塗っていた。▼3

もはや、犬好きなのか何なのかも判然としない。

中日新聞（夕刊）二〇〇六年一月六日付

▼3 何が起こったのか分からない様子で、きょとんとしていました。

経験▼1を生かす。

少し前に、引越しをしました。仙台市内でのほんの少しの移動だったのですが、それなりに大変でして、本の詰まった段ボールを部屋の中に積み上げ、あっちでもないこっちでもない、と運んでいたせいで、ぎっくり腰▼2まで経験してしまいました。

突如として痛めるものなのですね。はじめてのことに泡を食い、慌《あわ》ててドラッグストアに、前かがみの情けない恰好《かっこう》のままで飛び込み、「助けてください！」と縋《すが》るように男性店員に詰め寄ったのですが、彼はずいぶんと冷静でした。

「ぎっくり腰はようするに腰の捻挫《ねんざ》なんですよ。もう冷やすしかないです。冷やすしか」

本当だろうか、と半信半疑のまま家に帰り、さっそく、氷の入っ

▼1 これも読んだ方がほとんどいないめずらしいエッセイだと思います。一般社団法人学士会の会報に書いたものです。

▼2 いまのところ、これ以降はぎっくり腰になっていません。冷やす派と温める派があるようで、僕は冷やして治りましたから、冷やす派に一票投じたいです。医学的にはどちらが正解なんですか？

たビニール袋を腰に当てて寝ていたのですが、なるほど彼の言うことは正しかったようで、一晩過ぎると無事に痛みが弱くなりはじめました。

いつか小説の中で、ぎっくり腰を臨場感たっぷりに描く▼3日が来るのではないか、と今は、そんな予感を覚えています。

「U7」vol.6

▼3まだ書いていません。いつか必ず書きます。

近況

十二月に久々の書き下ろし、『砂漠』が出ました。実際に書きはじめたのは二〇〇四年の秋頃からなのですが、内容について考え出したのはそれよりもさらにずっと前で、その時の時事ネタが二つほど盛り込まれています。

まず一つ目は、確か二〇〇二年の終わりくらいのはずなのですが、ジョー・ストラマーというミュージシャンが亡《な》くなりました。クラッシュというバンドのメンバーです。その少し前には、▼ラモーンズというバンドの、ジョーイ・ラモーンというボーカリストが亡くなっていて、二人ともまだ若かったので、「え、嘘《うそ》」と思ってしまいました。

僕が、彼らの音楽を最初に聞き出したのは高校時代で、その頃か

▼ラモーンズのドキュメンタリーフィルムを前に観《み》たんですけど、ジョーイ・ラモーンの恋人を、ジョニー・ラモーンが奪って以来、ジョーイとジョニーは仕事に関係すること以外で、一切会話をしなくなったというエピ

らすでに「パンクの古典」という印象が強かったのですが、「そうかー、死んじゃったのかー」と寂しい気持ちになりました。

二つ目は、イラクです。

これもやはり二〇〇二年の終わり頃だと思うのですが、アメリカが、イラクは大量破壊兵器を隠し持っている、と声高に訴え、国連と揉《も》めていました。いったいどうなるのかな、と僕は不安や恐怖、もしくは無責任な好奇心を持って、ニュースを眺めていました。その時に、語弊はあるのかもしれませんが、「どうせ、誰かが反対したって、アメリカはイラクを攻めるんだろうなあ」とそんな気分でいたのも確かです。

どうするのが正解なのか僕に分かるはずもありませんが、ただ、「こうやって、日本の地方都市でぼんやりしている僕にできることと言えば、平和を祈って、麻雀《マージャン》の平和（ピンフ）を上がることくらいかもしれないな」とそんな気持ちになりました。

というわけでいざ執筆をはじめる時には、「パンクロックと麻雀」というキーワードが頭にあったわけで、そのため、物語の中の登場

ソードを知って、ファンとしては、ショックでしたね。一言も喋《しゃべ》ったことがない、って本当にあるのかなあ、とびっくりしました。

僕の好きなエピソードは、ラモーンズのトレードマークとなるライダースジャケットを着せられて、初めて撮った写真を見た瞬間のことをジョニー・ラモーンが話しているところなんですよね。「その写真を見た時、俺たちは悟ったんだ。『俺たちは売れない！』」という発言が可笑《おか》しかったです。

人物は、やたらと「ジョー・ストラマーがさ」「ラモーンズはね」と騒ぎ、そして、麻雀をやっては、平和という役に固執することになりました。

さらに、社会に出てもいないくせに訳知り顔で、根拠もないのに、「自分には何かができるんじゃないか」と思っているような、そういう大学時代が僕は意外に好きなので、結局、この物語は、「パンクロックと麻雀と大学生」の話となりました。気楽に読んで、「面白かった」と思ってもらえれば幸いです。

「新刊ニュース」二〇〇六年二月号

いいんじゃない？

新人賞をいただいた後、最初のうちはサラリーマンと兼業でした。「三年は会社を辞めてはいけませんよ」と担当者からアドバイスをもらっていましたし、僕自身、絶対に辞められないことを分かってもいました。本の印税で生活をすることがいかに難しいかは想像できますし、自分が仕事を辞めると、働いている妻がプレッシャーを感じるのは明らかです。そうなったら僕も罪悪感と重圧で、小説どころではなくなるに違いないのは容易《たやす》く想像できます。だから、時折、仕事が忙しくなったり、精神的に追い込まれるような役割を職場で担《にな》わされたりすると、「辞めて、小説に専念したい」と思いもしましたが、そのたび、「それは小説に打ち込みたいのではなく、単に、逃げたいだけじゃないか」と自分に言い聞かせていました。

けれど結局、三年を待たず、僕は会社を辞めました。まだ本が一冊しか世に出ておらず、今よりもずっと無名だった時にです。

その日、僕は通勤のバスの座席でウォークマンを聴いていました。窓外を眺め、お気に入りの曲を聴いていたのですが、なぜかその日に限って、その曲[1]がいつも以上に新鮮に聞こえてきました。曲のフレーズに頭を殴られ、同時になぜか、自分が取り掛かっている小説のことを思い出しました。理由は分かりませんが、ただ、「小説に専念しない限り、この曲に勝てるような作品は作れないんじゃないかな」と思ったのです。今から思えば、傲慢《ごうまん》な考えにも聞こえますが、その瞬間はそう思いました。会社では大きなプロジェクトが終わったばかりで、仕事に余裕があったことも後押しとなりました。「逃げたくて、辞めるんじゃない」と確信できたからです。

ただ、妻が何と言うだろう、という不安はありました。「我慢してみたら」と言われたら、僕もそれ以上強気には主張しないでしょうし、「わたしが頑張るしかない」と自らを鼓舞する深刻さを見せられたら、やはり心苦しくて、意見を翻《ひるがえ》すだろう、と分かっていま

▼1この曲は斉藤和義さんの「幸福な朝食退屈な夕食」です。ただ、これを書いた時、このエッセイの担当編集者から「何の曲なんですか」と訊《たず》ねられたんですが、秘密にしていました（笑）。偶然なんですけど、斉藤さんからの作詞のオファーは、その担当者経由だったんですよね。

した。

　帰宅して、僕は、「会社を辞めて、小説頑張ってみようかな」と彼女に打ち明けました。

「いいんじゃない？」というのが彼女の返事でした。投げ遣《や》りでも、重くもなく、軽やかだったのをよく覚えています。

　その軽やかな返事のおかげで、僕の決心はつきました。[2] 正しい決断だったのかどうかはまだ分かりませんが、でも、あの時の妻の言葉は、最高の贈り物だった、と思っています。


〈忘れられない贈り物〉「ポンツーン」二〇〇六年二月号

▼2　十二月でした。翌日会社に電話して辞職の意思を社長に伝えました。社長は、僕が小説を書いていることは前から知っていて、電話をしたときに、社長も、もう小説で食べていけるんだろうと思ったらしく「そうか」と言ってくれました。本当は、全然食べていける状態じゃなかったんですが（笑）。『重力ピエロ』を書き始めていたころです。実際に辞めたのは、翌年の三月でした。

「強度のある小説」という言葉にもっともふさわしい作品

小説や映画、音楽やマンガには強度があると思う。普遍性や賞味期限というのとはまた別で、何十年後も今と変わらず（もしくは今以上に）力を発する強さ、というものが。読書量が多いほうではないので偉そうなことは言えないのだけれど、「小説の強度」と言うとき、僕の頭には、佐藤哲也・亜紀夫妻の諸作品や津原さんの作品、▼1特に、この『ペニス』が浮かぶ。

大事件が起きるわけではない。けれど、文章を読み進めるだけで興奮する。暗く、歪《ゆが》んだストーリーであるのに、読むにつれ妙な親近感が湧《わ》き、物語に引き摺《ず》りこまれる。

タイトルが『ペニス』だし、冷蔵庫から少年の屍体《したい》が出てくる、という内容を聞くと、センセーショナルな小説で、「狙《ねら》っているん

▼1『バレエ・メカニック』やアンソロジー『NOVA2』に収録されている「五色の舟」なども、作者の想像力の豊かさに圧倒される素晴らしい作品です。

じゃないの？」と身構える人がいるのかもしれない。ただ、読めばまるで違う。まったく逆だ。

　小説というのはもともと、不穏で、歪んだ道徳について描くものかもしれない。世界観を支え切る文章の強さが素晴らしい。本当に、羨《うらや》ましい。僕の本が好きな人に、というよりも、「伊坂幸太郎の本、つまらねえよ。どこかに凄《すご》い小説ないのかよ」と嘆▼2いている方にお薦めです。

『ペニス』　津原泰水　双葉文庫

〈一冊決め①〉「SPA！」二〇〇六年三月二十一日号

▼2前に、著名な方が、「伊坂幸太郎作品が持て囃《はや》されるなんて、現代の小説は駄目だ」と書いていたんですけど、「素晴らしい作家はたくさんいるのに、僕の本だけ読んで、現代文学を見限るなんて、気が早すぎます！」と本当に思いました。

3652

▼1打海文三《うちうみぶんぞう》の指摘が的確であろうと、的外れであろうと、僕は姿勢を正さずにいられない

タイトルや簡単なあらすじを読むと、「幽霊との交流の話」「少年と幽霊の出会いと別れの話」にしか見えない。これでは、「本当にこの小説を喜ぶ人たち」が手に取らないで終わってしまうのではないか、と余計な心配をしてしまう。ほかの打海文三の作品同様、これも、「過酷で、理不尽な状況に投げ込まれた何者かが、必死で、生き抜く話」だ。『愛と悔恨のカーニバル』『R の家』▼2を読んだときにもつくづく思ったけれど、この著者が僕より二回りも年上とは信じられない。会話は鋭く、ユーモアに溢《あふ》れている。さらに、残酷だ。打海文三はいつだって、物事の本質を見抜く。意地悪く、容赦なく、「結局、おまえがくよくよ悩んでいるのは、こういうことではないか」と言ってくる。その指摘が的確であろうと、的外れであろうと

▼1評論家の池上冬樹さんが勧めてくれたのがきっかけで、打海さんの本を読みはじめたんですよね。このエッセイ集にも収録されていますが、『ぼくが愛したゴウスト』の文庫解説も書かせていただきました。

▼2この小説は『ロビンソンの家』と改題されて、中公文庫に入っています。

僕は姿勢を正す。

異界に紛れ込んだ話となるとラストは、「無事に元の世界に戻ってきました。めでたし」となるか、「元の世界には戻れなかったけれど、こちらの世界にも馴染《なじ》みました」となるか、どちらかのパターンかな、と読み進めたけれど、この本はそのどちらでもない。最後の場面は不穏で、そして魅惑的だ。この作家の得体の知れなさに驚く。

『ぼくが愛したゴウスト』打海文三　中央公論新社

〈一冊決め②〉「ＳＰＡ！」二〇〇六年三月二十八日号

3652

無邪気なようでいて、イマジネーションと邪悪さに満ちた、実は恐ろしい物語

ある人がこの作品を薦めている文章▼1を読んで興味を持った。ちょうど復刊されたばかりのこの本を持って、妻と旅行に出かけた。温泉場に行き、待合ルームで妻の帰りを待つ間▼2、ずっと読んだ。数日間、それを続けた。周囲にいるのは、地元の人たちばかりで、座布《ざぶ》団《とん》を枕《まくら》がわりに昼寝をしたり、持参してきたおにぎりを口にしたりしている。そんなか、この本を夢中で読む僕は、まったく別の小宇宙にいた。

乱暴に内容を紹介すると、「少年が、少年の伝記を書いた▼3」となるのかもしれないが、「子供ならではのアイディアや微笑《ほほえ》ましさに満ちた、伝記小説のパロディかな」と思うと（僕は少し思った）痛い目に遭う。「つまり、こういうことだ――僕がいなければ、エド

▼1 僕がデビュー前からよく読んでいたブログで熱烈に推薦されていたんです。

▼2 妻が長風呂《ながぶろ》なので、待っている間、ずっと読んでいました。

▼3 直接のきっかけというわけではないんですが、伝記を『あるキング』でやったのには、この本を読んだことが関係

しているのかもしれません。

ウィン、君は果たして存在していただろうか？」と書き手（伝記を書く少年）が書いていることでもわかるように、これはイマジネーションと邪悪さに満ちた、（実は）恐ろしい物語なんだ。作中で、エドウィン（伝記に書かれる少年）の作ったアニメ映画の内容が描かれるが、その、「アニメ作品の内容を、小説で表現する」描写の豊かさに、僕は眩暈《めまい》を感じるほど打ちのめされた。そして今も、依然として、打ちのめされ中。

『エドウィン・マルハウス　あるアメリカ作家の生と死』スティーヴン・ミルハウザー　岸本佐知子訳　白水社

〈一冊決め③〉「ＳＰＡ！」二〇〇六年四月四日号

警察や国を、どこまで信じていいのか？

この事件の顚末《てんまつ》に、恐怖を感じずにはいられない

少し前にある人から、「あなたの書く小説では、主人公たちが警察に頼ろうとしないところが釈然としないんですよ。自業自得《じごう》と言うか、リアリティがないと言うか」と言われた。さらに、「この国は法治国家ですからね」と言われた。僕は単純なので、「なるほど、そうですね」と思ったが、そんなときに偶然、この本を読んで、ぞっとした。『桶川《おけがわ》ストーカー殺人事件』『国家の罠《わな》』を読んだときもそうだが、僕はこの手の本を読むといつも怖くなる。警察や国をどこまで信じたらいいのか、悩む。僕は単純なのだ。

この事件のおおまかな内容はニュースで知っていたものの、この本を読みながら、「これは現実に起きたことなのか」と何度も首を捻《ひね》った。息子の危険を察知し、十回以上も警察に足を運ぶ親。けれ

どその息子は最終的には、「痛いのは俺じゃないし」の思想を持つ男たちによって、殺されてしまう。死に至るまでの過程は、本当に痛ましい。おぞましい。両親はその事件性を察しているにもかかわらず、警察は動かない。動かない理由がまた衝撃的だ。すべての警察がそうだとは思わないし、どこまで真実なのかわからない。ただ、とにかく恐ろしい。

▼『栃木リンチ殺人事件―殺害を決意させた警察の怠慢と企業の保身』黒木昭雄　新風舎文庫

〈一冊決め④〉「SPA!」二〇〇六年四月十一日号

▼この本を読んで、警察ってそんなに完《かん》璧《ぺき》ではないんじゃないか、と感じてしまいました。
以前、痴漢冤罪《えんざい》のニュースなんかを見て、「本当に無実なら自白するわけないだろう」と言っている人がいたんですが、でも、無実であるにもかかわらず、「やりました」といわざるを得ない状況に追い込まれることって、やっぱりあるのでは、と僕は思ってしまうんですよね。

このマンガを読んでいると、喜怒哀楽に分類できない、変な感覚になる

いまさら言うのも何だけれど、新井英樹は凄いと思う。[▼1]『ザ・ワールド・イズ・マイン』を最初読んだときは（自分のことは棚にあげて）、「どうしてこれを小説家がやらないんだろうか」と思った。最後のほうは少し惜しい形になっていってしまったけれど、でも、僕の求めている「文学」が、マンガになって現れた、と感激した。それ以降も、『SUGAR』の、あのスピード感と意味不明寸前の台詞《せりふ》に驚き、この、『キーチ!!』の展開の読めなさに愕然《がくぜん》とした。

このマンガのあらすじの説明は難しい。僕自身、あらすじなんてわからない。両親を通り魔に殺された少年キーチの成長譚《せいちょうたん》、と言ってしまうのも単純な気がするし、少年キーチが大人たちを揺さぶっていく、というのもぴんとこない。

▼1このマンガが出たときには、純文学やエンタメ問わず、小説家は歯ぎしりして悔しがっていたのでは、と想像します。もしマンガという表現手段がない時代に新井さんが生まれていたら、純文学作家になっていたんじゃないか、と思うんです。

ただ、読んでいるとにかく、鼓動が速くなって、夢中になってしまう。興奮し、憤り、恐怖する。喜怒哀楽に分類できない、変な感覚になる。少なくとも僕は。

これが爆発的に売れてしまうと、それはそれで少し違う気がするので、いっそのこと、中学か高校の授業で、新井英樹のマンガを読ませればいいんじゃないか、とも思う。

『キーチ!!』▼2　新井英樹　小学館

〈一冊決め⑤〉「SPA!」二〇〇六年四月十八日号

▼2　二〇一〇年現在、このマンガは、『キーチVS』として、成長したキーチの話が描かれていますが、これもまた迫力のある、素晴らしい作品です。

あの作品につけたい「架空サウンドトラック」

ロック特集[1]らしいけれど、ロックの定義を知らない。ロックとパンクの違いを説明できない。僕は。ロックとポップの違いも、純文学とエンターテインメントの違い同様、論理的には説明できない。だから、ここに書くのはとりあえず全部、ロック、ということにする。で。

小説を書く時に音楽を聴きますか、と質問される。基本的には聴かない[2]。聴きながらは書けない。ただ、例外もある。今までに、音楽をひたすら聴き、書き上げた小説が二つだけある。一つは、「エソラ」という雑誌に載った中編「魔王」で、もう一つが、「エソラ」という雑誌に載った短編「ギア」。両方とも同じ雑誌だ。偶然。い

▼1ロック特集ということで、わざと、ロックっぽい文体で書いてみました。書いておいて何ですが、オーソドックスな文体が好みなので、こういうのはあんまり好きではないんですよね（笑）。

▼2小説を書いているときも、読んでいるときも、音楽は聴かないんです。ここに書いてある通り、

や、偶然じゃないかもしれないけど、これも説明できない。

で。

「魔王」の時は、サンボマスターのファーストアルバムをずっと。理由は分からない。この物語を書いている間に感じていた切迫感と、あのバンドの発する切実さが妙に合っていたのかもしれない。前につんのめるような感覚で、ひたすら書いた。「ギア」の時は、ストロークスとモーサム・トーンベンダーの新譜をずっと。これも理由は分からない。ただ、今から思えば、この物語を書いている間に感じていた、「こんなめちゃくちゃな物語でいいのか」という不安を、「オーソドックスなロックを装《よそお》いながらも、実は前衛的。前衛的なんだけれど、でも、やっぱり王道のロック」という彼らの曲が後押ししてくれたのかもしれない。できあがったのはやっぱり、めちゃくちゃな話にすぎなかったけれど。

小説を書いている最中に音楽は聴かない、とは言ったものの、出来上がった▼3小説に音楽をあてはめる、ということは時々やる。映画のテーマ曲やサントラというのとは少し違う。映画と小説は全く別

「魔王」と「ギア」は例外的に聴きながら書きました。

▼3たとえば、『バイバイ、ブラックバード』のラストのところには、ユニコーンの「最後の日」をあてはめたり、『重力ピエロ』のラストには、ストロークスの「モダン・エイジ」が合うんじゃないか、と想像すると楽しいです。

の表現で、だから、小説にサントラは不要だ。たぶん。僕がいつも考えるのは、小説の内容と呼応するような音楽だ。

　三月に発売された、『終末のフール』の場合。あまり深く考えなければ、ミッシェル・ガン・エレファントの「世界の終わり」かもしれないけれど、それでは何だかつまらない。で。

　ぱっと思い浮かんだのは、アナログフィッシュの「世界は幻」。基本的に、これはラブソングだろう。でも、関係がない。僕には。サビの部分、「世界は幻」と高らかに歌われる。反語的な意味なのかどうかは分からない。ただ、「幻」と言われれば言われるほど、「幻なんかじゃない」という思いが強くなる。手を伸ばす。宙をつかみたくなる。もしくは拳《こぶし》を握る。握りたくなる。幻となってしまいそうな世界にしがみつかずにはいられない。僕のこの小説では、世界に隕石《いんせき》が落ちてくることになっている。でも、世界は幻、ではない。

　同じくアナログフィッシュの「夕暮れ」も合う。ひたすらに、

「夕暮れです」のフレーズが繰り返される。くどいくらい、延々と。何度も聴いているうちに、病み付きになる。終盤、「自動車が／電車が／スーパーが／アパートが／ポストが／少年が／スプーンが／フォークが／キャロットタワーが」オレンジに染まっていく。その様子は、僕が作中に描いた、赤とんぼの浮かぶ光景と重なり合う。夕焼けは綺麗《きれい》だ。悪くない。

さらに、同じバンドの「ナイトライダー2」も合う。夜の道をバイクで行く。孤独とも優雅ともつかない光景。真夜中の道路に響く、「夜の町は死んでしまっていて」「生きているためにスピードをあげろ」「世界はまだ終わらない」その歌が、僕の前に広がる。隕石が落ちてきても、僕は一人きりだけど、世界はまだ終わらない。そんな感じ。

〈新世紀のロックンロール。〉「小説すばる」二〇〇六年六月号

『鎌倉ものがたり』が描く異界の日常

二十年だ。気づいて、驚いた。西岸良平《さいがんりょうへい》さんの漫画を、中学の同▼級生に薦められ、はじめて買った時から、ほぼ二十年が経《た》っている。びっくりだ。最初に読んだのは、『蜃気楼《しんきろう》』だったか、『魔術師』だったか、それとも、『地球最後の日』だったか、とにかくどれかを読んで、その世界に惹《ひ》き込まれた。あたたかみのある可愛《かわい》らしい絵ではあるけれど、描かれているのは不気味な世界で、後味のよくない物語も多く、何なんだろうこれは、と衝撃を受けた。以降、西岸さんの漫画を買い集めるようになり、二十年が経つ、らしい。たぶん今はほとんどの作品を（『たんぽぽさんの詩《うた》』が全巻あるかどうか怪しいけれど）持っているんじゃないだろうか。

個人的な感想を言わせてもらえれば、西岸良平作品に、「ノスタ

▼中学生くらいの頃は、漫画は、自分で探して面白いものを発見することが多かったんです。誰かに薦められて読み、しかも面白かったというのは、とてもまれなケースでした。

特別に親しいというわけではなかったんですが、同級生二人が、西岸さんの話をしている場面に出くわして、名前を聞

ルジックな」という表現は合っていないと思う（誰もそんな表現は使っていなかったら、ごめんなさい）。昔懐《むかしなつ》かしい光景を描きつつも、そこにあるのは奇妙で、オリジナリティの溢《あふ》れる、見たことのない物語で、やっていることはずいぶん前衛的だ。『夕焼けの詩』は比較的、地味でオーソドックスな作品だけれど、『魔術師』『ヒッパルコスの海』など初期のものは明らかに、実験的だった。

『鎌倉ものがたり』はその両方がうまく調和した作品のような気がする。安心感と実験性がうまく共存しているのだ。

一色先生はいつも締め切りを気にしているし、ヘアネットを被《かぶ》り、剣道が上手《うま》いけれど、プラモデル作りも大好きで、で、ちょっと恥ずかしい過去を持っている。亜紀子さんは常に子供と間違えられて、むっとしてるし、暢気《のんき》に魔物の世界に足を踏み入れる。お決まりの、ほっとする世界がそこにはある。

その一方で、発生する事件は、物騒なものが多い。首が飛んだり、頭が割れたり、白骨になったり。そのギャップが、新鮮だ。魔物たちにはいい奴《やつ》も恐ろしい奴もいて、時にはとんでもないトリックや

いたことのない漫画家の方だったので「誰、それ?」と詳しく訊ねてみたんです。それで買って読んだら、好みに合っていて、うれしかったです。西岸さんの漫画は、家族みんなで、めずらしく、まわし読みをしました。

解決が披露されるのだけれど（海から亀《かめ》に乗って人が現われた時はあまりのことに唖然《あぜん》としたし、足跡が一つしか残っていない犯人の正体を知った時には驚愕《きょうがく》した）、どんなに奇妙なことが起きても、どんな魔物が現われても、「だって、鎌倉だから」という一言に吸収されてしまう。普通であれば読者は怒るのかもしれない。ただ、この漫画に限って言えば、「そうかあ、さすが鎌倉は違うよな」と納得してしまう。実は僕がはじめてまともに鎌倉を訪れたのはほんの数年前のことで、その時にはすでにいい大人であったにもかかわらず、「ああ、ここには魔物がいそうだな」と思わずにはいられなかった。

ちなみに、この文章を書いていてふと思った。二十年後も西岸良平さんは、この漫画を平然と書いているのではないだろうか？　そして、僕はもちろん、それを読んでいる。で、鎌倉には魔物がいる。

「ダ・ヴィンチ」二〇〇六年七月号

私の青春文学、この一冊『叫び声』▼大江健三郎

十代の終わり、たまたま手にとったこの文庫本の序盤に、「ともかく僕のそのときまでの二十年の生涯に、なにひとつ特別の出来事がおこらなかったということがいわば僕の個性だった」という文章があった。それを読んだ瞬間、ああ、僕もそうだ、僕も特別なことなんてなかった、と共感とも悲しみともつかない気持ちに襲われた。

青春というものの記憶が、実感が、僕にはない。ごく普通の十代を過ごしたからだろう。でも、だからと言って、当時の僕は落胆していたわけではなかったし、自虐《じぎゃく》的になっていたわけでもなかった。心のどこかでは、三島由紀夫が言うように、自分だけには特別あつらえの人生が待っている、とそんな気持ちでいたのだと思う。

特別の出来事を経験してこなかったこの小説の主人公が、不穏で

▼また『叫び声』の登場かよ、という感じですね（笑）。毎回違う作品をあげたほうがもしかしたらいいのかもしれませんが、嘘をつきたくないので、衝撃を受けた『叫び声』のことを書いてしまうんです。まさかエッセイ集として、一冊にまとまるとは思っていなかったから、ぼろは出ないだろうとも考えていたところもあります（笑）。

奇妙な生活に巻き込まれていくのを僕は、自分自身の冒険のように感じながら、読み進めたのかもしれない。

「野性時代」二〇〇六年九月号

特別料理

学生時代から自炊▼1をしていたので、「料理は得意ですよね」と時折、勘違いされる。滅相もない。技術も知識もレパートリーもなくて、学生時代の僕は、「野菜とか肉とか切って、鍋《なべ》に放り込んで煮て、塩コショウで味をつければどうにかなるでしょう」であるとか、「野菜とか肉とか切って、フライパンで炒《いた》めて、塩コショウで味をつければどうにかなるでしょう」であるとか、そんな程度の方針しかなかった。

一度、市内の情報センターで、タッチパネル式の「料理レシピ」に触れた際、「ヨーグルトの作り方」を見つけ、真剣に眺めてみたのだけれど、「次のものを用意してください」という説明の中に、「ヨーグルーター」▼2なる装置が出てきて、落胆したことがある。名

▼1ひとり暮らしをしていたときは、好物のトンカツや唐揚げを作ることもあったんですけど、うまくいかず、焦《こ》がすことが多かったです。それでも食べましたけど。お金がなくて食材を買えないときには、安上がりメニューの定番、「ごはんとバター」で食事を済ませることもありましたが、今まで

前から推測するに、その、ヨーグルーターがあれば、そりゃあヨーグルトもできちゃうんじゃないの、と思わずにはいられず、それ以降、レシピを信じるのをやめた。

ただ、ある時、唐突に、グラタンが食べたくなったことがあった。理由は忘れたけれど、とにかく、「グラタンを作るぞ」と思い立ったのだ。けれど、肝心の作り方が分からない。インターネットが普及していれば、検索できるのだろうけど、当時は無理だった。

で、どうしたか。答えは単純で、スーパーで、グラタンミックスのような物を買い、その作り方に従うことにしたのだ。インスタント食品に近いが、それでも僕は丁寧に調理方法を読み、作った。粉チーズも振った。

それの、どこが特別料理なのか、と思われるかもしれないが、特別なのはこれからだ。

オーブンが音を鳴らし、僕はいそいそと中を覗《のぞ》く。どうやらグラタンらしくなっているぞ、と感動し、そしてまずは皿を部屋に運ぶために手でつかんだ。

で、もっともシンプルなごはんのおかずは、音楽でした（笑）。おかずが何もなかったんですよね。だから、好きな音楽を大きな音でがんがん流して、それを聴きながら一気に白米を食べるという（笑）。

▼2このときは妻とふたりで、牛乳や砂糖の量をメモしながらレシピをみていたんです。そしたら、画面に「ヨーグルーター」が出てきて、それがあればヨーグルトできるじゃん、と脱力感で一杯でした。

そう。素手でつかんだ。

グラタン皿が死ぬほど熱いですよ、とは箱に書いてなかった（あっても、見逃していた）。指先に強烈な熱を感じ、「これはまずい」と思い、とっさに、グラタンを取るか指を取るか、という計算をやった。

直後、僕は両手に持った皿を思い切り、台所にぶちまけた。音を立て、グラタンが飛び散る。床一面、ホワイトソースまみれだ。指先を冷やしながら一人で、無言のまま、たっぷりと立ち尽くした。やがて、残りの皿をあたため、味わうこともなく、大急ぎで食べると、床掃除に取り掛かった。▼3 印象深い、特別な、料理です。

〈思い出に残る、手造りの一品〉「小説すばる」二〇〇六年十一月号

▼3 大したやけどはしませんでしたが、床を拭《ふ》いているときは、むなしさでいっぱいでしたね。

私の隠し玉

二〇〇七年一月に、新潮社から、『フィッシュストーリー』が発売されます。

デビュー直後に書いた短編から、今年書き下ろした中編まで、四つの物語が入っています。どれも気に入っていますので、読んでいただければありがたいです。

去年から編集者さんと、「ハリウッド映画みたいな、娯楽物の定型に乗っかっちゃった小説を書いてみたいですね」と話をしていました。仮題▼1『ゴールデン スランバー』として、今、書いています。ベタなエンターテインメントを目指していますが、どんなものになるのか、今はよくわかりません。

あとは、もしかすると春ごろ、▼2週刊誌で連載をはじめるかもしれ

▼1新聞連載の『オーファーザー』を書き終え、デビューしてから初めて、一カ月間まるまる、仕

ません。実現すれば、畑違いの場所での挑戦となります。頑張れればいいな、と思っています。

「このミステリーがすごい！」二〇〇七年版

事を一切やらなかったんです。小説読んだり、映画をたくさん観《み》たり。でも、あっという間でしたね。そのあとで書き始めたのが『ゴールデンスランバー』です。

▼2「週刊モーニング」で始まる『モダンタイムス』のことです。二カ月先行するよう原稿のストックを作りながら、連載を進めていきました。

2007年

猪《いのしし》▼1作家

親しいその記者は、「干支《えと》の亥を題材にして、エッセイを書けますか?」と言った。

「書けます」と即答した。亥は、私の干支だ。つまり年男なのだから、書くことなどいくらでもあるだろう、と考えた。ところが、だ。原稿にいざ取り掛かると何も書くことがない。「年男です」と記してみたが、四文字で終わった。さすがにそれはまずかろう。

私は動物園に向かった。▼2家族と一緒に、実物の猪を見れば何か面白いことでもあるに違いない、と安直に発想したのだ。レッサーパ▼3ンダよろしく立ち上がる猪を目撃できるかもしれない。そうすれば、エッセイに書く話としては充分ではないか。

けれど、寝ていた。檻《おり》の中の二頭のニホンイノシシは真横に倒れ、

▼1この頃には、「干支エッセイ」のネタを探すために一年を過ごしているような気すら、し始めていました(笑)。書き終えたら終えたで、さて来年はどうすればいいんだ、と悩んでしまいます。

▼2動物園にいけば何かあるだろうと期待して行ったんですが、何も起こらず、ショックで仕方ありませんでした。

▼3当時、こういうニュースが話題だっ

お休みになられていた。予想以上に大きく、迫力があったが、それだけだ。「寝ていた」と書いても、やはり、四文字だ。仕方がなく私は、妻と一緒に檻の前にしばらく立ち、ハプニングが起きないものかと観察し、暇潰《ひまつぶ》しに写真を撮影した。すると他の入場者たちが、「あそこには、何かとても珍しい動物がいるのかもしれない」と勘違いをしたらしく、引き寄せられるように次々と集まってきた。彼らは期待に胸を膨らませ、檻の前に立ち、眠っている猪を見ると、「猪か」と呟《つぶや》き、いちように拍子抜けの面持ちで、立ち去っていく。「干支か」と気づく者もいない。人の期待を裏切るのはどんなことでも心苦しく、居心地が悪かった。

意気消沈気味に私は動物園を後にしたが、その帰る道すがら、「イノシシ肉あります」と張り紙がある小さな肉屋の前を通り、興奮した。▼4 ここで、猪の肉を購入すれば、何か面白い出来事が起きるかもしれない。いや、起きないわけがない。

店に入り、「イノシシ肉はありますか?」と訊《き》いた。店主は、「ありますよ。鍋用ですか? 焼肉用ですか?」と問うてくる。そんな

たんですよね。でも、レッサーパンダが立つのは別に特別なことではないらしいと知って、ニュースというのは不思議なものだなと考えさせられました。

▼4もう猪の肉しかない、何か起こるはずだ、と思って肉屋さんに入ったら、まさにこういう出来事があったんです。締切に滑り込むような感じで書きました。

分類があるのか、と感心し、「どちらが良いですかね」と聞き返すと店主は、「今なら、鍋だね」と微笑んだ。とても丁寧な人だった。「では、鍋用でお願いします」と私は応じ、差し出された肉を買い、大事に抱えると、家に戻った。

夕方になり、妻が鍋の準備をはじめたのだが、肉を取り出したところで彼女が噴き出した。いったい何があったのか、と近づくと、肉のパックにシールが貼《は》られている。「鍋&焼肉用」そう書いてある。

店主とのあのやり取りはいったい何だったのか、と一瞬唖然となる。猪は奥が深い、とも思う。けれど、それだけだ。

夜、私は、気安くエッセイの依頼を引き受けるのではなかった、と後悔した。猪の話題とはかくも難しいものなのか。縋《すが》る思いで『大辞林』を引くと、「猪武者」という言葉が目に入ってきた。「思慮を欠き、向こう見ずにがむしゃらに突進する武士。また、そういう人」とある。「この猪作家」とこっそり呟いてみた。

中日新聞（夕刊）二〇〇七年一月六日付

お正月は映画ですごそう

『アメリカン・ビューティー』(99年 米 サム・メンデス)

綿密に構築された、寓話《ぐうわ》を観ている気分になります。好きなソーラ・バーチも出ているし、クリス・クーパーも「哀れ恰好《かっこ》いい」。年末年始に、崩壊した家庭の話を観るのもどうかと思いますが、なぜかこの映画には幸福感が漂っていて、観終わると解放された気がします。少なくとも、僕は。

『ロード・トゥ・パーディション』(02年 米 サム・メンデス)

緊張感の漂う、美しい寓話を観ている気分になります。トム・ハンクスもいいですが、ジュード・ロウの演じる殺し屋が不快で仕方がなく、目が離せません。年末年始に観るには物騒な話ですが、こ

▼このときも何か趣向があったほうがいいのかな、と思って、監督を揃《そろ》えたんですよね。サム・メンデスは当時三本しか映画がなくて、しかもどれも傑作でした。ジャンルや系統が違うのに、傑作ばかりというのは素晴らしいですね。この後に発表された、『レボリューショナリー・ロード』という作品も良かったのですが、

れを観ると、恰好いい娯楽映画とはこれのことかも、と思ってしまいます。とりあえず、僕は。

『ジャーヘッド』（05年 米 サム・メンデス）

戦争を題材にした映画でも、寓話となりうるんだな、とそんな気分になります。年末年始に戦争映画を観る必要もないかもしれませんが、どうせなら、サム・メンデスの映画を三本観ることにして、「この人は何か底知れないな」と改めて、感心したい気もします。あくまでも僕の場合ですが。

夫婦喧嘩《げんか》の場面が生々しくて、我が家の夫婦喧嘩を見るかのようで、胃が痛かったです。奥さんがこの映画のケイト・ウィンスレットですし、たぶん、サム・メンデスもああいう喧嘩するんだろうな、と思いました（笑）。

「週刊文春」二〇〇七年一月四日・十一日合併号

身近な生活と広大な世界を、同時に歌える稀有《けう》なバンド

ギタリストとベーシストがそれぞれ曲を作り、歌う。可愛《かわい》らしいポップな曲調もあれば、口ずさみながら飛び跳ねたくなる曲もある。しっかりとした演奏力と前衛的な要素を備え、聴きやすい上に、奥深い。そして、飽きない。

こう書くと、例の、カブトムシをバンド名に持つ有名なロックバンドのことのようにも思えるけれど、▼アナログフィッシュも、そういう特徴を持ったバンドだ。昆虫と魚類を比べるのは何だけれど、でも、どこか似た印象があるのは確かだ。あっちは飛べて、こっちは泳げる。そういう違いはあるにしろ、似てる。

アナログフィッシュの曲たちは、とても不思議な小宇宙を作り出す。「大切な物は　そんなにないよ」「僕は何を欲しがってたんだ

▼別のCDを買うために店に行ったとき、棚に一枚、彼らのバンドの名前と同じ『アナログフィッシュ』っていうタイトルのファーストアルバムが差さっていたのを見つけたんです。初めて目にした名前だったんですが、一目見て、恰好いいバンド名だなと思いました。曲名も素敵で、試聴しようにもできなかったので、一か八か、買ったんです。気持ちよくメロディに乗せていく

ろ？」「あの風が　僕等に吹いたって　身動き一つもできなかった」などなど、歌詞を見てもわかるように、楽観的なのか悲観的なのか、励ましているのか嘆いているのか、煽《あお》っているのかどうかもわからない。かと言って、思わせぶりで難解なものでもなくて、聴いている僕たちの身体《からだ》や内面を、心地良く震わせる。

各曲には、「街」や「シティ」という言葉がたびたび登場する。一方で、「世界」や「ワールド」という単語もとてもよく出てくる。だからなのか聴いていると、確実に、蜘蛛《くも》が巣を張るアパートや、自分の住む街の延長線上には、「世界」があるんだな、と感じることができる。「そうだそうだ、この地面の先は世界に接続しているんだ」

身の回りの恋愛や悲しいことを等身大に歌うミュージシャンや、神秘的で幻惑的な世界観を作り出すバンドも必要だろう。ただ、「現実的な生活」と「広大な世界」のそれぞれのやり切れなさや可笑《おか》しさを同時に描き出すロックバンドはあまりいない。だから、アナログフィッシュはとても、貴重だ。

ような曲ではなく、最初は、失敗したかも、と思ったんです。だけど、だんだんそのズレていく感じが心地よくなってきて、何度聴いても飽きないんです。おう、これはすごい！と、それ以来、愛聴しています。中学生くらいのときは、半年くらい悩んで、一か八かで買って失敗することもありました（笑）。ガスタンクのアルバムも一か八かで買った記憶があります。中学生にとっての三千円は巨額ですから、緊張感ありましたね（笑）。

この新譜は、今までの彼らの魅力をそのままに、さらに進化している。「他の何にも似ていない」というのはどんなジャンルでも強力な武器だけれど、アナログフィッシュは独りよがりにならず、ポップさを失わず、それをやろうとしている。あとは、カブトムシのバンドのように解散したり、撃たれたりしないことを祈るのみだ。

とりあえず、過去に挫折《ざせつ》したことがある人や、今まさに挫《くじ》けそうなおじさんたちは(それは、僕のことなのだけれど)、今すぐ、今作中の「マテンロー」を聴き、口ずさみ、拳を握り、奮い立て。

『ROCK IS HARMONY』アナログフィッシュ　CDレビュー

「インビテーション」二〇〇七年一月号

人気作家63人大アンケート！

「二〇〇六年に読んで印象に残った本」

『ボーイズ・オン・ザ・ラン』花沢健吾▼1
どう考えてみても、「21世紀版『宮本から君へ』」としか思えませんが、それを含めて、素晴らしいと思います。昨年一番熱くなりました。

『イヴの夜』小川勝己
小川さんの新刊を待ってます。

「二〇〇六年で印象に残った出来事」

パソコンが二回壊れました。▼2洒落《しゃれ》にならない事態に。

どういうわけか急に、ニュースを見るのが怖くなり、最近の社会

▼1まさか『モダンタイムス』で花沢さんとお仕事をご一緒することになるとは、想像すらしていませんでした。

▼2『オー！ファーザー』の連載原稿一カ月分が消えたんですよね。海外にまでハードディスクを送ってなんとか復活したんですが、かなり高額を払ったという

情勢のことが分からなくなってきました。まずいです。

のに、読んだことのある原稿が戻ってきただけで、面白さが増しているわけでもないですし、虚《むな》しかったです。

「二〇〇七年の予定」

いろんな予定がありそうですが、とりあえず、『アヒルと鴨《かも》のコインロッカー』の映画が、初夏あたりに東京で公開されるようです。自分の本が原作、ということはまったく抜きにして、素晴らしい映画となっています。僕は何回も観ていますが、飽きません。機会があればぜひ、ごらんになってください。

「活字倶楽部」二〇〇七年冬号

『ぬかるんでから』[1]佐藤哲也　解説

佐藤哲也の小説を読むことはどうしてこんなに楽しいのだろう。小説ならではの喜びに溢《あふ》れていて、しかもそれがまったく押し付けがましくない。

小説ならではの喜びとは何なのだ、と言われると僕もうまく答えることができないのだけれど、ただ、映像にしてしまったら零《こぼ》れ落ちてしまうような、そんな部分に小説の楽しみはあるんじゃないかな、とは個人的に信じている。たとえば、今回のこの短編集の『ぬかるんでから』の場合、まず最初に収録されている表題作「ぬかるんでから」をめくってみると、いきなり、

これは奇跡に関する物語だ。

▼1ここはもう、「解説」になにもかも書いてしまっているので、特にこれといって語ることはありません。

強いていえば、元々、文庫の解説は、基本的にすべてお断りしようと思っているのですが、この小説の文庫解説をやりたい、というのがいくつかあったんです。まず、打海文三さんの『愛と悔恨のカーニバル』か『ぼくが愛したゴウスト』。幸運にも後者の文庫

解説を書くことができ、このエッセイ集にも収録されています。そして、佐藤哲也さんの作品のどれか。この『ぬかるんでから』の解説が、それにあたります。書きたいです！　とアピールをしていたわけじゃないんですけど、依頼があったときには、素直にうれしかったです。あと一つは、海外ものの あるシリーズ作品で、それの解説はやりたいなあ、とこっそり思っています。

と冒頭にある。なるほどそうなのか奇跡の物語なのか、それは凄《すご》いなあ、と思いつつ読み進めれば、海が大荒れに荒れ、大地が一面ぬかるんだ状態にあることが説明される。たった四行でこんなことになってしまうのだから、これは奇跡くらいは起きてしまいそうだぞ、と感じる。そして、そうか世界はぬかるんでしまったのか、大変だなあ、などと他人事《ひとごと》のように思っていると突然、

そう、あの晩のことだ。

という文章が飛び込んできて、はっとする。実は自分もその当事者だということを指摘された気分になる。急にフィクションの世界に呼び込まれたかのような錯覚に、ぞくっとする。
決して、作者は難解なことをしているわけではない。けれど、映像では決して出せない刺激を、読む人に与えてくれる。
少なくとも僕の場合はそうだ。

それからさらに、その数行後にはこんな文章がある。

妻をわたしは起こし、すぐに戻れると確約を与えて着替えを急がせた。

「すぐに戻れると言って」でもなければ、「すぐに戻れると約束して」でもなく、「すぐに戻れると確約を与えて」という文章にするだけで、どこかおかしみが滲《にじ》んでくるような気がするのは考えすぎだろうか。こういった部分も映像にしてしまえば、消えてしまう部分であるのは間違いない。

佐藤哲也はこういった言葉の選択が巧みだ。小難しい言葉を避け、易しくも強度のある言葉を選び、淡々と文章を綴《つづ》っていく。独り善がりとしか思えない、恥ずかしい実験的な文体を使うわけでもなく、奇抜なことは何一つしていないのに、それだけでユーモアが生まれる場合も多く、僕は、筋書きを追う以前にそういった文章を読むことがまず、楽しくて仕方がない。

なんていうことを書くと、筋書きのほうはさほど面白くはないのか、と誤解を与えてしまうのかもしれないけれど、これがまったく逆で、佐藤哲也の描く物語の筋書きは、びっくりするような不思議さに満ちている。

この短編集を覗いてみても、世界がぬかるみ、妻が救世主となる話があれば、妻がとかげになった話もあるし、足に吸盤のついたかばの話も、巨人の出てくる話もある。しかも巨人にいたっては、活躍するわけでも街を破壊するわけでもなく、頬杖《ほおづえ》をつき、海を眺めているだけだったりする。そんな話が他にどこにあるんだろう。

その不思議な物語のどれもが、表層的な奇をてらったものではなく、まるで自分のいる現実社会の延長上で起きているドラマのような、そんな親近感を持って、語られる。どうしてそんなことが可能なのか、もちろん僕には分からないのだけれど、飄々《ひょうひょう》としつつもとても丹念に舞台や背景を描き、少しずつ読者をその中に引っ張り込んでくれるからかもしれない。

ちなみに佐藤哲也の小説は、ある時は、「ファンタジー」と称され、ある時は、「SF」と分類される。ホラーと呼ぶ人がいても驚かない。この『ぬかるんでから』の帯に何と書かれるかも僕は知らない。ただ、僕自身としては、優れたフィクションとは必ず、誰も視《み》たことのない世界を描くものだと思っているので、佐藤哲也の小説は、良質の小説と言うほかないと思ってもいる。

そういえば、美術評論家の坂崎乙郎さんが、『絵とは何か』▼2という本でこういうことを言っている。

「絵描きも小説家もこういう現実の世界の外側に、あるいは彼岸に小さな宇宙を築くことのできる人たちであり、この小さな宇宙が、ある何人かの人間に感化をおよぼしていくことのできる、そういう才能が絵描き、あるいは小説家だと確信しています。」

僕はこれを読むたびに、小説家というのは自分の想像力を駆使して、小宇宙を作る人なのだなあ、そうあってほしいなあ、と（自分のことは棚上げして）しみじみ思う。さらに、その小宇宙は独り善がりのものでは決してなくて、その外側にいる人間と共有できるもの

▼2『絵とは何か』は、僕の最初のエッセイ（「公募ガイド」のもの）にも名前を挙げましたが、本当に影響を受けた本です。誤って『干支《えと》は何か』と変換されたら、どきっとしてしまいますが。

なのだな、と。

やっぱり、佐藤哲也の作品を思い出す。

佐藤哲也の生み出す小宇宙は、今までに視たこともない光景であるのに、どこか親しみがあって、こちらが白けてしまうような大仰さとは無縁だ（どこかで視たことのある話だな、と感じる時はたいがい、その先行作品を参照することを前提に、楽しさが作り込まれていることが多い）。

恐ろしいきりぎりすが登場してくる話にしても、自分の性器がはずれてしまった話にしても、一つの小宇宙として完結しているにもかかわらず、身近な隣町で起きた出来事のように楽しむことができる。

そういえばこの短編集の中には、「妻」がよく登場してくるのだけれどこれはべつだん、作者が妻をテーマに小説を書こうとしているのではなくて、奇妙な物語がリアリティを失いすぎないように、現実感や生活感を加えるための工夫▼3の一つなのではないかな、と僕は勝手に想像してもいる。

▼3 小説を書くうえで施されている工夫については、佐藤さ

ちなみに、この短編集を一気に読み通すようなことはしないほうがいいかもしれない。余計なお世話だろうけれど、僕はそう思う。決して、退屈だからではないし、難解だからでもない。もちろん、一晩で全部読もうと思ってできないことはまったくないのだけれど、丁寧に構築された小宇宙を一つ楽しむのは濃密な体験だから、その後にすぐ、次の一編に取り掛かる気分にはなれないようにも思うのだ。物理的には短いけれど、中身は長編と同じくらいあるのは間違いなくて、だから、ゆっくりと一日少しずつ、それぞれの宇宙を満喫していく、というのが正しいような気もする。

この短編集を読んで、小説というのは不思議で、怖くて、可愛らしくて、そして、くだらない上に味わい深いものなのだなあ、と誰かが思ってくれれば嬉《うれ》しい。佐藤哲也はそういうことを教えてくれる作家なんだと思う。

『ぬかるんでから』佐藤哲也　文春文庫　二〇〇七年八月

んをインタビューしたときに色々と伺うことができ、感動しました。

どれにしようか。[1]興奮しながら本の準備

『一瞬の夏』上・下
沢木耕太郎　新潮文庫
『エドウィン・マルハウス　あるアメリカ作家の生と死』
スティーヴン・ミルハウザー著、岸本佐知子訳　白水社
『MISSING』
本多孝好　双葉文庫

もともと出不精で、旅行に行くとなってもあまり気乗りしない性格なのですが、「どの本を持って行こうか」と本の準備をする時は

▼1 環境の変化があんまり好きじゃなく、ずっとネットカフェにいられればいいんじゃないか、と思うこともあります（笑）。「旅につれていきたいこの三冊」という企画で書いたエッセイです。企画自体、出不精の僕には向いてないんですけど（笑）、逆にいえば、そんな僕でも楽しめた、素敵な三冊といえるかもしれません。

やはり、少し興奮します。あれにしようか、これにしようか、とひどく悩みます。だけど、いざ旅行に出かけると、たいがい読まず、下手をすれば本を開くこともなく終わることが多かったりします。

よく考えてみれば、読書というものは、別の世界へ精神的な旅に出かけるようなものですし、実際に旅行へ出かけているというのに、そこでさらに読書の旅に出かけるなんてことは、旅を二重にこなすくらいのエネルギーが必要なのかもしれません。それに、本を読んでるくらいなら、旅先の景色を楽しむほうが正しいようにも感じます。

とはいえ、そんな僕も、ここに挙げた三冊は例外的に、旅先で夢中になって、読みきることができました。滞在先の予定がずいぶんゆっくりしていた上に、さらには本の内容が非常に面白かったからだと思うのですが、非常に思い出深い本たちです。

『一瞬の夏』はバリ島の、海の近くで寝そべりながら、読みました。ボクシングの試合を成立させるため、走り回る沢木さんの熱い意思に興奮し、その興奮のあまり、うっかり水の中に文庫本を落として[2]

▼2この本は、しわしわになっていると思いますが、まだ家にあります。妻の本だったので、落としたときは、相当あせりました。バリのパワーが作用したのか、意外とすんなり許してくれたのでよかったです。

しまいました。

『エドウィン・マルハウス』は盛岡の共同温泉に通っている時、休憩所で読みました。十一歳で（!）亡《な》くなった少年の伝記なのですが、その歪《いびつ》で怪しげな物語にのめりこみ、後半の物語の展開にぞっとさせられたものの、温泉に来ている周囲の、おじさんやおばさんのくつろぐ姿に、ほっとさせられた記憶があります。

『MISSING』は▼3ニュージーランドへ向かう空港で読み、「同世代で、こんなに面白い小説を書く人がいるのなら、もっと頑張らないといけないな」と思い、どうか飛行機が落ちませんように、と祈ったことをよく覚えています。

「週刊朝日」二〇〇七年八月二十四日号

▼3これはミステリー倶楽部《クラブ》賞の副賞でいった旅行のときです。『MISSING』が文庫化されてすぐのころでした。成田空港で読み始めて、感動しました。

恰好いい小説

最初に白状しておくのだけれど、僕は、打海文三▼1さんの読者としては、俄《にわ》かファンの部類だと思う。自分がデビューした後、評論家の池上冬樹さんに紹介され、『Rの家』を読んだのがきっかけだった。

読んで驚いた。こんな台詞《せりふ》が出てくる。

「世界は解読されている。せめてそのことは認めようじゃないの。でも出口はどこにもない」

かと思えば、次のような会話がある。

「リョウはなんでもわかってる」

「ぼくの言葉はぜんぶパクリです」

さらには、

▼1 打海さんはブログをやっていらして、僕はそれをよく読んでいました。前にのぞいてから三日くらいたったある日、そろそろ更新されているかもしれない、と思ってブログを見たら、「本ブログの主催者、打海文三は亡《な》くなりました」と書いてあって、いったい何の冗談なんだろうと思いました。三

「動物、好きなの？」

「家畜だ。好きも嫌いもない。経済効率を考えて育てて、乳を盗んだり、殺して食うんだ」

なんてやり取りもある。人によっては、こういう部分を、「気取っていて、鼻につく」と嫌悪《けんお》するかもしれないが、僕は凄く気に入った。シニカルなのにあざとさが感じられなかったからかもしれない。他の作家が（たとえば僕が）同じようなことを書いたら、鼻白んでしまうだろうに、打海さんの場合はそうならない。なぜなんだろう。

いまだにその理由は分からないのだけれど、それ以降、打海さんの別作品を読んでいくにつれ、打海作品のこういった台詞を読むと、いつも、本の背後から、打海さんが、「これを読んだおまえがどんな反応をするのか、どんなことを考えるのか、見させてもらうよ」と目を光らせているようなそんな気分になるのだなあ、とは気づいた。「気取っている会話だな」という感想を抱けば、「そうか、君はこの台詞から気取りしか受け取れなかったのか」と冷静に分析され

日前には、普通に記事が書かれていたのに、おかしいじゃないか、どっきりなのかこれは、と事態がよく理解できなかったんです。誰かからのメールだったか電話だったかで、それが本当に起こったことだと知らされて、だんだん状況を認識し始めはしたんですが、ショックでした。

るように感じるのだ。表面的な気分や、思いつきで作られた台詞ではなくて、打海さん自身の思想から生み出されたものなんだな、とこちらにも伝わってくる。

ある編集者さんに会った時、「あんなに恰好いい小説を、一回り以上年上の人に書かれちゃったら、たまらないですよ」と言ったことがある。

もちろん、年上の人に恰好いい小説を書かれたくない、という意味合いではないし、年上の作家が書いた恰好いい小説がたくさんあるのも知っている。ただ、会話の感覚やドラマの展開の仕方があまりにも僕の好みにぴったりだったので、少し戸惑ってしまったのだ。もちろん、細かいことを言えば、僕は、打海さんの作品で描かれる「すべてのドラマは性的欲望に当てはめることができる」というような雰囲気に違和感を感じるのだけれど、それにしても、僕好みの箇所が多かった。

その編集者さんはきょとんとし、「一回りどころか、あなたの二回りは上じゃないの？」と答えたので、また驚いた。後で、プロフイールを確認すると確かに、僕とは二十歳以上も年が離れている。

え、そうなの？　と愕然《がくぜん》とした。

打海さんご本人にお会いしたことは二度しかない。山形を訪れた帰りに、仙台に立ち寄ってくださり、そこでお昼を一緒に食べた。とても穏やかで楽しい方だったけれど、作品を読んで感じていた、「迂闊《うかつ》なことを言うと、軽蔑《けいべつ》されるのではないか」という雰囲気は、会っても同じだった。作品から受けるイメージと、作者本人のイメージの差がほとんどなくて、そのことが、僕はとてもうれしかった。

作品でいえば（これもまた白状してしまえば、全作品を読んでいるわけではないのだけれど）、『愛と悔恨のカーニバル』と『ぼくが愛したゴウスト』が好きだ。「打海さんの作品の中で」というレベルではなく、今まで読んできた小説の中で、という意味で、好きだ。どちらの本も読んでいる最中から、「この本の楽しさや凄さを、一番理解しているのは僕だろうな」と思った。極端なことを言わせてもらえれば、「この作品の魅力は、作者の打海さんよりも、僕のほうが分かっているだろうな」とさえ感じた。あまりにおこがましくて、滑稽《こっけい》な勘違いだけれど、そう感じたのは事実だから、仕方がない。

直接、お会いした時に、打海さんが、自分の作品はあまり売れないのだ、と冗談口調で言われたことがある。

でも、僕はさほど深刻には受け止めなかった。だいたいが、売れる本がいいものだとは限らない（むしろ、逆のことが多いはずだ）。だから、「こういう恰好いい小説を待っている読者はたくさんいるから、本当に売れていないのかどうかは知らないけれど、もし売れていないのだとしたら、それは単に、読むべき人に届いていないだけなんだろうな。早く、届けばいいな」とだけ思った。

打海さんは亡くなってしまった（僕はもちろん、今もそれが信じられない）。ただ、思うことは当然、変わらない。[2]

打海さんの恰好いい小説が、読むべき人のもとにちゃんと届きますように。

〈追悼　打海文三〉「問題小説」二〇〇七年十二月号

▼2 打海さんに実際お会いして、想像通りにダンディで恰好よくて、しかもユーモアもあって本当に素敵な方だと思いました。
　いまだに打海さんが亡くなったという実感がないんです。二回しか会ったことがないからかもしれませんが、いまも生きているようにしか思えないんです。亡くなったということをあんまり考えないようにしています。

私の隠し玉

ロックバンドが好きです。なかでも、斉藤和義とTheピーズ▼は別格なのですが、二〇〇七年、その斉藤和義さんとの仕事で、小説を書くことができたのは、個人的にはとても幸福な出来事でした。そして、さらに、それ以前から企画してもらっていた、Theピーズ関連の仕事も二〇〇八年に実現しそうです。Theピーズの名曲「実験4号」をモチーフに、これまた大好きな、素晴らしい映画監督、山下敦弘《のぶひろ》さんが短編映画を撮り、僕が短編小説を書くという仕事です。夢というのは時々叶《かな》うから、驚きます。二〇〇八年の前半には発売されるようです。

それから、徳間書店の「本とも」というPR誌で、連載をはじめます。『あるキング』というタイトルで、野球選手の半生を描く小

▼Theピーズは、もともと妻がファンだったんですよね。僕は、曲名がシモネタっぽいので聴かず嫌いだったんですが(笑)、聴いたら、最高でした。この企画『実験4号』は、定価が高いため、なかなか、「ぜひ買ってください」とは言いにくいところがあるのですが、山下監督の作品が素晴らしいのは言うまでもなく、僕の短編も個人的にはお気に入りなので、どうにかしてたくさんの人に読んでもらいたいんですよね。

説になる予定です。興味があるかたは、書店で入手して、読んでいただければと思います。

「このミステリーがすごい！」二〇〇八年版

青春の棲《す》みか

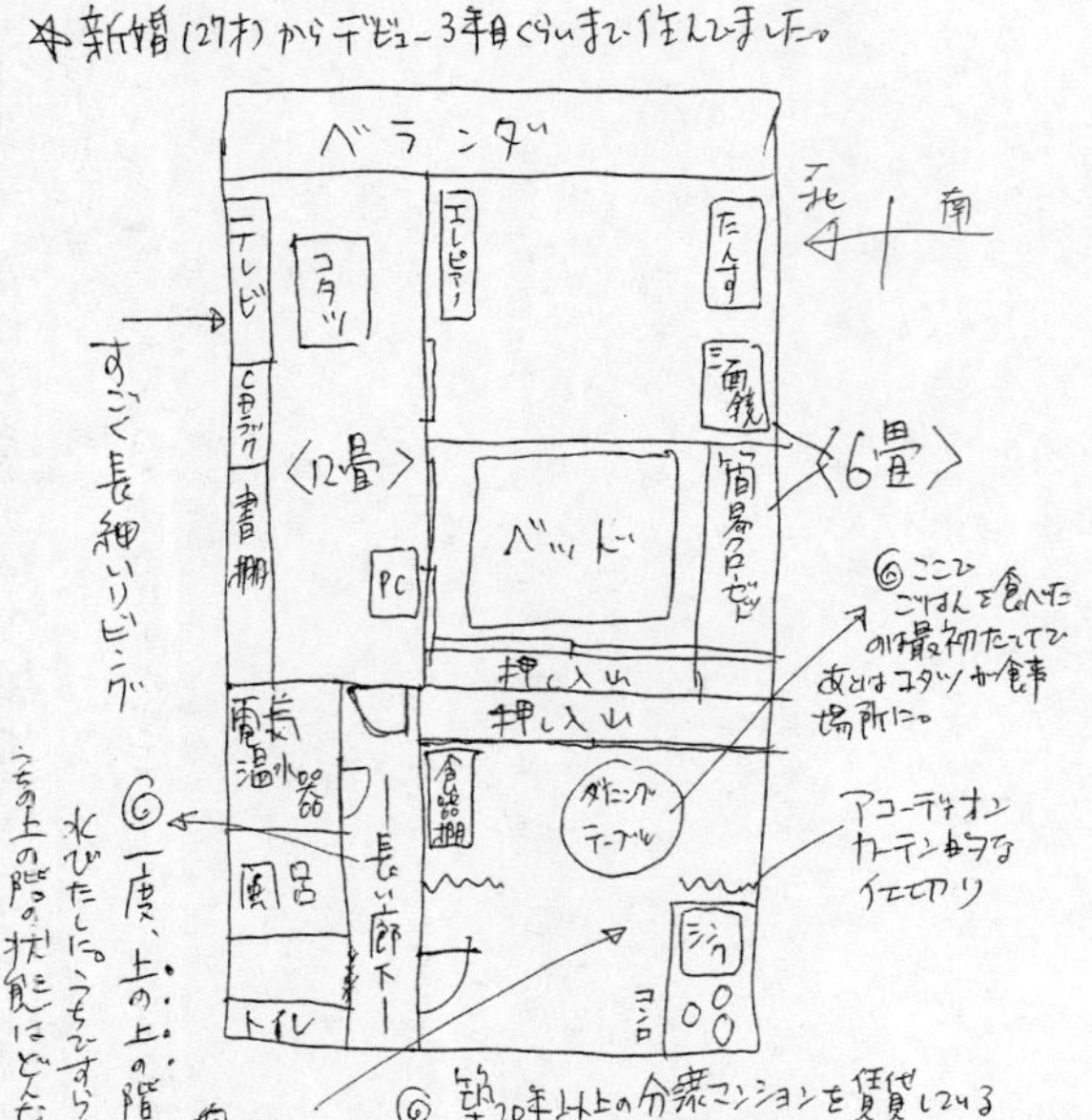
※新婚(27才)からデビュー3年目ぐらいまで住んでました。
ベランダ
北
南
テレビ
コタツ
エレピアノ
たんす
三面鏡
CDラック
書棚
〈12畳〉
〈6畳〉
ベッド
簡易クロゼット
PC
押し入れ
押し入れ
電気温水器
風呂
トイレ
食器棚
長い廊下
ダイニングテーブル
シンク
コンロ
すごく長細いリビング
◎ここでごはんを食べたのは最初だけで あとはコタツが食事場所に。
アコーディオンカーテン的な仕切り
◎一度、上の上の階で水が漏れ、廊下が水びたしに。うちですら酷かったのでその上の階の状態はどんななのか心配になりました。
◎ここで料理してると結構孤独でした。
◎築20年以上の分譲マンションを賃貸しているというやつで一月72000円は安いと思いました。
◎ただ、リビングより下(西側)はほとんど日が当たらず すごい暗かったです。
◎北側のお隣さん宅からはいつも不気味な音声がきこえ謎めいていましたが南側のお隣さん宅はすごくいい人たちでした。

青春時代を過ごした部屋を教えてください、と依頼を受け、記憶を掘り起こして描きました。間取り図も、文字もすべて僕の直筆です。今見ると玄関がないですね（笑）、長い廊下の端なんですが。

この部屋は、細長い作りでとても広かったんです。広さにしては家賃が安くて、とても助かりました。不気味な音楽が、聴こえてはきましたけど（笑）。環境音楽みたいなシンセサイザーの音が、流れていたんですよね。その部屋には、出入りもたくさんあって、いったい何が行われていたのかはいまもって分かりません。

水漏れは、本当にびっくりしました。二つ上の階の方が、洗濯機をまわしたまま外出してしまったらしく、屋根を通じて水が漏れてきたんですよね。どんどん壁が湿ってきて、超常現象が起こったみたいでした。怖かったです（笑）。

一つ上の部屋の方は留守だったんです。実際に訊《たず》ねてはいないので、どれくらいとんでもないことになっていたのか、知らないままなんですが、きっと、うちの部屋よりもひどい被害だったと思います。

実は、ひとり暮らしのときにも、水漏れ事件があったんです。その時、住んでいた部屋は、一階で、ロフトに布団《ふとん》を敷いて寝ていたら、天井の蛍光灯がはまっている部分が急に、どかん、と落ちてきて。水がどばどば流れてきて、布団が水浸しになりました。たぶん水の通り道が、その蛍光灯の部分しかなかったんでしょうね。これはドッキリか、と思いつつ、このままではいけないと、夜中の三時だったんですけど、二階にいったんです。だって、行くしかないじゃないですか、眠れないんですから（笑）。上の部屋には若い女の子が住んでいて、怪しい奴《やつ》と思われるのを承知でドアホンを鳴らしました。

先方も明らかに、「不審人物登場」みたいな感じだったんですが、「水が漏れてませんか」と柔らかく訊ねたら、「あっ、ごめんなさい！」と気付いてくれたんです。そのときは、「水を止めてくれれば、大丈夫ですよ」とお願いだけして、部屋に戻り、がんばって寝ました（笑）。次の日、その女の子が、申し訳なさそうな顔でわざわざ謝りにきてくれたんです。

「野性時代」
二〇〇七年六月号

2008年

逃げ出したいネズミ[1]

ネズミの話[2]を知ってるか？　子供の頃、よく父に言われた。ネズミの話とは「ネズミを用いた実験の話」のことだ。二匹のネズミにちょっとしたショックを与える。一方には突然ショックを与えるが、もう一方には「これからショックを与えますよ」という予告の電気を与えた上で、ショックを与える。それを繰り返すと、予告ありのネズミのほうが短命となるのだという。導き出される教訓はこうだ。「これから起きることを心配していると、長生きしない」

もちろん、実際にこういう実験があったのかどうかも、その詳細が正しいかどうかも分からない。父は事実を誇張して喋《しゃべ》るのが生き甲斐《がい》のような人だから、むしろ、信じないほうが良いと思う。ただとにかく、父は、ことあるごとに私に、その話を聞かせた。

▼1 一年間、考えに考え、何も浮かばず、締切の三日前に書いた「干支《えと》エッセイ」です。「ネズミエッセイのネタになるよ」と妻に唆《そそのか》され、ディズニーランドにも行ったんですが、ただ楽しいだけで、ネタになるものは、何も見つけられませんでした（笑）。

▼2 この「ネズミの話」は父の十訓として掲げられていたものです。どう考えても、事前のちょっとした電気ショックが

なぜかと言えば、私が心配性だったからだ。学校で何らかの発表会があるとなれば、その一月も前から「嫌だなあ」と怯《おび》え、給食の献立表を眺めては「この日はきゅうり▼3が出るのだなあ。どうしよう」と憂鬱《ゆううつ》になるような性格だった。だから父は、そんな息子を哀れみ、「ネズミの話」を聞かせてきたのだ。

が、いくら教訓めいた話を聞かされたところで、性格は変わらない。結局、私は、父の発する「ネズミの話を知ってるか」の台詞《せりふ》にうんざりしただけで、「近い将来に起こることについて、くよくよ悩む」性格はずっとそのままだった。

だからなのだろうか？　締め切りのある仕事が苦手だ。「締め切りがある」という事実に動揺し、「間に合わなかったらどうしよう」と思い悩んでいる間に時間が過ぎてしまうのだ。だから、時々「締め切りには絶対に間に合わせますので、締め切りは言わないでください」と言いたくなることもある。

ここまで書き、このエッセイを依頼した記者に送るとすぐ電話があった。「伊坂さん、作家がこんなに弱々しいことを書いてどうす

蓄積して、ネズミの体にダメージを与えている分、予告ありのネズミの方が短命になるとしか、僕には思えないんですが、どうなんでしょうか。

▼3きゅうり嫌いはいまだに克服できていません。子どもにも「なんで、嫌いなのかねえ、おいしいのに」と、下に見られているような感じです。漬物も駄目です。特にたくあん。こりっとした食感がとにかく駄目です。食べられません。

るんですか。あの話を知っていますか」

「ネズミの話？」

「そうです、ネズミの話です。船が沈みそうな時、ネズミは事前にそれを察知して、逃げ出すというじゃないですか。作家はそれと同じで、事前に世の中の危険を察知して、警鐘を鳴らす役割なんですよ」

「作家は逃げ足が速い、という話ですか」

「違います」と記者は即座に言った。「作家はネズミのように危険を察知して、しかも、船からは逃げず踏ん張るべきなんです」

私は話を聞きながらも、原稿を直したくないなあ、と思っていた。そして、パソコンに目をやり、言い訳を思いついた。

「すみません、仕事ができそうもありません」

「どうして」

「マウスが壊れました。きっと何かを察知したんです」[▼4]

中日新聞（夕刊）二〇〇八年一月五日付

▼4 マウスとネズミをかけた会心の駄洒落だったんですが記者さんはまったく無反応でした。

人気作家63人大アンケート！

「二〇〇七年に読んで印象に残った本」

『ミノタウロス』佐藤亜紀

こんなにクオリティが高く恰好いい小説が、同時代に読めること自体がラッキーです。

『殺しのパレード』ローレンス・ブロック

なにもかもが僕好みで、大好きなシリーズです。しかも訳者あとがきによれば、これから本国で発売されるという、このシリーズの▼最新刊は、（あらすじだけ聞くと）僕が去年出した『ゴールデンスランバー』に似ていて、これもまた嬉《うれ》しい驚きでした。

「二〇〇七年で印象に残った出来事」

▼この最新刊は今のところまだ翻訳は発売されていないんですよね。待ち遠しいです（その後発売されて文庫解説を書くことができました。三五二頁に収録されています）。

打海文三さんが亡《な》くなったことがいまだに信じられません。

「二〇〇八年の予定」

映画監督の山下敦弘監督と、ロックバンドＴｈｅピーズの曲をモチーフにした作品を作ります。僕の短編と山下監督のＤＶＤがセットになり、講談社から発売される予定です。

「活字倶楽部」二〇〇八年冬号

僕を作った五人の作家、十冊の本

十代の頃に好きで読んでいた作家を挙げてみる。それも、知る人ぞ知るような作家ではなく、誰もが知っている有名な作家のものにしよう。中学生、高校生の時に、僕が無邪気に読み漁《あさ》っていたそれらの作家たちの作品はまず間違いなく、今の僕の小説に影響を与えているはずだから、極端なことを言ってしまえば、僕（の小説）を構成する大事な成分に間違いない。

一人目は、赤川次郎だ。中学生の頃、周囲の誰もが赤川次郎を読んでいたような、そんな気がする。友人[▼1]の家に遊びに行った時、読書とは明らかに無縁の生活を送っていたはずの彼の部屋にぽつんと、『ひまつぶしの殺人』（光文社文庫）が置いてあって驚いたことがあった。彼が読んでいるくらいなのだから、世界中の中学生が読んで

▼1これはバスケ部の友人です。勝手に、本なんて読んでいないだろうと思っていたんですが、彼の家

いるのではないか、と本気で思った。この本は、「母親が泥棒で、長男が殺し屋、長女は詐欺師《さぎし》で、次男が弁護士、三男が警察官」という家族が、ある事件に巻き込まれるお話だ。この設定を思いついた時点で、作者の勝ちなのではないだろうか。僕は今、自分で物語を作る際、「こんな特別な人たちが、こんな物騒な事件に遭遇したらどんなことになるんだろう」という発想をもとにすることも多いのだけれど、その原点はこの本にあるのかもしれない。

『マリオネットの罠《わな》』（文春文庫）もとても印象に残っている。切れ味鋭いサスペンスで、四章に分かれ、それぞれの章ごとに雰囲気が異なる。後半には驚きの真相が明らかになる。読んだ当時、本当にびっくりして、まさに自分の立っている場所がひっくり返った気分になった。実はつい先日、二十年以上ぶりにこの本を読み直し、今もまるで古びていないことに驚いた。この作品の発表後、サイコサスペンスが腐るほど登場し、そういった趣向は今となっては新鮮味がなくなっているにもかかわらず、まったく古臭く感じなかった。

時代や風俗があまり描かれず、洒落《しゃれ》た雰囲気の赤川次郎の本は、僕

に赤川さんの本があったときは、衝撃でした。

赤川さんとは、今年、推理作家協会賞の選考会でご一緒して、描いていたイメージそのままだったので、感動しました。

が十代の頃に感じていたよりもずっと強度があったのだ。そして何より、昔は、あまりに読みやすいがために気付いていなかったけれど、アイディアに満ちている。そのアイディアをこれ見よがしに強調するのではなくて、誰もが分かる文章で、楽しい会話で、提供するスタンスは恰好いいな、と改めて思った。

次は、西村京太郎だ。十代の頃は、まさか将来、自分がその字画を真似《まね》た▼2ペンネームで小説を書くことになるとは思ってもいなかった。『華麗なる誘拐』（徳間文庫）と『殺しの双曲線』（講談社文庫）はとりわけ興奮しながら読んだ。前者は、「日本国民全員を誘拐した。身代金《みのしろきん》五千億円を用意しろ」という破格も破格、唖然《あぜん》とするほかない犯人の要求からはじまる。この段階で、興奮しない人なんているんだろうか。もちろん僕も最初は、「日本国民全員なんて誘拐できるわけがないだろうが」と眉《まゆ》をひそめたが、膝《ひざ》を打ちたくなる「誘拐の解釈」が飛び出してきて、目から鱗《うろこ》が落ちた。今、読み返したらどういう印象を抱くのかは分からない。ただ、物語の途中で、「国民を誘拐した犯人たちが、国民を守らなくてはいけなくなる」

▼2 母が字画の本を読んでいたところ、赤川次郎さんや西村京太郎さんの名前が完璧《かんぺき》だ、と知ったらしく、「伊坂幸太郎」という名前ができあがりました。単純な付け方ですよね。

という皮肉な展開を見せた時には、そうかそうか、とひどく納得した。一方の、『殺しの双曲線』は本格ミステリーの定番ともいえる嵐《あらし》の山荘での連続殺人が描かれている。本を開くと唐突に、「ルール違反になっちゃうから先に言っておくけど、この事件の犯人は双子です」というような作者の言葉が目に飛び込んでくる。あまりに無謀だ。「いったい、これでどうするのだろう」と首を捻《ひね》るが、最後には、意表を突く結末が待っている。ただ、僕個人としてはその意外性よりも、犯人の動機にはっとした覚えがある。そこで描かれるのは、「傍観者の罪」「見学者の罪」だ。つまり、見て見ぬふりをされたことへの憎悪《ぞうお》から事件が起きる。「法律的には悪くはないけれど、でも、悪いことは悪いことなのではないか？」といった煩悶《はんもん》は、今の僕が小説を書く際に常につきまとってくるテーマだ。

三人目は島田荘司▼3だ。たぶん、この作者の作品を読んでいなければ、僕は、自分でも小説を書こう、などとは思わなかったかもしれない。少なくとも、ミステリーにこだわろうとはしなかった。それは間違いない。だからどの作品も大好きなのだけれど、二つだけピ

▼3 島田さんは、もう何もいうことがない、というくらい、影響を受けました。島田さんの小説を読んでいなかったら、ミステリーを書いていなかったと思います。

ックアップするとなれば、まずは、『北の夕鶴《ゆうづる》2/3の殺人』(光文社文庫)だ。はじまりは、刑事を主人公にしたトラベルミステリーの趣だけれど、中身はまったく違う。刑事は別れた妻との思い出を反芻《はんすう》しながら北へと向かう。すると不思議な密室殺人にぶつかり、さらには、「夜中に後進していく鎧武者《よろいむしゃ》」なる信じ難い謎《なぞ》までが現われる。しかも、その主人公の刑事は元妻の無実の罪を晴らすために、制限時間付きで真相を見つけ出さなくてはいけなくなる。この贅沢《ぜいたく》な、盛り込みようは尋常ではない。元妻のために、満身創痍《そうい》で駆けずり回る主人公の姿に僕は胸が熱くなった。そして、事件の真相がまた、想像を絶するもので、口をぽかんと開けるほかないのだ。いったいどうしたら、こんな小説が書けるのか皆目、見当がつかなかった(今も見当がつかない)。同様に、『奇想、天を動かす』(光文社文庫)も贅沢な、恐るべき作品だが、僕が、この作家から学んだことの最も大事なことは、「こういうことは、島田荘司のような才能だからできるわけであって、僕のような人間が真似をしようとしたら失敗するぞ」ということだろう。

▼4夢枕獏《ゆめまくらばく》も忘れてはいけない。中学の時、部活動の友人が、「こんなに面白い本を初めて読んだ」と、『幻獣少年キマイラ』（ソノラマ文庫）を勧めてきたことがきっかけだった。ふうん、と半信半疑で読みはじめたものの、すぐに夢中になった。不気味で、強い男たちが何人も登場してくる。肉体的に強いだけの男もいれば、精神的にも強靭《きょうじん》な男たちが次々と出てくる。スピード感溢《あふ》れる、アクションの場面に息を荒くした。何よりも、闘いに敗れた人物たちを執拗《しつよう》に描き続けていく部分が、僕はとても好きだった。負けたらそこでおしまい、と退場させるのではなく、負けたことで蓄積される悔しさや屈辱をずっと観察している。優しいともいえるし、非情ともいえるが、そこが夢枕獏作品の魅力だった。物語は巻が進むに連れ、どんどんと壮大になっていく。どうやって終わりを迎えるのだろうか、と中学生の僕は期待と心配を胸に読み進めたが、何と、その僕が三十七歳となった今も、物語は完結していない。何ということだろう。果たして僕は、この物語の最後を読むことができるのだろうか、それまで生きていられるのだろうか、と時々心配になる。

▼4『マリアビートル』が刊行されたときに、雑誌「野性時代」が僕の特集を組んでくれました。その特集のなかに、いろいろな方が僕に質問をする、というコーナーがあったんです。そこで、禅問答みたいな問いを僕に投げかけたのが、夢枕さんでした。いまだに、質問の答えがわかりません（笑）。

関係ないけれど、島田荘司作品も、夢枕獏作品も、「ある作品に出てくる登場人物（脇役《わきやく》）が、別の作品にも（主役もしくは脇役として）登場する」という趣向がある。「キマイラ」シリーズに登場する九十九《つくも》三蔵という男の兄が、「闇狩《やみが》り師」という作品の主人公、九十九乱蔵であったりする。僕はそれが楽しかった。登場人物に厚みを感じられ、「この人たちは本当にいるんだな。今はどこにいるんだろう」とそんな気持ちになれた。「こっちの話では脇役だけれど、この人もこの人の人生では主役なんだよな」とも思った。これは明らかに、今の僕の書いている小説に影響を与えている。

『上弦の月を喰べる獅子《しし》』（上・下　ハヤカワ文庫）も大好きだ。と言っても実は今では、内容をまったく思い出せない。「人は幸せになれるのですか？」というシンプルな問いかけが作中で何度も繰り返され、最後にそれに対する答えが記された時に、僕はとても嬉しくて、泣き出しそうになったのは覚えている。そういえば、あの問いかけの答えはいったい何だったのだろう。思い出せない。[5]

そして、大江健三郎だ。大学に入って少しして、たぶん、十代の

▼5 このエッセイを書き終えた後に、もう一度、文庫で読み直したので、思い出しました（笑）。

ほとんど終わりかけの時に、手に取ったのが、『叫び声』▼6（講談社文芸文庫）だった。若者三人の奇妙な生活が、独特の文体で描かれている。こんなに面白い小説があったのか、こんなに僕好みの小説があったのか、と思った。『叫び声』を一日で読み終え、翌日には、原付バイクで別の大江健三郎作品を一冊買いに行った。アパートに戻り、読み終えると、翌朝、また別の一冊を買いに行く。それを十日ほど続けた。『叫び声』の解説では、新井敏記《としのり》氏が、大江健三郎にまつわる思い出話として、友人との会話を書いている。「大江の小説は悲しいのか」「悲しいし、優しい」「恋愛小説か?」「いや成長小説だ」

そうだ、まさに、そういったお話を書きたくて、僕は今も小説（のようなもの）を書いている。大江健三郎の作品をもう一冊選ぶとしたら、何がいいだろう。新潮文庫に入っているものは大半好きだけれど、とりあえずは、『芽むしり仔《こ》撃《う》ち』にしておこう。

こうしてみると、本当に僕はこれらの作家の影響を受けているなあ、あからさまだなあ、と思ってしまう。この十冊を新潮文庫の百

▼6ここにもまた、『叫び声』が出てきていますね（笑）。これも何度も言っていますが、小説を書きはじめた頃、大江さんのような文章で北方謙三さんのような小説を書きたい、と思ったんですよね。

冊に加えてもらったとして、それを読んだ人がいて、その人が小説を書こうとしたら、簡単に、僕と同じような小説を書けるんじゃないだろうか、そんな気がする。そんなことはない、と力強く言いたい気もするが、その根拠もあまりない。

〈夏の読書は文庫!〉「yom yom」vol.7

斉藤和義さんとの仕事

いきなり自分の本の宣伝みたいで申し訳ないのだけれど、僕の書いた小説に『フィッシュストーリー』というお話がある。あらすじを乱暴に説明すると、「昔、売れないロックバンドがいて、彼らの録音したパンクロックが、めぐりめぐって、未来の世界を救う」という、これだけ書くと御伽噺《おとぎばなし》みたいだけれど（実際、読んでもそうなのかもしれないけれど）、そういう話だ。

その、『フィッシュストーリー』という小説が来年、映画として公開される予定だ。去年、『アヒルと鴨《かも》のコインロッカー』という小説を映画化してくれた、中村義洋《よしひろ》[▼1]さんが監督をしてくれて、プロデューサーさんやスタッフもほぼ同じメンバーだ。僕はすでに脚本を読んでいるのだけれど、これが本当に楽しくて素敵な脚本で、完

▼1 映画『ゴールデンスランバー』のDVDに、特典映像として、スタジオで中

成した映画を観《み》るのが待ち遠しくて仕方がない。

映画化に向かって動き出したのは、一昨年《おととし》の終わりくらいだった。その頃からプロデューサーさんは、「劇中の、ロックバンドの曲をどうやって作るのか、誰が作るのかが鍵《かぎ》ですよね」とよく言っていた。確かに、その、「世界を救うことになる」パンクロックは映画の中で、何度も登場してくることになるし、重要ではある。

「今、いろんなバンドやミュージシャンについて、検討しているところなんですよ」

そうプロデューサーさんが言ってきた時、実は僕は、「斉藤和義さんはどうですか」と喉《のど》まで出かかった。まだ、その頃は、斉藤和義さんと会ったこともなかったし、一緒に仕事をすることになるとは思ってもいなかったから、ただ純粋に、斉藤和義が作るパンクロックを聴いてみたいなあ、斉藤和義なら恰好いい曲を作ってくれるんじゃないかなあ、という気持ちからそう思っただけだったのだけれど、さすがにそんなことまで原作者が提案するのはおこがましいと思ったので、口には出さず、「誰がどんな曲を作るのか、楽しみ

村監督と斉藤さんが、映像に音をつけている作業が収録されていたんです。それを見ながら、いいコンビだなあ、とうらやましくて。昔から二人はマブダチです、みたいな空気が画面から伝わってくるんです。先日、鼎談《ていだん》の企画があって、中村監督と斉藤さんと僕の三人で話をしているときに、二人が知り合った経緯をじっくり考えてみたところ、僕を通じてつながったんだ、という事実が判明して、衝撃を受けました。好感を抱いている女の

にしていますね」とだけ伝えた。

　それから少しして、いろいろないきさつがあって、斉藤和義さんと仕事をすることになった。僕が会社員を辞めて、専業作家になったのは、「幸福な朝食 退屈な夕食」を通勤バスの中で聴いたのがきっかけだったし、その斉藤和義さんと関わりを持てる時が来るなんて、感激以外の何物でもなかった（このあたりの話は、去年出た対談集『絆《きずな》のはなし』という本にも書いてあるので、省略しよう）。

　そして去年の春だ。映画『アヒルと鴨のコインロッカー』の公開が近づいてきた頃、僕はそのプロモーションのお手伝いということで、「仙台のロケ地を巡る」という企画に参加した。監督の中村義洋さんやプロデューサーさんたち、女優さんと一緒に仙台の街をうろつき回っていたのだけれど、その最中に、突然、僕のPHSにメールが届いた。いったい誰からだ？　と見れば斉藤和義さんからで、「『アヒルと鴨のコインロッカー』の試写に行ってきたのだけれどすごく良かった」とそういうような感想が書いてあった。まさにその

子を男友達に紹介したら、いつのまにか二人が付き合い始めました、というときのような切ない気持ちになってしまいました（笑）。

映画の関係者が集まっているところだったから、何というタイミングなのか！　と僕は感動し、ちょうど目の前にいた、プロデューサーさんたちにメールの内容を告げた。すると彼らはとても喜んだが、同時に、何か意味ありげに顔を見合わせて、にやにやし、「これはもう、運命ですな」などと言いはじめた。いったいどういうことかと思えば、「いやあ、『フィッシュストーリー』の映画の中の楽曲、斉藤和義さんに頼みたいなあ、と話していたんですよ」と言うではないか。まさか、斉藤和義さんも自分の送ったメールの先で、こんなやり取りがあったとは思ってもいないだろう。飛んで火に入る夏の虫じゃないけれど、まんまと斉藤和義さんのほうから飛び込んできたような、そんな瞬間だった。

そして、映画『フィッシュストーリー』の中で使われる、パンクロックの楽曲は斉藤和義さんが作ることに決定した。これが確か、去年の夏の前あたりだ。

さらに数カ月が経《た》って、プロデューサーさんから、斉藤和義さんが作った『フィッシュストーリー』のＣＤが届いた。まだ、正式に発表されていない曲について、感想を言うのも申し訳ないのだけれど、これがもう、シンプルで、乱暴で、恰好いいのだ。二十代のロックバンドでもこんなパンクロックは作らないんじゃないか、って思えるほど青臭い部分がある上に、それが、しっかりとした演奏と組み合わさっているものだから、何度聴いても飽きない。

後でお会いした時、斉藤和義さんは、「あれ、ダムドのパクりみたいでしょ」と照れ臭そうにぼそぼそ言うので、可笑《おか》しかった。[2] もちろん、パクりとは到底思えない曲なのだけれど、そうやって言うところが斉藤和義さんらしいように感じられた。そしてさらには、「あの曲、演奏するのきっと楽しいと思うんだよね。うん」と続けたのが、印象的だった。映画の中では役者さんたちがその曲を演奏することになる。それを想像して、「きっと楽しいと思うんだよね」と言う斉藤和義さんを見ていると、僕はやっぱり、斉藤和義さんは「弾き語りの人」「ソロシンガー」というよりも、ロックバンドなんだなあ、と感じてしまう。[3]

というわけで、直接的な形ではないものの、斉藤和義さんとの仕

▼2 この発言も笑っちゃいますし、いいですよね。七〇年代パンクっぽい曲を作るために、そのあたりの曲をたくさん聴いたらしいです。

▼3 斉藤さんは、むかしはヘビーメタル系の、バリバリの速弾きギタリストだったそうです。宇都宮最速、と崇《あが》められていたみたいで（笑）。僕の通っていた学校

事はまだ少なくとも一つはあって、僕はそのことが嬉しいのだけれど、ただ、「あの作家、いつまでも斉藤和義にひっついて、仕事してるなあ」とまわりの人に怒られないように、自分の仕事を頑張らないといけないな、と思う今日この頃だ。

「別冊カドカワ」二〇〇八年八月号

にも、ラウドネスの高崎晃《あきら》さんにあこがれていた同級生がいました。何か、若い頃って、「速い＝偉い」みたいなのってありますよね（笑）。

『ぼくが愛したゴウスト』[▼1] 打海文三　解説

打ち明けてしまうと、はじめて、この作品を手にした時はあまり気が進まなかった。打海文三は好きな作家で、その新作を読むことは幸福なことだったけれど、『ぼくが愛したゴウスト』という題名から勝手に、少年が幽霊と友情をはぐくむファンタジーのようなものを想像してしまったのだ。もしくは、少年時代を懐《なつ》かしむ心温まる御伽噺のようなものを、だ。

打海文三がそういった話を書く必要はないと思ったし、僕の好みでもなかった。だから、（僕にとっては）あまり面白くない本かもしれないな、と失礼なことを考えながら読みはじめた。

〈ぼくは十一歳の夏までぼんやり生きていた。〉という一文からはじまる。主人公は、田之上翔太という少年だ。彼は、〈ようするに、

▼1 一生懸命書いて、できあがったときに、この解説を、打海さんが読むことはないのか、読んではもらえないのか、と気付いて、かなり悲しくなりました。

ぼくには悩みらしい悩みがなかった。〉と言う。〈当時いちばん尊敬していた人間は五歳上の姉だった。その事実一つとっても、ぼくがいかにぼんやり生きてきたかがわかってもらえると思う。〉
その最初の頁《ページ》を読んで僕は、あ、これは、と姿勢を正した。これは、「子供と幽霊の友情譚《たん》」や「ノスタルジーに訴える感動的な話」ではない、と分かった。〈ぼくは十一歳の夏までぼんやり生きていた。〉ということは、裏を返せば、「十一歳の夏以降、ぼんやりとは生きていられなくなった」ということになる。つまり、これは、そのぼんやりとはしていられなくなった少年が、生き抜く物語に違いないのだ。そして、読み進めていくうちに、これはとてつもない傑作なのではないか、という予感を覚えた。派手さはないし、大きな動きはないけれど、僕の好みにぴったりの小説だ、と興奮した。
いったいどこがそれほど気に入ったのかといえば、うまく説明する自信がない。そもそも、抽象的なものであるはずの、「感動」というものを論理的に分析することが僕は苦手なのだ。だから今、書いているこの文章は、解説というよりはお祈りに近いのだと思う。

「この本を、僕と同じように気に入る人がいますように」というお祈りだ。

打海文三の作品には、若者、少年少女たちが主人公となるお話がいくつかある。たとえば、『ロビンソンの家』『愛と悔恨のカーニバル』『裸者と裸者』『愚者と愚者』などで、僕はそれらがとても好きだ。登場する若者たち、少年少女が、驚くほど恰好いい。「人間は繊細なモンスターだ」とは、打海文三の遺作『ドリーミング・オブ・ホーム&マザー』に出てくる言葉だけれど、まさにそれを体現するかのように、繊細さと力強さを併せ持っている。そして彼らは、若者であるから、子供であるからと言って、平和に暮らしてなどいない。むしろ、若者であろうと子供であろうと、過酷な状況を生きている。しかも、逃げ出すことも、泣いて取り乱すこともなく、必死に生きているのだ。内戦であったり、謎の病気であったり、猟奇殺人であったり、理不尽ともいえる大きな災いの中で、ナイーブでタフな若者や子供が、それでも生きていく姿が描かれる。

だからなのか僕は、打海文三の作品のことを考えると、大雨の中、自分の体よりも大きい傘を差し、ランドセルを背負って、学校に登校する、そういう少年の姿を思い浮かべてしまう。弱々しくも小さな体で雨に耐え、不安を感じてはいるものの、歩くことをやめない。少年には自分を憐《あわ》れむような態度やナルシシズムは微塵《みじん》もない。弱い存在だけれど、強いのだ。やるべきことをやる、「弱いけれど強い」少年がそこにいるだけだ。

話を戻そう。この、『ぼくが愛したゴウスト』のあらすじを説明すれば、以下のような感じになる。

十一歳の夏休み、田之上翔太はロックバンド、〈ヴィヴィアン・ガールズ〉のコンサートを観《み》に行き、その帰り、中野駅で人身事故に遭遇する。彼は〈臆病者《おくびようもの》のくせに〉〈本物の惨《むご》たらしい死体を、この眼で見たい〉と思い、線路に近づこうとした。すると、ダークスーツの若い男が寄ってきて、こう言った。「ぼうず、見るな」

その時を境にして、田之上翔太の周辺が奇妙なことになる。自分以外の人間がどことなく今までと違っていることに気づく。たとえば、匂《にお》いだ。家族や友人たちからは独特の、何かが腐ったような、イオウの匂いがする。今まではそんなことはなかった。だから彼は〈ぼくの鼻がばかになったのだ。〉と思うようになり、そのうち、中野駅で人身事故がなかったことを確かめると、こう考える。〈ぼくは鼻と頭の両方がばかになっているのだ。〉

ほどなく、田之上翔太のもとに、男が接近してくる。中野駅で、「ぼうず、見るな」と声をかけた若い男、山門健だ。山門健が渡してきた名刺には、走り書きがある。〈家族が心配する。なにも話すな。／俺たちは迷い込んだらしい。〉

田之上翔太と山門健は別の世界に迷い込んだ。そして、彼らは警視庁と自衛隊から目をつけられる。

そういう具合に話が進んでいく。

物語の核となる部分は、田之上翔太と家族との関係、愛情の問題といえるかもしれない。田之上翔太は〈愛に関して子供は鋭敏である。〉と知っている。そして、〈ぼくには現実逃避の才能があるのかもしれない。〉と言ったかと思うと、〈心がなくてもやさしくできるなら、どうして、ぼくの家族はぼくを見捨てたんですか?〉と訴える。べそをかいて、困惑して泣き叫んだりはしない。ただ、抗議をするかのように、嘆く。〈心がない人たちに、心を期待しても、むだです。〉と言いもする。

物語の中盤、ある女性から、「翔太は幼稚だもの」と言われた際、田之上翔太はこう答えた。

「それは認めます。でもほんとうの話を聞きたい」

自分が少年であること、十一歳であること、臆病で幼稚であることを認識した上で、〈ほんとうの話を聞きたい〉と願う。大人のふりをする子供のような白々しさは感じられないし、「ぼくは子供だから許してほしい」という甘えも見えない。そして、次のようなことを考えている。

〈まずは、頭脳も心の強さも肉体も大人なみに鍛えあげること。そうして、自力で運命を切りひらける、そのときがくるのを待つの

だ。〉

彼は、自分のような子供が生き抜くために、やらなくてはいけないことを、一番重要なことを知っている。そういった部分に、僕はいちいち胸が締め付けられる。同情や哀れみや感心を覚えるからではない。やはり、その、「弱いけれど強い」姿に感じ入ってしまうのだ。そしてその、「弱いけれど強い」田之上翔太が、ハンガーストライキをし、雪合戦をし、キャッチボールをしている場面は、とても切ない。切ない上に優しさが滲《にじ》んでいて、淡々とした描かれ方をしているにもかかわらず、読んでいて熱いものがこみ上げてしまう。

田之上翔太の物語が最終的にどうなるのか。もちろんここではそれを書かない。ただ、最後の場面は、まるで予想していなかったものだったから、とても感動した。誤解を招くかもしれないから先に言っておくけれど、「予想していなかった」とはいえ、どんでん返しや驚天動地の着地があるわけではない。はっきりとした決着がつき爽快感《そうかいかん》に襲われる、ということでもない。ただ、「もとの世界に戻る／もとの世界に戻れない」「幸せになる／悲劇」そういったものには分類できない、不思議で、素晴らしい終わり方だなと僕は感じた。ぼうっとしながら、最後のページをめくった。そして、書棚の一番いい場所に置きたいな、と思った。この文庫ではじめて、この本を読む人の中に、同じような気分になる人がいるかどうかは分からない。ただ、きっといるはずだ、いてくれればいいな、と思う。

ちなみに、田之上翔太が異世界に紛れ込むことになったのは、〈ヴィヴィアン・ガールズ〉というロックバンドのコンサートを観に行った後だ。この、〈ヴィヴィアン・ガールズ〉という名前は、たぶん、というか間違いなく、ヘンリー・ダーガーの作品『非現実の王国で』から来ている。青山ブックセンター六本木店で以前行われた、「打海文三のすすめる本」のイベントの中で、この、『非現実の王国で』が含まれていた（恥ずかしながら僕はその時にはじめて、ヘンリー・ダーガーのことを知った）。部屋にこもって生きたヘンリー・ダーガーは六十年間を費やし、この作品（一万五千枚にも及ぶ小説と数百枚の挿絵）を残したらしい。もちろん、商業出版のためではない。自分のために、だ。そこには、男性器を持った可愛《かわい》らしい少女戦士ヴィヴィアン・ガールズが登場する。打海文三は、田之上翔太を異世界にいざなうのに、この少女戦士たちの名前を用いたことになる。

ヘンリー・ダーガーの、のどかなのかグロテスクなのか分からない絵を眺めていると、打海文三の作品と通じるものがあるように思える。あどけなさと残酷さをたずさえた御伽噺、それは、この、『ぼくが愛したゴウスト』に引用するのに相応《ふさわ》しい。ぴったりだ。

最後に。

この小説の中で、ある部屋で待つ田之上翔太に対し、制服を着た二等陸尉が手招きをする場面がある。背筋をぴんと伸ばした二等陸《りく》尉《い》はこう言う。

「怖がるな。さっさと出てこい」▼2

特に重要な場面ではないのかもしれない。ただ、はじめて読んだ

▼2 書いているときにはまったく考えていなかったんですけど、『あるキング』の最後の文章は、この一文に影響を受けているかもしれないと、あとから思いました。頭のどこかに刻み込まれていたんでしょうね。

時も、読み直した時も、僕は、打海文三自身にこの台詞《せりふ》を言われているような気分になった。「こっちは安全だから怖がらずに、安心して出てきなさい」ということではない。打海文三はそんなうそ臭いことは言わない。

世界は大変だ。残酷なことや理不尽なことで満ちている。僕たちは繊細で、弱い。それは分かっている。分かった上で、強く生きていくほかない。だから、

「怖がらないでさっさと出てこい」

打海文三はそう、読者に声をかけてくる作家なのだと、僕は思う。

『ぼくが愛したゴウスト』打海文三　中公文庫　二〇〇八年十月

私の隠し玉&私のハマっている○○

真面目《まじめ》に仕事をしているつもりなのですが、今のところ、「二〇〇九年にこれが発売されます」と言えるものがありません。▼1 徳間書店の「本とも」で連載中の、『あるキング』という作品が一冊にまとまるような気はしますし、読売新聞で連載中の、『SOSの猿』というお話が単行本になる可能性も高いのですが、現時点では何とも分かりません。まずは、連載が無事に終わることをお祈りしているような状態です。それ以外に、書き下ろしも進めるつもりなのですが、これもまだどうなるのか見当もつきません。

ハマっているものがありません。▼2 もともと趣味の少ない人間で、自分のことがとてもつまらない人間に思える瞬間がよくあります。

▼1 結局二〇〇九年には、『あるキング』と『SOSの猿』、二作とも刊行できました。

▼2 いまは、オオクワガタの飼育にハマっています。まだ飼い始めたばっかりで何も分からないのですが、楽しいです。

ただ、ハマっている、というほどではないのですが、最近、ブルーハーツの曲を聴きます。まともに聴くのは十数年ぶりかもしれません。ファーストアルバム、一曲目、ドラムの音が聞こえてきた途端、三十七歳の今も、胸が高鳴って、自分でも可笑しかったです。そして今、ヒロトとマーシーはクロマニヨンズで、メッセージが蒸発してロックンロールの楽しさだけが残ったような曲を生み出していますが、ブルーハーツからのその変化が、僕にはとてもすばらしいものに思えます。[3]

「このミステリーがすごい!」二〇〇九年版

▼3 ハイロウズとかクロマニヨンズはよく聴いていたんですけど、ブルーハーツをしばらく、本当に聴いていなかったんです。久しぶりに聴いたら、やっぱり恰好よかったです。

2009年

▼1牛の気持ち

子供の頃、▼2十二支の民話を聞いた時、私が気になったのは、とにかく牛のことだった。牛は、「自分は歩くのが遅いから、早めに出発しよう」とずいぶん早いうちから出発した。そして、一着でゴールする寸前であったにもかかわらず、自分の背中に乗っていた鼠《ねずみ》に先を越されてしまう。

　牛がどんな気分だったか、と考えると切なくて仕方がない。自分の地道な努力が利用されることは、さぞかし悔しかったはずだ、と子供ながらに感じた。が、そのことを話すと、母は、「牛はあまり気にしなかったんだよ。十二支には入れたし。『モーいいか』と思ったくらい」と答えた。少しほっとした。確かに、十二支の一番目が、二番目に比べて特典があるとも思えない。怒るほどのことでも

▼1これも苦労して書きました。「干支《えと》エッセイ」です。牛で何かネタになりそうなものがないか妻に何度訊《たず》ねても「牛歩って話で何か書けるんじゃない」と曖昧《あいまい》で無責任なことしか言わなくて、困り果てて。「牛歩でそんなに書けるか！」と内心、思いました(笑)。

▼2十二支のはなしがあるぞ、と気付いて、すぐに本を買いました。というか、でも、干支エッセイ

ないのかもしれない。

さて先日、子供が指を怪我《けが》した。軽い打撲だとは思ったものの、小心者の私はすぐに整形外科へ向かった。車を走らせ、医院に辿《たど》り着くと駐車場がいっぱいで、これは混んでいるな、と焦《あせ》った。エレベーターに乗ると、向こうから走ってくる男性がいる。閉まりかけの扉を開くが相手は礼も言わずに乗り込んできて、目的階に到着すると当然のように先に降り、さっさと受付へと向かってしまった。「こちらのほうが先に来ていたではないか！」と言葉が出かかった。そこで頭を過《よ》ぎったのが、牛のことだ。「ゴール寸前で追い抜かれた牛は、この程度のことは気にかけなかったはずだ。ここは、『モーいいか』の精神だ」と思えたのだ。なるほど、牛のおかげで助かった、と私は気を良くし、その後、「十二支の民話」の本を探した。

読んでみると、追い抜かれた牛の場面には、「とても悔しがり、『モーモー』と怒りました」と書いてある。何と、牛も怒ったのだ。そのことにショックは受けた。が、怒るべき時は怒る、これも大事なことだな、と私は調子よく考える。

なんだから毎年この、十二支のはなしを引用すればいいような気もするんですが。鼠が暗躍し、猫をはじめ、いろんな動物を騙《だま》しているんですよね。牛は渋い役どころですよね。自分が遅いことを自覚し、早めにスタートして、地道にゴールを目指していくって、恰好いいなと（笑）。

今年の私の目標は、「モーいいか」と「もう怒りました」をバランス良く使い分けることだ。

中日新聞（夕刊）二〇〇九年一月七日付

「二〇〇八年に読んで印象に残った本」

あまりたくさんの本は読めなかったのですが、それでも、莫言《ばくげん》『転生夢現』とマリオ・バルガス=リョサ『フリアとシナリオライター』を読めたのが幸せでした。莫言はやっぱり最高ですし、『フリアと~』は今までどうして読まなかったのか、と悔やまれるくらいに僕好みの小説でした。

「二〇〇九年の予定」

徳間書店の「本とも」で連載中の『あるキング』、読売新聞夕刊で連載中の『SOSの猿』が無事に完成すれば、本になるかもしれません。後者は、漫画家の五十嵐《いがらし》大介さんが描き下ろす(はずの)

漫画『▼猴《さる》ＳＡＲＵ』と対になる予定です。

「活字倶楽部」二〇〇九年冬号

▼書き下ろし漫画として完結しましたが、本当に大傑作だと思います。タイトルは結局、『ＳＡＲＵ』となりました。

▼精神宇宙を旅するかのような本に惹《ひ》かれます。

夢やロマン、と聞けばもちろん胸が躍り、興奮するのですが、もともと、こぢんまりとした生活が好きで暗い性格だからなのか、潑《はっ》剌《らつ》とした、壮大な冒険譚《たん》はどこか他人事のような気分になってしまいます。以前『ゴールデンスランバー』という、「逃亡者」物の小説を書いたことがあります。自分としては、ハリウッド映画のような娯楽物に挑戦したつもりだったものの、その際にも、「結局のところ、主人公は仙台市内をうろうろしているだけで、室内の場面も多くて、インドア派っぽい感じですね」と指摘され、「それは僕が出不精だからです」と答えたことがあります。晴れた大地を駆けていくような陽性の冒険譚(映画で言えば、『インディ・ジョーンズ』)よりも、退屈な暗闇《くらやみ》の中を、「僕はなぜ、こんなことをしているのだ

▼このエッセイは、夢やロマンを感じた本はなんですか、という、依頼に応《こた》えて書いたものです。夢やロマンにはあまり関心がなくて、精神世界の冒険、と解釈すれば、こういう三冊もありかもしれない、と思って選びました。
何度も繰り返しますが、僕は出不精なので、実際にどこかに旅に出かけるよりは、精神世界を旅する方が好きなんです。

ろうか」と考え込んでしまうような、内省的なお話（映画で言えば、『2001年宇宙の旅』）のほうに興味が行くのかもしれません。

今回挙げた三冊も、明快な夢やロマンを求めるものとは異なり、どことなく思索的で、精神宇宙を旅するかのような本ばかりになってしまいました。誰か、似たような好みの方がいれば良いのですが。

『万物の尺度を求めて　メートル法を定めた子午線大計測』
ケン・オールダー　訳・吉田三知世　早川書房

十八世紀末、ふたりの科学者が、子午線の測量のため、それぞれ北と南へ旅立ちました。子午線の長さをもとに、一メートルという単位を定めるためです。旅先でスパイに間違われてしまうところなどはまさに冒険譚のようですが、僕が楽しかったのはその部分ではなく、自分の測量誤差に気づいた科学者の苦悩や（帯には「彼らの誤りさえもが科学上の偉業だった」とあります）、決めた単位が世の中に浸透していかないもどかしさ（「人間は常に、『学べば分かる、より良い方法』よりも、『慣れている、より悪い方法』を好む」という言葉が印象的）のほうにおもしろ味がありました。

『上弦の月を喰べる獅子《しし》』（上・下）夢枕獏　ハヤカワ文庫

「螺旋《らせん》」を集める螺旋蒐集家《しゅうしゅうか》と、岩手の詩人（宮沢賢治）が一体となり、不思議な世界に入り込み、高い山を登っていきます。なぜ、登るのか？「獅子宮の入り口」にある、問いに答えるためです。その世界観に、眩暈《めまい》がするようなロマンを覚えました。主人公が途中で、〈人は、幸福《しあわ》せになれるのですか〉という質問を発します。物語のラスト、その質問への答えが詩人の口から静かにこぼれた時（別に、驚くような台詞《せりふ》ではないのですが）とても感動し、「よし」と前向きな気持ちになれたのをよく覚えています。

『アイの物語』山本弘　角川書店

根が単純なのか幼稚なのか、「夢やロマン」と聞くと、条件反射的に「宇宙」「ロボット」と連想してしまうところがあるのですが、この本は、アンドロイドの出てくるお話です。短編がいくつか連なる形式で、はじめは少し大人しい雰囲気であったのが、だんだんと、人間の欲望や怖さが描かれた（僕好みの）不穏さを伴った話に変化していきます。最後にはアンドロイドの口から、この物語の目的が説明されますが、そこにはフィクションの持つ力強さとそれが未来を作り出す希望が謳《うた》われていて、まさに、夢とロマンを感じることができました。

「フィガロジャポン」二〇〇九年十二月二十日号

私の隠し玉&私のデビュー直前／直後

二〇一〇年は、デビューして十年目になります。だから、というわけでもないのですが、書き下ろし長編を二つ書いています。一つは、『マリアビートル』というタイトルで、殺し屋たちが新幹線内で対決するお話、もう一つは、『夜の国のクーパー』というタイトルで、架空の国のお話です。いつ完成するのかわかりませんが、お店に並んだ際には気にかけてもらえると嬉《うれ》しいです。それと、双葉社の楽しい企画「ゆうびん小説」に参加させてもらい、『バイバイ、ブラックバード』というお話を書いています。二〇一〇年には単行本としてまとまるはずです。▼1 他にも何か本になる可能性がなくもないため、もしかするとたくさん本が出るかもしれません。「十周年だからだな」と好意的に受け止めてもらえればいいな、と思ってい

▼1 二〇一〇年は、このエッセイ集をいれて、全部で四冊本が出ました。過去最多の刊行点数です。

▼2 このときは、弟が作った音楽を聴いていたんです。兄貴バカじゃないですけど、曲も詞も独創的で、恰好《かっこ》いいと思っています。落選したら書くのを止《や》めようとも思っていたので、「今日で、終わっち

ます。

デビューするきっかけとなった新人賞、新潮ミステリー倶楽部《クラブ》賞は、「最終選考会当日、選考会場のホテルに候補者が呼ばれ、そこで、他の候補者や編集者と一緒に結果を待つ」という慣わしがありました。当時の僕は、ソフトウェア会社に勤め、出張で東京に来ているところでした。結果を知るのが怖くて、集合場所であるホテルになかなか入れず、近くでウォークマン▼2を聴きながら、気持ちを落ち着かせていたのをよく覚えています。よし、と意を決し、ホテルに入ると編集者が立っていて、手を差し出してきました。「遅れてすみません」と謝ると、「おめでとうございます」と言われ、何が何だかわからず、彼と握手をしました。それからその彼▼3とは五冊の単行本を作り、来年は十年目です。感慨深いものがあります。

「このミステリーがすごい!」二〇一〇年版

ゃうかもしれないなあ」と、とてもどきどきしていました。

▼3 彼が、「ヴァン・ダインが、一人の作家が書ける優れた作品は半ダースだ、と言っていたのは有名な話。そのことを、ヴァン・ダイン自らが、逆説的に証明している」という話をよくしていました。このあと彼とはもう一冊『オー!ファーザー』を出したので、ちょうど半ダースで、その後、彼は異動して、担当から外れました。それもなんだか、感慨深いです。

2010年

▼おもちゃの公約

虎穴《こけつ》に入らずんば、虎児《こじ》を得ずだ、と妻が言った。何事かと思えば、インフルエンザワクチンのことらしい。子供にワクチンを打ちたいが、そのためには病院に行かねばならない。が、今の小児科は、インフルエンザ患者で溢《あふ》れている。噂《うわさ》によれば、胃腸炎も流行《はや》っているという。ウイルスに感染する可能性はゼロではない。つまり、ワクチンを受けるためには、そのインフルエンザの待つだろう病院に出向かなくてはならない。まさに虎穴に入らずんば、だ。

「リスクはあるでしょうが、ワクチンを打ってもらったほうが安心です」このエッセイの担当記者がそう言う。

「いや、実は、ワクチンの予約をしたんですが、今度は息子が注射を嫌がって大騒ぎでして」

▼恒例の「干支《えと》エッセイ」です。この年はギブアップ寸前だったんです。もう止《や》めさせてください、と一旦《いったん》はお願いしようかと思っていました。でも、できるところまで続けようとふんばって書きました。抱えている仕事の中で、これが一番、必死になって、頭を振り絞っているものなんじゃないか、と時々、思いそうになります(笑)。今後も依頼をいただければ、干支のひとまわ

3652

「おいくつでしたっけ」

「四歳です」

「子育ての虎《とら》の巻によれば」と記者が教えてくれる。「そういった場合に、交換条件を持ち出してはいけないそうですよ。たとえば注射を我慢したら、おもちゃを買ってあげる、とか」私が黙っているために記者も感づいた。「まさか、もう約束してしまったのですか」

　恥ずかしながら、私には息子を説得することができなかった。予約日はまだ先であるというのに、注射断固拒否、の姿勢を崩さず、さらには私の頭の中にインフルエンザ感染の恐怖が大きく広がってしまい、不安を抑えられず、とうとう息子に対し、「頑張ったらご褒美《ほうび》に」と禁断の台詞《せりふ》を吐いてしまった。以来、息子は、「早く、チク（注射）の日、来ないかな」とクリスマスを待つかのように張り切りはじめた。

「ご褒美制度を導入すれば、子供はこれから、報酬がなければ従わないようになります」

「思わず言ってしまって」


りを目指してがんばりたいんですが、果たしてどうなることやら。あと、五回です。二〇一一年一月に、僕が兎《うさぎ》について書いているかどうかを楽しみにお待ちください（笑）。

「口の虎は身を破る、と言うじゃないですか。迂闊《うかつ》なことを言うと、災いがありますよ」

その通りだ。インフルエンザの注射は二回あるし、日本脳炎の注射もあるかもしれない。息子はその機会を虎視眈々《たんたん》と狙《ねら》っている。アメリカではもっとたくさんの予防接種を受けると聞いたことがあるが、他国の子供はどれだけたくさんおもちゃを持っているのだ。

数日後、記者に連絡を取った。

「やめました。ワクチンは打ちません」

「自棄《やけ》を起こしてはいけませんよ」

「虎は死んで皮を残し、人は名を残します。ウイルスは免疫《めんえき》を残します」

「意味が分かりませんよ」

「実は注射の前に、息子がインフルエンザに罹《かか》ってしまったんです」

おもちゃの公約はうやむやのままだ。

中日新聞（夕刊）二〇一〇年一月五日付

3652

「二〇〇九年に読んで印象に残った本」

吉村萬壱《よしむらまんいち》さんの作品が印象的でした。『ヤイトスエッド』に爆笑しつつも興奮し、『独居45』に戦慄《せんりつ》しました。とりわけ、作中作の「女」の迫力には、うちのめされました。

ほかには、『バレエ・メカニック』[1]や『粘膜蜥蜴《とかげ》』[2]が素晴らしかったです。


「二〇一〇年の予定」

デビュー十年目となります。双葉社から、『バイバイ、ブラックバード』という作品が出る予定で、それ以外にも何冊か出るかもしれないのですが、「また出たのか」と呆《あき》れずに、付き合っていただ

▼1 津原泰水さんの作品です。想像もできない世界を文章化してくれていて、読む悦《よろこ》びに満ちていました。

▼2 飴村行《あめむらこう》さんの二作目ですね。その後、日本推理作家協会賞を受賞するんですが、僕が選考委員の一人だったので、何だか嬉《うれ》しかったです。

けると幸いです。

「活字倶楽部」二〇一〇年冬号

武田幸三という格闘家の存在。▼1

「生きて家族のところに帰れて、ほっとしています」

「死ぬことは怖くない、というところまでいけたんで、悔いはありません」

二〇〇九年十月二十六日、横浜アリーナでのK-1 WORLD MAXの引退試合が終わった直後、控え室近くで会った武田幸三さんは、そう言った。アルバート・クラウスとの対戦が終わったばかりの顔は腫《は》れていて表情はよく分からなかったけれど、笑っていたんだと思う。清々《すがすが》しい口調で静かに言うその様子からは、その言葉が、気取りや強がりなどではなく、もちろん、自分に言い聞かせるようなものでもなく、ただ、身体《からだ》から溢れ出ただけの本心なのだとは分かった。

▼1 武田さんには、『砂漠』の取材で治政館ジムにお邪魔したときに初めてお会いしました。あまりの恰好《かっこ》よさにしびれてしまって、『終末のフール』に入っている「鋼鉄のウール」という短編を書いたんです。普段の武田さんは、おもしろいお兄ちゃん、という雰囲気で、リングの上とはまた違った恰好よさがあります。

僕は格闘技に詳しくない。テレビで観《み》て、興奮はするけれど、武田さんに会うまで試合会場に足を運ぶこともなく、団体の区別や選手の名前もほとんど知らない。武田さんと知り合ったのも、自分が書く小説の中に、格闘技のジムを登場させる必要があり、その取材のためにお会いしたのがきっかけだった。

武田さんの写真をずっと撮り続けている藤里一郎さん▼2が、その仲介をしてくれたのだが、以前より彼から、「キックボクサー武田幸三」の話は聞いていた。曰《いわ》く、「タイのムエタイの殿堂、ラジャダムナンスタジアムで、チャンピオンとなった日本人だ。今まで外国人チャンピオンは四人しかいない」「あまりにストイックすぎて、ストイックと誰も言えない」「彼の試合の時だけ、Ｋ－１会場が、後楽園ホールみたいな雰囲気になる」などなど。

武田さんの所属する治政館に出かけたのが、Ｋ－１ＭＡＸのブアカーオ・ポー・プラムックとの試合直前、練習の追い込み時期だった。その時のジムは、定期的にゴングの音が鳴るものの、誰かが言葉を発することもなく、武田さんはとにかく身体を苛《いじ》め抜き、ひた

▼2カメラマンの藤里さんと初めて知り合ったのは、『チルドレン』の取材で、女性誌の方と一緒にいらっしゃったときでした。「藤里さんはＡＴＧというアートユニットをやっていて、Ｔシャツなんかも作ってるんです。偶然ですけど、ＡもＴもＧもＤＮＡの物質なんですよね」と編集者さんが言って、

すらにキックを繰り返し、その緊張感は恐ろしいほどで、部外者の僕は、これはまずいところに来てしまったな、と縮こまっていた。試合直前であるため、武田さん本人は質問に受け答えできないと事前に聞かされていた。ただ、たぶん武田さんの厚意からだろう、見学の後、近くのファミリーレストランで話をさせてもらうことができた。言葉を交わしたのはその時が最初だ。

「大学でラグビー部で寮生活をしていたんですけど、夜、テレビをつけたら、たまたまK-1の決勝戦をやっていたんですよ。で、その瞬間、『あ、これだ』と思ったんですよね。それで次の日に大学を辞めたんです」キックボクシングをはじめたきっかけを訊《たず》ねると、武田さんはそう言った。

「え、次の日にですか?」

「そうですよ。当時、K-1はヘビー級しかなかったし、どうやったら大会に出られるのかも分からなかったのに、『あ、この大会で俺、来年、チャンピオンになっている』と確信して。何にも考えていなかったんですよね」

なんだか、そのユニットの話になったんです。で、「よかったら、今度『グラスホッパー』という小説が出るので、Tシャツを作ってくださいよ」と、あくまでもそのときは、冗談のつもりで言ったら、すぐに握手を求められ、「やった!　コラボ決定ですね」と微笑《ほほえ》まれて（笑）。その日、ネットでATGのサイトを見てみたら、そこに「コラボ決定!」と大きな文字で書いてありました。「えー、大丈夫なの?」と慌《あわ》てました。それ以来の

僕は、笑ってはいけないと思いながらも、どうしても笑ってしまった。大学を辞めるというよりも、バイトを辞めるようなノリに思えた。

「それで、電話帳でジムを探したら、この治政館だけ少し、ほかより大きな広告を出していたんですよ。元日本チャンピオン、長江国政って書いてあって、『ここだ！』と」

武田さんにとって一番うれしい瞬間ってどういう時ですか？　そのファミリーレストランで話をさせてもらった時、そう訊ねた。僕はよく、人にその質問をしたくなってしまう。なぜなのか、自分でもよく分からない。相手を試すつもりなどはまったくない。ただ単純に、「人（僕）はいったい何を楽しみに生きていけばいいんだろう」「どういう目的で、仕事をしていけばいいのだろう」と悩むことが多く、だから、他人の答えを聞いて、参考にしたいのかもしれない。

武田さんは、うーん、とほんの少しだけ考えて、「試合の後に、

お付き合いです（笑）。『死神の精度』の写真を撮ってくださったり、武田さんのオフィシャルフォトグラファーでもあるので取材の仲介をしてくださったり、とお仕事でもお世話になっています。

友達から、『今日の酒がうまい』ってメールが来た時ですね」と言った。

僕はこれもまた、笑って良いのかどうか分からないままに、笑ってしまった。シンプルだけれど、とても心地良く、僕は感じた。「試合に勝つこと」や「いい試合をすること」という答えももちろん良いけれど、真っ先に出てくるのが、「観客の気持ち」であることが興味深かった。

「逆に、最悪な時って何ですか」と訊ねると、今度は即答だった。

「さっきの逆ですよ。今日の酒がまずい、って言われるような試合の時ですね」

武田さんのこのスタンスは首尾一貫している。「（長江）先生の考えがそうですからね。客を沸かせて、なんぼ。つまんない試合をすると、勝っても、『おまえ、そんなんだったらもういいよ』って言われますよ」

一般的に、よく耳にする言葉が二つある。

――プロなんだから、結果を残さなきゃならない。勝てばいいんだよ。

――プロなんだから、お客さんを喜ばせなきゃ意味がない。

どちらも、さまざまな人がそれぞれの立場で、それぞれの信念を持って口にするんだと思う。

昔から、どちらが真実なのか判断がつかない。

もちろん、「面白い試合をして、なおかつ、勝利する」ことがベストなのは明らかだ。

問題は、その次だ。ベターなのはどちらだ。

「負けたとしても、面白い試合をする」ことなのか、それとも、「つまらない試合をしても、勝つ」ことなのか。

答えはきっとない。両方正解、と言っても良く、その答えを探そうとしても仕方がないのかもしれない。ただ、武田さんの試合を観たり、武田さんを慕っている人の話を聞いていると、そのことを考えずにはいられない。

初めてお会いした後で観たブアカーオ戦、僕はテレビで観戦していたのだけれど（つまり会場にはいなかったのだけれど）、その緊迫感が伝わってきて、息ができないほどだった。ブアカーオの、全身が鞭《むち》だかバネになったかのような、びゅんびゅんと脚が跳ね上がるあの躍動感と、ぐっと地面を踏みしめ、じりじりと相手に近づきながら、ローキックを斧《おの》のように、一回一回魂を込めて、打ち込んでいく武田さんはどこか対照的だった。ただ二人とも土台にあるのはムエタイだから、斥力《せきりょく》よりも引力が働き合うような、そういう試合に（格闘技に疎《うと》い僕が言うと偉そうだけれど）感じられた。結果的に、判定で、武田さんは負けた。もちろん勝ってくれたほうが観ていることちらも嬉しかっただろうが、それでも、幸福感が残り、今でも、「そういえば、あの試合で負けたのは武田さんだったのか」という気分になる。

それから少し後、やはり、K－1MAXでのアンディ・サワー戦も印象的だった。一ラウンドは、ローキックが効き、武田さんが優勢に見えた。それが二ラウンドに入ると、サワーの拳《こぶし》の勢いが強くなり、最後は、コーナーの際《きわ》まで武田さんが押された。そこで、サワーのパンチが何発も放たれる。武田さんは両手でブロックしていたが、最終的にはサワーのフック（だったと思うのだけれど）で、KOとなった。残念だな、とぼんやり思っていたけれど、はっとしたのは、その後、テレビで最後のノックアウトシーンを観た時だ。サワーのパンチが激突する場面が何度も何度も、スローで流れている。サワーの猛攻は圧倒的で、武田さんも気圧《けお》されている。ように僕には見えていた。が、実際はそうではなかった。武田さんは拳をガードしながら、反撃の時をじっと待っていた。そして、サワーのパンチが止《や》んだ一瞬を狙い、ガードを下げ、「今だ」と目を光らせ、自分の左の拳を、サワーに叩《たた》き込もうとした。その目の力強さと腕の動きが、ほんの一瞬のことではあるけれど、はっきりと映っていた。まさに紙一重の差で、サワーのフックが早かった。武田さんはパンチを出した直後、顎《あご》を打たれ、ダウンした。瞬間に起きたそれらのことが、スローでは観ることができた。

惜しい。そう言ってしまえば確かに、惜しいという感覚だったけれど、それでは言い表せない感慨があった。

どうして、あそこで、武田さんの拳が先に当たらなかったのだろう。たぶん、本当に一瞬の、紙一枚分のような差で、武田さんは倒れ、負けた。もしかすると、格闘技における紙一重の差には、実は大きな差があるのかもしれないが、あれほどラッシュを受けながら、最後の最後で、逆転する糸口をつかんでいたことに僕は震えるほど興奮した。

森沢明夫さんが書いた、キックボクサー武田幸三のノンフィクション『ラストサムライ』に次のような場面がある。

武田はコーナーでガウンを脱いだ。

上半身に汗が光っている。

すぐ横にいた客のひとりが、大声を張り上げた。

「武田ぁ！　人生を見せてくれぇ！」

試合が始まってもいないのに、すでに泣いているファンもいる。

死に物狂いの練習をし、試合に臨み、追い詰められながらも逆転のチャンスを得て、ここしかないというタイミングに反撃の拳を振った。けれど、当たらなかった。どうして？　と誰かを問い詰めたくなる。どうして、駄目だったんだ？　まさに、人生に起きる出来事そのものだ。どうして、うまくいかないのか。どうして、あれほど頑張ったのに、報われないのか。どうして彼は成功したのに、僕は失敗したのか。どうして？　で日々の生活は満ちている。

「あの、これだけは言っておきたいんですけどね」先日、会った時の武田さんは、苦笑した。「なんだか、みんなに、武田幸三は勝敗は関係なく、闘っているみたいに思われている気がするんですけど、勝利にはこだわっているんですからね」と困ったように言う。「ちゃんと勝つために、先生といろいろ研究して、理論的に練習をして、勝ちにこだわってこだわって、試合に臨んでいるわけで、結果的に、負けたりしますけど、何か、結果にこだわっていないみたいに思われると、ただのやけっぱちみたいじゃないですか」と笑いながら、でも、真剣に強調した。「ほんと、勝たなきゃ駄目なんですから。それだけは分かってください」

聞いた僕はやっぱり、少し笑ってしまった。確かに、言われてみれば、「勝ち負けは関係ない」とは失礼な話だ。

▼3 引退試合は、武田さんのＴＫＯ負けだった。僕はローキックを受け、膝《ひざ》をつく武田さんの姿を初めて観たような気がするし、あんなふうにダウンを取られる姿も今まで観たことがなかったと思う。

「試合前から、目がぜんぜん駄目で、見えていませんでした」後になって、武田さんは淡々とそう言った。

先述の本『ラストサムライ』によれば、武田さんの左目は、日本チャンピオンになった後、初防衛の頃から見えなくなっていたらしかった。「それはまあ言い訳ですからね」と武田さんは言うけれど、片目が使えない状態で、Ｋ－１クラスの格闘家と戦うのはどれほど大変なことか、素人《しろうと》の僕にも想像できた。「パンチがぼやけて、二つに見えるから、両方避けるんですよ」「勘ですよね」と笑いながら、武田さんは言っていたこともあった。

数年前、再起をかけ、手術に踏み切ったのは知っていたけれど、

▼3 引退試合に、僕はいつものようなラフな服装でいったんです。控室でお会いした武田さんに、「全然、オーラ出てないよね」といわれました（笑）。もともと、オーラとかないですからね。で、挨拶《あいさつ》して帰ろうとしたら、黒いジャケットを着た、びしばしオーラが出ている男性と、やはり、鋭い眼光の若者が武田さんに挨拶をしているのを目撃したんです。

結局、引退試合の時も見えていなかったのかと知り、その壮絶な格闘家としての生活を考えると、ぼうっとしてしまった。

　最後の試合の結果は、もちろん僕の（僕たちの）望んでいた最良の結末ではなかったけれど、最悪の、がっかりするような終わり方でもなかったような気がする。

　僕はやっぱり、その試合を観て、何か漠然とした力をもらったように感じ、武田さんを応援できて良かったな、と思った。

　そしてまた、例の問題について、考えてしまった。

　プロのスポーツ選手、格闘家にとって一番大事なものは何なのだろう、結果なのか、喜ばせることなのか、と。

　その答えが少し分かったのは、武田さんの引退試合から一カ月ほど経《た》った頃だ。

　たまたま開いた朝刊に、詩人▼4の谷川俊太郎さんのインタビューが載っていて、そこで谷川さんが次のようなことをおっしゃっていた。

　古池や蛙《かわず》とびこむ水の音

オーラが出ている人というのは、世の中にいるんだなあ、芸能関係などの派手な業界の方なのだろうなあ、と感動して、後で一緒にいた藤里さんに訊ねたんですよ。「さっきのオーラ出まくりの方は、どなたかご存じですか?」と。「よく行く、焼肉屋さんのお兄ちゃんだよ」

　世界は広いと思いました。

▼4 この谷川俊太郎さんのエピソードは気に入っていて、いろんなところで引用させてもらっています。

という芭蕉《ばしょう》の句にはメッセージは何もないし、意味すらないに等しいけれど、何かを伝えている。

詩とはそういうものなのだ、という話だと思う。それを読み、僕はまず、自分の仕事のことを考えた。小説も同じではないか、と。僕の書いているフィクションには、「こうやって生きなさい」というようなメッセージはない。「○○を伝えたくて書きました」と言い切れるテーマもない。ただ、そうは言っても、「暇つぶしに読んで、はい、おしまい」では寂しい。そういうものではありませんように、と祈るような気持ちも実はある。漠然とした隕石《いんせき》のようなものが読者に落ちてほしい、といつだって願っている。映画や絵画も同じだろうと思い、その後で、武田さんの試合もそうに違いないと思い至った。

厳しい練習を乗り越え、自分の身体を削りながらキックを繰り出すその姿は、べつだん、メッセージを発しているわけではない。「身体を鍛えなさい」「武田幸三と同じように生きなさい」と言ってくるものではない。ただ、抽象的な「何か」を、僕たちに、確実に伝えてくる。

試合の入場のことひとつとっても、そうだ。どの試合の時も、武田さんはいつだって、長江館長と二人きりで通路を歩き、リングに向かった。ジムの仲間に囲まれたり、たくさんのトレーナーたちと連れ立って入場してくる選手が多い中、そのとぼとぼと、静かにリングに向かう光景が、僕はとても好きだった。それを観ているだけで、涙が滲《にじ》んでくることもある。それは僕だけではないらしく、「あれ、泣いちゃいますよね」と言う人が他にもいた。僕たちは決まって、「あれって、何で泣いちゃうんでしょうね」と首を傾《かし》げる。「ただ、二人で入場してきているだけなのに」

やはりそこにも、メッセージや意味とは別の「何か」があるのに違いない。

「勝っても負けても、みんな、武田幸三のファンになるんです」

カメラマンの藤里さんをはじめ、いくにんもの人が口にするその言葉は、真実以外の何ものでもないものだ。そして、そういった存在になれる人間はたぶん、きっと限られていて、だから、武田幸三という格闘家はとても稀有《けう》な人なのだと思う。

「Number PLUS」二〇一〇年四月号

三谷龍二《りゅうじ》のもうひとつの世界

七年くらい前になるのかもしれないが、「その時のこと」をはっきりと覚えている。当時、『重力ピエロ』という長編の発売前で、担当編集者と一緒に、仙台駅近くのホテルのバーで打ち合わせをしていた。今から思えば稚拙さの残る作品ではあるけれど、その小説は僕の（小説に対する）思いの丈をすべてぶつけたものであったし、会社員を辞めたのもこの作品を満足のいく形で完成させるためだった。この本で通用しないのであればもう駄目なのだろうな、とぼんやり覚悟していた。いや、覚悟というほど堂々としたものではないだろう。怯《おび》えていただけかもしれない。バーカウンターには他に誰もいなくて、その時に編集者が、「装幀《そうてい》▼1担当者が読み終えた瞬間、これを表紙として使いたい、と思ったそうです」と鞄《かばん》から取り出し

▼1　装幀を担当してくれたデザイナーの方は、タイトルを見た段階で、自分がやりたいと立候補してくれたそうです。担当編集者が、「そのデザイナーが、『読む前から三谷さんの作品が合うんじゃないかと思っていたけど、読み終えたら自信が確信に変わりました』と松坂大輔《だいすけ》発

たのが、三谷龍二さんの作品（厳密に言うと、その写真）だった。小さな人形のようなものと、木で造ったと思《おぼ》しき背景が組み合わされている。扉が少し開いた部屋をバックにし、宙に浮かぶ小さな人がいる、そういう作品だ。美しく、そして、幻想的だった。が、美しく幻想的であるだけならそれほど感動しなかったかもしれない。その作品は、幻想的でありながらも、今僕たちが生活をしている場所と、この地味な苦労や煩《わずら》わしさに満ちた、平凡な日常と、しっかりと繋《つな》がっているように思え、だから僕は感激した。地味で平凡な世界の中に、見たことのない物語が浮き上がってくる、それは僕が、小説を書く上でやりたかったことと一緒だった。

帰り道、幸福な気持ちだった。その時点ではまだ、装幀案の一つという段階であったため、出版社の方針によっては別の表紙になる可能性もあった。ただ、「三谷さんのこの作品が、『重力ピエロ』の表紙に相応《ふさわ》しい」と一人のデザイナーが思ってくれたことに、幸福を覚えていた。出版される際の表紙が別のものになったとしても、この事実だけで僕はやっていける。そう思えたし、帰ってきて妻に

言をパクってました」とうれしそうに教えてくれたのをよく覚えています。『重力ピエロ』の装画に使われることになった絵（の写真）を、バーで初めて見たとき、本当に感激しました。優しいけど、強いし、かわいいけど、タフな感じですよね。エンターテインメントとしてはちょっと地味ではないか、とか、派手なイラストの方が目立っていいんじゃないか、などいろいろな意見があったようです。

もそう言った。

結局、本の表紙は、三谷さんの作品に決まった。大喜びしたのは言うまでもない。その作品によって僕の知名度はだいぶ上がった。もちろん、僕は一生懸命、あの小説を書いたから、その作品の中身が、読者を喜ばせたのだとは思いたいけれど、無名の作家の本が、多くの読者に届くためには、「魔法」頼みといった部分があるのも事実だ。作者や編集者の努力や出版社の工夫を越えたマジックがかからなければ、どうにもならない。七年前の『重力ピエロ』の場合は、三谷さんの作品が、その魔法をかけてくれた。そう確信している。[2]

▼2 この『重力ピエロ』以降、新潮社から刊行される僕の小説は、単行本、文庫本、すべて三谷さんの作品を装画に使わせていただくことになりました。このエッセイ集の装画も、三谷さんの作品です。ありがとうございます。

三谷さんの作品の魅力とはいったい何なのだろう。

まず感じるのはその静かさだ。穏やかな時間の流れや、静かな空間を感じる。しかも、その静けさには、現実から逃げ出すような後ろ向きの気配や、殻に閉じこもるような閉鎖した感じがない。作品内の人形たちは、何かを探していたり、何かを運ぼうとしていたり、どこかに出かけようとしていたり、と行動する意思を持ち合わせているように、僕には思える。

そして、懐《なつ》かしさを感じる。古臭さや故郷を恋しく思うものとはまた違った、たとえば田園風景の写真などとは少し異なる質の、懐かしさだ。三谷さんの作品はいつも、まったく見たことのない、奇妙で新鮮な光景を提示してくれ、それなのに、懐かしいのだ。親しみがある、と言ってもいい。まるで、誰もが心の底に、共通で持っている心象風景を、目に見えるものとして作り上げたような、そういった雰囲気がある。

今回、三谷さんの書かれた本『僕の生活散歩』に次のような文章を見つけた。〈暮らしの空間があまり繊細に過ぎることを僕は好まない。研ぎ澄ました感性は小さな音や、異物の存在にも敏感になりすぎる。少しこころが窮屈になり過ぎるのだった〉〈こころの網の目を広げて緩くあること、それも大切なのだと思う〉

なるほど、と思った。異物の存在に敏感になりすぎないように、こころの網の目を広くし、繊細になりすぎないように、とそういったことに心を配る作家が創《つく》り出すからこそ、「静かでありながらも閉鎖的ではない」「未知なる世界を描きながらも親和性を備えている」といった不思議な作品ができあがるのかもしれない。

また、『僕の生活散歩』の中、「手」と題された一編にはこうあった。〈食物を作り、道具や衣服を作ってきた手が、今ではただ消費するばかり〉〈それでも僕たちは腕をのばし、手の先の見えないリアリティに直《じ》かに触れようとする。自分たちが生きるこの世界に触れるために〉

手で触れる感覚、「手触り」が三谷さんの作品には溢《あふ》れている。人工的な機械や、たとえばコンピューターで作り出すCGとは違った、「世界を手で触れる」感触がそこにはあって、だからなのか、作品を眺めているだけで、「見えないリアル」に触れられるような感覚を覚える。

僕は久しぶりに、『重力ピエロ』を取り出し、表紙をもう一度、眺めた。小さなその人形は、飛び上がっているようにも落ちていくようにも見える。が、重要なのは、「運動の方向」ではないだろう。

この小さな「誰か」は、自分の存在を確かめるために、現実社会にどうにか接しようと、腕を精一杯に伸ばしているのかもしれない。見ている僕は、「指の先でもいいから触れますように」と念じずにはいられない。それはそのまま、七年前、あの小説を書いた時の僕の思い、「届いてほしい」という感覚をまさに表わしてくれているようにも思った。

「芸術新潮」二〇一〇年六月号

「残り全部バケーション」オートマとバケーション

「スタート、はじまり、出発」といったテーマで短編を書いてください、と依頼を受けた時、「爽《さわ》やかで前向きな話」になってしまったらまずいな、と思いました。理由はうまく説明できないのですが、小説というものは、明るいのか暗いのか、喜んでいいのか悲しんでいいのか分からないような感情を惹《ひ》き起こすものであるべきだ、と感じているからかもしれません。ですので、できれば、「スタート」の感覚を備えながらも、薄暗い不穏さも含んだ、前向きとも後ろ向きともつかないものにしたいな、と構想を練った記憶があります。

また、▼1この短編のことを考えていた当時は、ちょうどかかりきりだった長編小説が手を離れた時でしたので、「よしこの仕事をやり遂げたなら、しばらく休憩しよう。いや、もうこの後、ずっと休ん

▼1これは、『Re-born』というアンソロジーに参加させてもらった時の

でしまおう。バケーションだ」と呪文《じゅもん》のように頭で唱えていて、その結果、タイトルがこんな具合になってしまいました。これは好みの問題なのでしょうが、個人的に、「漢字」と「カタカナ」を無理やり組み合わせるタイトルに惹かれる傾向があって、たとえば、アンソロジーのように、複数の著者と競演するような機会がありますと、「まず、題名から、読者の関心を得るぞ！」と気合いが入り、その結果、「漢字」＋「カタカナ」となることが多いようです。最近、自分で気づきました。つまり、この短編を書いていた時も、かなり、気合いが入っていたということでしょう。

ただ、この物語の詳細については、どういう経緯で膨らませたのか、今ではうろ覚えです。

はっきり覚えているのは、二つ。一つは、ここに登場してくる、「犯罪の下請け親分」といった役割の人物の名前が、「溝口」であるのは、映画監督の溝口健二から取った、ということ。もう一つは、後半で、登場人物が発する、「オートマチックのレバー」云々《うんぬん》といった台詞《せりふ》について、その頃、僕自身が、日々の仕事と慣れない子育

短編「残り全部バケーション」のことですね。でも、ここでは、「多い」と書いたものの、漢字＋カタカナのタイトルの短編って、「透明ポーラーベア」と「浜田青年ホントスカ」くらいですかね？（笑）ただ、どれもアンソロジー収録ですし、他の作者と並ぶ時は、そういうタイトルにしたくなるのは事実ですね。

てにいっぱいいっぱいで、朦朧《もうろう》とし、少し先のことを考えるとあたふたとし、すべてを投げ出したくなってしまっていたために、「あまり気負わず、その日のことを、できることをこなしていけば、前に進んでいくんじゃないか」と誰かに言ってほしくなったがために、飛び出した言葉だった、ということです。自分で書いておいて何ですが、今も時折、精神的にパニックになりそうになるとこの台詞を思い出して、「そうだよな」と落ち着こうとすることがあります。読んだ方がどう思われるのかは分かりませんが、そういう意味では僕にとって、大事な短編です。

蛇足ですが、この短編に出てくる「溝口」は、比較的、書きやすく、ほかの短編「検問」にも主役として登場しています。▼2

「私にとっての『Ｒｅ－ｂｏｒｎ』」『実業之日本社文庫０号』二〇一〇年九月

▼2つい先日、「タキオン作戦」という短編を書いたのですが、これもまた、溝口君たちが出てきます。

▼1十年目に考えたこと。

ずいぶん前に佐藤亜紀さんのブログでこう書かれていたのを読んだことがあります。

〈小説とは、ファーブラをあるスタイルで語る際に生じる運動によって美的価値を実現する芸術です〉

〈ファーブラは規定のコース、スタイルは一定のスペックを具《そな》えた車、とすれば、評価の対象となるのは未《いま》だ走られない状態でのコースでも、走り出す前の車でもなく、スタートした後の走りっぷりなのだ、と〉

おそらく、ファーブラとは「物語」「ストーリー」という意味なのでしょう。すでにその単語についていけないことでも明らかなように、僕はこの文章を正確に理解できていないのですが、しばしば、

▼1これは「野性時代」での特集用に書いたエッセイです。「内容は、なんでも構いませんので」と依頼されたんですが、基本的にエッセイが苦手なのと、頭に浮かんだのが今、育てているオオクワガタのことか、ここで書いた内容しかなかったんです。同じ号にインタビューも載っているんですが、取材を受けているときにも、ここに書いているような話をしました。取材を終えて、

これを思い出します。

そしてつい先日、考え事をしながら歩いていたところ、「小説とはこういうものなのではなかろうか」とふと思いました。もしかするとそれは、佐藤亜紀さんの言っていることと似たことなのかもしれませんし、まったく別のことなのかもしれませんが（その判断すらつかないのですが）、ここに書いておこうと思います。

読書を、あるツアーもしくは観光旅行、ドライブでもいいのですが、とにかく旅に置き換えてみます。作品は、その旅の提供者（同行者）となります。

すると、たとえば、「○○寺」であるとか、「○○ランド」であるとか、そういった旅行中に立ち寄る場所、観光スポットを並べた「ルート」は、ストーリー（あらすじ）にあたり、文体や語り方は、その旅に使った乗り物の種類であったり、旅の仕方になるのではないでしょうか。

旅行ルート（あらすじ）が充実していれば、参加した人たちは、一定の満足を得られます。旅行を終えた後、「あの城が良かった」


お疲れ様でしたと別れたあと、この話をエッセイに書こうと決心し、あわてて担当者に「さっき話した、読書を旅にたとえた部分をエッセイに書きたいので、インタビューはそこの部分を落として、書いてもらえませんか？」とお願いしたんです。しばらくして、「ライターの方に確認したら、大丈夫です！とのことでした」と返事をいただいて、ありがたかったですね。ライターの方の臨機応変さ、というか、柔軟さに、尊敬の念が増しまし

た。「川すべりが楽しかった」「最後にあの湖に行ければもっと良かった」「寺ばかりで単調だった」とその感想を言葉にすることも容易でしょう。

エンターテインメント小説のことを考えてみれば、理想とされるのは、観光名所が並んだコースを、スムーズに車で回ることではないでしょうか。観光バスに乗り、渋滞もなく、手取り足取り、ガイドさんによって、「右手をご覧ください。標高××メートルの、紅葉が美しい○○山です」と案内してもらえばストレスはないでしょうし、お手軽です。スポーツカーですいすいと観光スポットを回るのも痛快なことだと思います。この場合、旅行後に残るのは、観光した場所で受けた感動がメインで、乗り物についての感慨は（バスガイドが美人だったぞ！　といったことはあるのかもしれませんが）特にないようにも思います。つまり、この場合の、「物語の語り」は、「あらすじ」を回るための移動手段に過ぎなかったのかもしれません。

一方で、車を使わない方法もあります。たとえば、自転車旅行です。参加者が自らペダルを漕《こ》ぎ、坂道では尻《しり》をサドルから上げ体を揺すり、時には降りて手で押し、進んでいきます。徒歩での旅行もあるでしょう。車で出かける場合とは速度が異なりますし、参加者にはそれなりの労力が必要となります。必然的に、回るべきコースにも制限が出てきます。長距離は無理ですし、たくさんの観光名所を巡ることも難しいかと思います。おそらくその場合、旅行後に語られるのは、ゆっくりと進みながら味わった、景色の機微や空の色の移ろいについての感想が主になるのではないでしょうか。純文学と呼ばれるものがこういった旅に当たるような気がします。つまり、あらすじは重要な要素ではなく（不要とまでは言いませんが）、「コースはつまらないが旅は楽しかった」ということもありえるわけです。

もちろん、どちらが優れている、という問題にはなりません。▼2

こういう話を考えていると、得てして、「自分の力で自転車を漕ぎ、景色を味わう感性を必要とする地味な旅」のほうが高級で、それを提供することのほうが難易度が高いように思ってしまうのですが、そうとは限りません。こちらの場合は、退屈なコースを自転車

▼2「あらすじ」と「物語の語り」は、どっちが偉いというわけではなくて、ふたつとも大事じゃないかなと思っているんです。音楽で、歌詞も演奏も、どちらかが一方的に重要というわけではなく、両方の融合具合で恰好よさが決まる、みたいな感じといえばいいんでしょうか。歌詞は好みじゃないけど、演奏は恰好いいよね、というのも、その逆もあっていいだろうし、小説も、そうなんじゃないかなと。ただ、僕はなんとなく、演奏が恰

で走らせておき、「これを楽しめないのは、参加者の筋肉と味わい方が足りないからだ」と開き直ることも可能です。

さらに言えば、「快適なバス旅行」を用意することは（エンターテインメントに徹することは）簡単ではありません。旅に慣れた人が相手になれば、「知ってる観光スポットばかりだ」とがっかりされる可能性も高いのですから、魅力的な観光スポットを選び、立ち寄る順番を考え、工夫を凝らしたコース（あらすじ）を提供しなくてはなりません。

僕は時々、小説を読む際に（旅に参加する場合に）、本来は自転車で回るべき旅であるにもかかわらず、観光バスで巡るような楽しみ方をしてしまい、「何だか、大した観光地にも行けず、つまらなかったな」と思ったり、もしくは、観光バスの旅であるのに、「だいたいお寺なんてどこも似たようなものでしょ」と景色をろくすっぽ楽しみもせず、「自分の力で旅をした達成感がないな」と言いがかりにも似た感想を抱くこともあったりします。これもまた、旅を楽しむ側として、勘違いをしていたのかもしれません。

好よければ、何を歌っていても気にならないので、そういう小説のほうが好みかもしれません。

一般的に多くの人は、面白さを判断するときに、どちらかといえば、「あらすじ」に重きを置いているような気もするんですよね。「物語の語り」の部分も大事だと思いますよ、とそちらを応援したい気持ちが少しあります。

そこまで考えたところで、「自分はいったい、どういった旅行を提供したいのか」と自問してみたのですが、答えは出てきません。「刺激的で、楽しい観光地を並べ、参加者に喜んでもらいたい」と考える自分と、「有名な場所はどこも立ち寄らないにもかかわらず、楽しい旅だった、と言われたい」と考える自分が、二人存在しているようにも思います（これに限らず、たいがいの場合、僕の中には、「二人の僕」がいます）。

他の方にとっては当たり前のことのようにも思うのですが、僕はデビューして十年目になり、ようやくそういったことがぼんやりと分かってきました。次の十年でいったいどういうことを考えるのか、どんなことに気づくのか想像もできないのですが、それまで頑張りたい（まずは、健康でいたいな）と思っています。

「野性時代」二〇一〇年十一月号

3652

私の隠し玉

二〇一〇年には、三冊の本（小説）を出しました。どちらかといえば、読みやすいお話が並んだように感じています（とはいえ、僕の本はたいがい読みやすいのですが）。

今、執筆中の書き下ろし▼1『夜の国のクーパー』はいろいろと難航しているものの、たぶん、猫の視点を借りた、架空の国のお話になる予定です。どちらかといえば、それほど読みやすくはない（僕好みの）ものになりそうです。

また、時期は分かりませんが、朝日新聞の夕刊で連載▼2をはじめさせていただく予定です。こちらは、たぶん、自家用車の視点を借りたお話で、読みやすいものになるのかどうかはまだ分かっていないのですが、できれば楽しいものにしたいな、と考えています。

▼1 実は、この時点では原稿がまだ全然完成していなかったんですよね。難航して、何回も書き直して。唯一《ゆいいつ》、震災をまたいで書いた小説で、そのことが物語にも影響を与えました。

▼2 『ガソリン生活』のことですね。当初は「自我とは」「機械が喋るとは」みたいなことに真面目《まじめ》に向き合う難しい話にするつもりだったんです。でも、震災があって、そういうのは偉そうかな、読みやすく楽しいものがいいな、と考え直し、今の形になりました。

それと、二〇一〇年の十二月（つまり「このミス」発売後からすぐに）、新潮社よりエッセイ集[3]が出ます。

「このミステリーがすごい！」二〇一一年版

[3]これがこの本『３６５２』です。十周年記念だったものが、文庫では十五周年記念になりました。はやいですね。

2011年

▼う・さぎの話

動物は昔話や童話によく登場するものだけれど、兎《うさぎ》も例外ではない。代表的なのは、亀と競走をした兎の話かもしれないが、私がよく思い出すのは、「かちかち山」だ。

悪い狸《たぬき》が、おばあさんを痛めつけ、それを知った兎は、仕返しを買って出る。子供の頃の私は、兎が泥舟作戦で狸を懲《こ》らしめる展開に、留飲を下げたものだ。ただ、最近は違う部分が気になりはじめている。兎が、狸の背負った枯れ草に火打ち石で火をつけた際のやりとりだ。

狸はその時、「後ろでカチカチと音がするけれど、どうしたんだい」と訊《たず》ねるのだが、兎は、しれっと、「かちかち山のかちかち鳥が鳴いているんだよ」と嘘《うそ》をつく。草が燃えはじめると狸は、「ボ

▼毎年ほんとに辛い（笑）「干支《えと》エッセイ」です。手の内を明かしちゃうと、干支エッセイっていくつかのパターンでできてるんですよね。「その動物の豆知識」「その動物の出てくるおとぎ話」「その動物にまつわることわざ」を使って、最後は駄洒落でオチをつけるという。自分で決めたわけじゃないですけど、振り返ってみるとそれしかやれていない、というう（笑）。この年は、

ウボウという音がするけれど、どうしたんだい」と疑問を口にする。兎は、「ぼうぼう山のぼうぼう鳥が鳴いているんだよ」といけしゃあしゃあと言う。それを狸は信じて、背中に火傷《やけど》を負う。

昔は、「そんな説明で、どうして納得してしまったのか」と狸にあきれたものだが、今は少し違う。

人は、説明を受けると簡単に安心してしまうものではないか。そう思うようになったのだ。

私たちはいつも、説明を求めている。恐ろしい事件が起きれば、犯人の動機を説明してもらいたいし、異常気象が続けば、その理由を話してもらいたくなる。裏を返せば、それらしい説明があれば、ひとまず納得してしまう、ということだ。

時折、「相手の男性が既婚者と知らず、交際していた女性の話」や「明らかに荒唐無《こうとうむ》稽《けい》な事業への投資で、大損した人の話」を記事などで目にする。どうしてそんなことを信じたのか、と言うのは簡単だが、それはそれで想像力が欠けている気がする。よほど懐疑的な状態でない限り、人は、説明を受け入れてしまうのではないだろ

おとぎ話パターンです。ここまでくると「絶対、干支一周、完走してやるぞ」と思いながら書いていました。

前年にこのエッセイ集『3652』が単行本で出て、それを読んだ近所の方から「今年は干支エッセイ書けたんですか」と心配されたのをよく覚えています(笑)。

うか。

私も会社員の頃、「君が優秀だからこの部署に呼んだんだよ」という説明を聞き、いい気になったのだが、実際は、新人であるがために残業代が安く済むという理由からだと判明し、がっくり来た経験がある。説明を受けるのも良しあしだ。

と、ここまでの原稿を記者に送ったところ、電話があった。「伊坂さん、このエッセーで何が言いたいのですか」と訊ねてくる。「他人の説明を鵜呑《うの》みにして、詐欺《さぎ》などに遇《あ》わないように、と警戒を促したいのです」と私はでっち上げるが、すると記者が、「なるほど、鵜呑みの『鵜』と『詐欺』で、『うさぎ』となるわけですか」と駄洒落《だじゃれ》を口にした。

中日新聞（夕刊）二〇一一年一月五日付

人気作家54人大アンケート！

「二〇一〇年に読んで印象に残った本」

『ピストルズ』▼1 阿部和重

本来の文学が持つ貫禄《かんろく》と、現代性がまざった、傑作です。まいりました。

『炎流れる彼方《かなた》』船戸与一

『さまよえる脳髄』逢坂剛

十数年ぶりに再読しましたが、やはり楽しめました。

『大英博物館が倒れる』デイヴィッド・ロッジ

軽やかな上に読み応《ごた》えがあって、満喫しました。

「二〇一〇年で印象に残った出来事」

▼1『ピストルズ』を読んだ後、阿部さんと初めてお会いして、意気投合したんです。その場で「一緒に何かやろう」みたいな話になったんですが、まさかそれが『キャプテンサンダーボルト』という合作になるとは、思っていなかったですね。

デビューして十年が経《た》ちました。何だか、実感はないですが、ほっとしています。

「二〇一一年の予定」

東京創元社さんから『夜の国のクーパー』という長編を出す予定です。

新聞連載もあります。あとは、「死神の精度」の続編[▼2]やそのほかいくつか着手するつもりではいるんですが、どうなるか分かりません。

「活字倶楽部」二〇一一年冬号

▼2これは『死神の浮力』ですね。短編を書いても、シリーズ物みたいになりそうで嫌だったので、最初から「長編を書こう」と決めていました。

『殺し屋 最後の仕事』ローレンス・ブロック 解説[1]

シリーズ第一作『殺し屋』の訳者解説で、田口俊樹《としき》さんが、殺し屋ケラーシリーズについて、こう書いている。〈話そのものは、悪く言ってしまえば、どれもどうということのないものばかりである〉〈それでは読んでつまらないかというと、そんなことはない〉「まさにその通り」僕は強くうなずく思いだった。それこそが、このシリーズの魅力だからだ。

確かに、ストーリーだけを取れば、「どうということのない」ものではある。ただ、よく考えてほしい。この作品の主人公は、殺し屋だ。「殺し屋」とは、「かけがえのない命を奪う」行為を職業としている。これほど恐ろしく、これほど劇的な人物はいないだろう。つまり、「殺し屋」が登場してくれれば、お話には大きな起伏が生じ、

▼1 解説の仕事は基本的にお断りしているんですが、打海文三さん、佐藤哲也さんと、あとはローレンス・ブロックの殺し屋ケラーについては、依頼があれば書きたい、と決めていまして。ついに依頼が来た感じです。もう解説の仕事はよっぽどのことがない限り、引き受けないと思います。

サスペンスやアクションを伴うのが、自然というものではないか。にもかかわらず、ケラーシリーズは、「どうということのない話」になっている。矛盾する言い方になるが、それが、「どうということのない話」のわけがない。

だからなのか、ケラーシリーズの魅力について思いを巡らせると、「小説にとって、話の筋（ストーリー）とはいったいどういう役割であるのか」と考えずにはいられない。

もちろん、ストーリーが重要な要素であるのは間違いがない。曲で言えば、メロディのようなものだろう。美しい旋律、心地よいメロディを持った曲が、人を魅了し、広く伝播《でんぱ》しやすいように、ストーリーの面白い小説は広く読まれる可能性が高い（ストーリーの面白さは説明が容易だからかもしれない）。

ただ、小説はストーリーだけでできあがっているわけではない。音楽の魅力が、メロディだけではなく、リズムや音、演奏の熱量にもあるように、小説の場合も、ストーリー以外の、語り方であったり、文章の味わいであったり、会話のおかしみであったり、もしくは、ストーリーとは直接結びつかない登場人物の思索であったり、そういったものが混ざり合い、作品を作り出している。メロディが覚えやすい曲ほどすぐに飽きる、という現実もある。

殺し屋ケラーの小説におけるストーリーは、先にも述べたが、それほど凝ったものではない。捻《ひね》りやどんでん返しが用意はされているものの、それがメインとは到底思えない。劇中のケラーの行動はといえば、ドットから依頼を受け、その殺しの仕事を遂行するためにニューヨークから出かけ、標的を殺す。おおよそ、それだけだ。人違いであったり、予期せぬ依頼をされたりと興味深い事件は起きるが、紙幅の大半を占めるのは、殺害するまでのケラーの日常的な時間だ。標的を調査したり、切手蒐集《しゅうしゅう》のために店を訪れたり、誰かと会話をしたり、思索に耽《ふけ》ったりする場面がほとんどだ。だいたい、殺人を実行する場面はたった二行ほどの文章で表現されているのに、その殺し屋が、「自分の固定電話の暗証番号を変えたほうがいいかな。どうしようかな」と四ページ弱も考えていたりするのだ。

まさに、「どういうことのない話」でありながら、どこにもない小説となっている。

「ストーリー」とは、読者を先へ先へと導いていくエンジンのようなものでもあるから、そういう意味では、ケラーシリーズは、エンジンを積まないグライダーとも言えるかもしれない（と譬《たと》えておきながら、僕はグライダーに乗ったことはないのだけれど）。

上空からゆっくりと風を感じながら、旋回をし（はたして、グライダーは旋回をするものなのかどうかも僕は知らない）、少しずつ降りてくる（これはたぶん、そうだろう）。エンジンがないものだからいつ到着するのかもはっきりしない。では、つまらないか？　とんでもない！　そのグライダーから眺める景色は、本当に素晴らしく、目的地に着くことよりも（あらすじを堪能《たんのう》することよりも）、その飛行を堪能することが幸せで仕方がないのだ。そもそも、早く目的地に着くために、グライダーに乗る人なんているのだろうか。

そのため僕は、ケラーシリーズを読んでいる際には、いつも決まって、「このまま、読み終わらなくてもいい」と感じる。ストーリーははっきりしない。分かりやすい感動とは無縁だ。さらに言えば、人間の苦悩人の心の機微を細やかに描いているわけでもなければ、を表現しているわけでもない。「いい人かもしれないな」とこちらが感じはじめた人物を、呆気《あっけ》なくケラーは殺害してしまうのだから、感情移入もできない。「どうして殺してしまうんだ」と悲しくなった直後に、「考えてみれば、彼は殺し屋なのだから、当然のことか」と自分にたびたび、言い聞かせる。それなのに、幸福な、のどかさが漂っており、ケラーのことが嫌いになれない。むしろ好きになっている自分がいる。

そろそろ、本書▼2『殺し屋　最後の仕事』について触れていく。そのためにはまず、四年前に出た、前作『殺しのパレード』について言及せずにはいられない。

私事で申し訳ないのだが、その頃、僕は、『ゴールデンスランバー』という題名の長編小説を発表したばかりだった。宅配運転手の男が、パレード中に首相を殺した犯人だと濡《ぬ》れ衣を着せられて、仙

▼2「殺し屋ケラー」は本当に大好きで、会話のやり取りとか、すごく影響を受けていますし、この『最後の仕事』も最高に面白いんですよね。ただ、ついこの間、

台中を逃げ回る話だったのだが、それが書店に並ぶのと前後して発売されたのが、『殺しのパレード』だった。もちろん、すぐに手に取った。連作短編集と謳《うた》われてはいるものの、過去の作品同様、殺し屋ケラーの生活と仕事、心の移り変わりが描かれた「長編」として読める（人間の一生が、日々の短い出来事を積み重ねてはいるように見えても、本質としては長編ドラマであるのと同じではないだろうか）。

9.11の貿易センタービルの出来事がケラーの精神にちょっとした（この、「ちょっと」の匙《さじ》加減が絶妙なのだ）影響を与え、ケラーはグラウンド・ゼロで救助隊に食事を配るボランティアに参加したり、自分の殺し屋としての仕事に疑問を覚えたりする。エンジンなしのグライダーの魅力は変わりなく、淡々としつつも、おかしみに満ちた読み心地にうっとりとし、「このような小説をいつか、自分も書くことができるのだろうか」と憧《あこが》れる思いで、溜《た》め息を吐《つ》くことになった。

そして、巻末の訳者あとがきを読み、はっとした。

そこには、ケラーの本国での最新作について紹介がされており、

新刊が出たので、「最後の仕事」じゃなかったんですけど（笑）。

あらすじとしてこう紹介があったのだ。

引退を考えていたケラーのもとに仕事の依頼があり、それを最後の仕事にしようとケラーは引き受けるのだが、〈実はその依頼はケラーにオハイオ州知事殺害の濡れ衣を着せるための罠《わな》だった。ケラーはその罠にまんまとかかり、全国指名手配となり……〉。

これはまさに当時、僕が発表したばかりの『ゴールデンスランバー』のプロットと重なっている。もちろん、「大事件の濡れ衣を着せられたため、逃亡する」という「逃亡者」のプロットは、エンターテインメントの王道とも呼べるに違いなく（だからこそ僕もあえてそれにトライした）、アイディアが同じであることに驚いたのではない。ただ、同じ時期に、同じような筋書きの話をローレンス・ブロックが書いていたのかと思うと、胸が躍った。同じ宿題を、別々の場所で、二人で取り組んでいたような気分になった（僕はもう提出したけれど、あなたはどうですか？）。

そもそも、僕は、ローレンス・ブロック▼3から大きな影響を受けている。今回、ケラーシリーズを読み返し、「こういったところを自

▼3 ローレンス・ブロックさんが来日された時に会うことが

分は模倣していたのか」であるとか、「自分の作品のあの着想は、このケラーの台詞《せりふ》から来ているのか」であるとか驚くことが多かった。あからさまに真似《まね》をしているところもあれば、偶然、同じようなことを書いている箇所もある。今から考えれば、『重力ピエロ』という作品を書いた際、頭のどこかでは、「ローレンス・ブロックのような会話を使って、家族の人情の話を書きたい」という思いもあったのかもしれない。大変おこがましいけれど、「この作家は、僕と同じことを考えている」と感じることもあった（ブロックはニューヨークで、僕は仙台だ）。だから、この、プロットが重なったことは本当に嬉《うれ》しかった（実は、本書の中で、「オーデュボン・パーク」という公園が登場してきたことすら、僕は嬉しかったりする。僕のデビュー作のタイトルは、『オーデュボンの祈り』だからだ）。

ただ、僕が、『殺しのパレード』の巻末解説を読み、はっとしたのは、自作との類似ということだけではなかった。そのこと以上に、もっと別のことに、興奮したのだ。

このあらすじ紹介を読み、真っ先に思ったのは、「エンジンを載

できまして、訳者の田口俊樹さんにもお会いできて、あれは本当に人生の思い出になりました。ただ、やっぱりああいう時、英語が喋れないと寂しいですね。思いの丈をほとんど伝えられなくて。

せるのか！」と、そのことだった。

先ほどから書いているように、ケラーシリーズは、殺し屋が出てくるにもかかわらず、サスペンスやアクションに傾くことがない。エンジン抜きのグライダーのような趣が魅力なのだ。それが、シリーズ最新刊では、「濡れ衣を着せられて逃亡する」という、娯楽小説の王道エンジンを載せたというのだから、興味を抱かないほうがおかしい。もちろん、ローレンス・ブロックがその気になれば、「エンジンを積んで、ぐいぐい引っ張っていく」作品を作ることなど造作もないのは、たとえば、マット・スカダー物の『墓場への切符』や『倒錯の舞踏』といった作品を読んでみれば、一目瞭然《りょうぜん》だ。スピード感に溢《あふ》れ、一気読み必至の作品を書こうと思えば書けるわけで、つまり、ケラーシリーズは、エンジンを積めなかったのではなく、あえて、積んでいなかったのだ。それが、シリーズ最新作ではエンジンを、ストーリーを、載せた。訳者の田口さんの書いてくれたあらすじから考えれば、そうとしか思えない。いったい、それはどのような作品になるのか、と僕は興奮し、いつかそれが読める日が来るだろうか、と夢想した。

さて、その僕が夢見た本こそが、この、あなたが手に取っている『殺し屋　最後の仕事』だ。四年が経《た》ち、ようやく読めることに、僕は感慨を覚えずにはいられない。

ここからは少し、説明が駆け足になる。あとは、読んでもらえば分かるからだ。冒頭の、ケラーが切手のディーラーと喋《しゃべ》っている場面は、いつもの雰囲気であるが、ラジオを聴いたディーラーの、「とんでもないことが起きた」の台詞で、物語全体にエンジンがかかる。ぶるるん、と音が鳴り響くのが聞こえるかのようだ。それからは今までのケラーシリーズでは考えられないような、スピーディーな展開になる。

が、もちろん、普通のサスペンスにはならない。冒険小説ともならない。エンジンを積んだからと言って、それを駆動させ、どんどん目的地に着くようなことは、やはり、ブロックはしなかった。勢い良く進んだかと思えば、エンジンを止め、グライダーに戻り、景色を楽しませた後でまたエンジンを動かし、加速したかと思うと、のんびりと進む。なんと贅沢《ぜいたく》なのか。エンジンを積み、キャッチーなメロディを使ったとはいえ、ケラーはケラーなのだ。

過去のシリーズを読んできた者からすると、ドットと連絡が取れなくなった場面の心細さや悲しみは言葉にならないし、危険を冒してまで自宅に帰ろうとする、その動機には、「説得力がある」と（にやにやしながら）感心した。そういう意味では、この本を読む方はできるならば、過去のケラー物を一冊でも読んでおいたほうがいいようにも思う。第一作でも良いし、たとえば、本書で、ケラーにちょっかいを出してくる男アルの存在に触れられている前作『殺しのパレード』でも構わない。とにかく、エンジンなしのケラー物を味わった上で、この新作を読むとさらに面白みが増すのは間違いがない。

この新作で、ケラーがどうなるのかは書かない（当たり前だ）。ただ、たとえば、ゴルフ場での、あれほどオフビートな対決シーンを誰が思いつくというのか。仮に思いついたとしても、実際に書けるとは思えない。ストーリーに重きを置く読者がどう感じるのかは僕には分からない。ただ、この作品に僕はとても満足した。

おしまいに、小説作法の本（『ローレンス・ブロックのベストセラー作家入門』）でブロックが最後に書いている文章を引用しておく。生真面目《きまじめ》で、どこか謙虚さを感じさせる、愛すべき殺し屋は、この作家だからこそ作り出せたのだろう。

〈そして神よ、いつも感謝します。作家であることに。心からやりたいと思った唯一《ゆいいつ》の仕事をしていることに。そうするのに誰の許しも必要ないことに。書くための手段と、書きたいと思うことさえあれば。それがあることに感謝します。〉

『殺し屋　最後の仕事』ローレンス・ブロック（田口俊樹訳）二見文庫

二〇一一年九月

私の隠し玉

今年二〇一一年は、十年ぶりに[1]新刊が出ませんでした。二〇一二年は、予定通りであれば、一月に仙台の出版社、荒蝦夷《あらえみし》から、雑誌「仙台学」で連載していたエッセイをまとめた[2]本を出すことになります。書き下ろしの短編小説も収録されるはずです。

それ以外では、講談社の雑誌[3]「群像」に掲載してもらった中編「PK」「超人」をまとめた本を出す予定になっています。きっと春くらいになるのではないでしょうか。

一年かかってようやく完成した（気がする）『夜の国のクーパー』は五月くらいに出るのかもしれません。一年かかったとはいえ、分量が多いわけではありません。

「このミステリーがすごい！」二〇一二年版

▼1 震災があった年ですよね。本が出なかった一番の理由は、ずっと『夜の国のクーパー』を書いていたからです。この作品は本当に難産で、一度書いたものを章ごとにホッチキスで止めて、時系列をシャッフルして、どの順なら読者が楽しんでくれるかな、と悩んだりしたこともありました。

▼2 これは『仙台ぐらし』です。仙台ならではの本ということで、文庫にするつもりはなかったのですが、さまざまな事情から（というほど

大したことではないんですが）、二〇一五年に文庫化されることになりました。

▼3 僕は純文学に憧れがあるので、文芸誌に作品が載るのは怖かったですね。震災後でまだ、ガスが復旧していなかった時期に、見本の「群像」がぽつんと届いた記憶があります。

2012年

タツノオトシゴの記憶▼1

二〇一二年の干支《えと》にちなみ、『龍の子太郎《たつのこたろう》』の絵本を読んだ。天狗《てんぐ》から力を授かり、赤鬼や黒鬼を退治し、竜の姿にさせられた母親に再会する冒険譚《たん》だ。ラストは、竜の姿の母親が山に体当たりをする場面が描かれる。土地を切り拓《ひら》き、豊かな村を作るためだが、息も絶え絶えに何度も山にぶつかる姿には胸が締め付けられ、赤鬼が「おおい、太郎。助けに来たぞ」と再登場するところには感動せずにはいられなかった。これと似た思いを、震災のあとで何度も感じたことを思い出した。

被災した仙台市の中にあって、僕の受けた被害はそれほどひどくない。大変な状況に遭った人に比べれば、まったく無事と言っても

▼1 例によって、何より大変な仕事（笑）ですが、この年は書くことがあったんですよね。震災でライフラインが途切れたとき、本当にいろいろな人が助けてくれて、その事実を素直に書きたくて、だから歴代の干支エッセイの中でもかなり真面目な内容です。

よいに違いない。にもかかわらず僕はおろおろとした。ライフラインが途切れ、日常が消え、食べ物が足りるかどうかの不安に襲われたことで、狼狽《ろうばい》した。

今から考えれば恥ずかしい限りで、震災のことを語る資格が自分にあるとは思えない。ただ、そのような情けない僕とは反対に、あの時、自分自身の生活よりも他者のために奮闘する人たちが大勢いた。自分の親の安否も確認できぬまま、職場に向かう公務員の知人であったり、休みなく、連日、町を走り回る郵便局の人であったり、もしくは、給水所の行列の先頭でずっと作業をする近所のおじさんであったりした。

「寝ていないんじゃないですか。大丈夫ですか」と声をかけると、「大丈夫では、ないよ」と苦笑いが返ってきた。大丈夫かどうかはさておき、とにかく、今はやるしかないでしょう、という思いが、たくさんの人から伝わってきた。

ようやく電気が復旧し、テレビをつければ、原発事故のニュースがたびたび流れ、「雨には当たらないほうがいいですよ」という話が飛び交ったが、外を見れば、別の県からやってきたと思しき人たちが、雨に濡《ぬ》れながら復旧作業をしている。いったい何が正しいことなのか僕には分からず、混乱した。

ただ、龍の子太郎とその母親さながらに、大勢の人が活躍し、さらには「助けに来たぞ」と駆けつけた赤鬼のように、被災地以外の人たちが支援の声をあげてくれたことで、日常を少しずつ取り戻すことができたのは間違いない。感謝の気持ちしかない。

『龍の子太郎』の最後はこう閉じられる。

《人々はあつまり、国や畑を耕して、幸せに暮らしました》

昔話の定番で、お約束の文章ではあるが、今となっては眩《まぶ》しいばかりの、魅力的な言葉だ。「幸せに暮らしました」を、現実にするのがどれほど難しいことか。

諺《ことわざ》や昔話によれば、竜とは「英雄」や「強い力」の意味合いを持つことが多い。なるほど、これからの生活は僕たち一人一人が竜となって、作り出していく必要があるのかもしれない、と考えそうになる。

が、竜の役割を担《にな》うのは、少々荷が重いのも事実だ。「竜蟠虎踞《りゅうばんこきょ》」の言葉のように、とぐろを巻き、じっくりと力を発揮する竜の役は、やはり政治や行政に頼るほかないところがある。一般の人たちは、竜ではなく、その子どもくらいの立場ではどうだろう。

そう思ったところで、「タツノオトシゴなる生き物もいる」と気づいた。では、とタツノオトシゴのことを調べれば、「海馬」[2]という別名が出てきて、はっとする。僕たちの体にも、脳にも、同じ名で呼ばれる部位があるではないか。記憶に関わる器官、海馬だ。記憶していること、忘れずにいること、それもまた竜の重要な力かもしれない。

中日新聞（夕刊）二〇一二年一月十九日付

▼2タツノオトシゴを調べていたら「海馬」から記憶のネタを結びつけることを気づいて、いいオチだぞ、と興奮したのですが、こういうのってとっくに誰かが同じようなこと書いてるんですよね。

私の隠し玉&二〇一二年のNo.1

二〇一二年十二月(『このミス』が出る頃です)に、集英社さんから、『残り全部バケーション』[▼1]が出るはずです。一年か二年に一作ずつ書いた短編を収録したものですが、できあがってみると、一つの長いお話になりました。たぶん、楽しい話になっているはずです。

二〇一三年の予定は、朝日新聞で連載していた、『ガソリン生活』が春くらいに出ると思います。

書き下ろしで進めている長編、『死神の浮力』を文春さんから、『火星に住むつもりかい?』[▼2]を光文社さんから(タイトルからするとSFっぽいですけど、違います。すみません)出せればいいな、と思っています。

もう一つ、二年くらい前から別の長編も進行しているんですがそれは本当に隠し玉で、二〇一三年に陽の目を見るのかどうか。

▼1 元々、短編集として一冊にするつもりはありませんでした。短編は本としてまとまらなくてもいいかな、との考えが僕にはあって。でも、「こうした楽しい作品にも価値があるのかな」と思えるようになり「出そう」と決断しました。

▼2 実際の刊行は二〇一五年になっちゃいましたね(笑)。担当の方に初めて会ってから完成まで十年以上かかっていて、時空を超えて完成したような。

今年、読んだ本の中で、島田荘司『アルカトラズ幻想』▼3ほど面白くて、読後、ほかの人と楽しく語り合ったものはない。これはミステリーなのか？　いや、そうなのだろうが、こんなミステリーは世界中探しても、きっとない。これが、レイナルド・アレナス『めくるめく世界』や莫言『転生夢現』のようなもの、つまり、何でもありの（僕の大好きなタイプの）小説だと分類できるのであれば、まだすっきりするが、それともまた違う。このような物語に、論理的な説明が用意されていることが、異様でしかない。さらに作中には、「恐竜はなぜ絶滅したのか」を解明する論文が挟まっている。この説得力に僕は感動し、ホーガンの『星を継ぐもの』を読んだ時のように、くらくらした。へえ、その論文がどうやってプロットに絡《から》んでくるのかな……と思ってしまった人は、残念ながら僕と同じく、凡人だ。小説にとって、そんなことはどうでもいいのだ。

「このミステリーがすごい！」二〇一三年版

▼3この時までまだ島田荘司さんに会ったことがなくて、想像上の人物に近い感じでした。「孫悟空か、ツチノコか、島田荘司か」という（笑）。

2013年

時にはとぐろを巻いて

「辰《たつ》年の次が巳《み》年であるのには、何か意味があるんですかね」

この原稿の担当記者が訊《たず》ねてきた。「四文字熟語の『竜頭蛇尾』▼1と関係あるんですか」と。

知らない、と答えるのが悔しいため私はとりあえず、思いつくままに答えた。「竜のごとく威勢よく振る舞った者が、すぐに、蛇のように小さくなる、ということがよくあるからじゃないですか」

でたらめを口にしたわけではなかった。思い出すのは、私が十代の頃、新聞の一面に、「世界恐慌《きょうこう》」の文字が躍った時のことだ。ブラックマンデーと呼ばれるもので、私は高校生ながら、「恐ろしいことが起きる」と青ざめた。そこでおそらく父が言った。

▼1 四字熟語パターンですね（笑）。辰年の次が蛇年で「竜頭蛇尾」と繋がったときには、「おおっ」となって、思いついた瞬間に「書ける」と感じたんですが、まあ、全然書けませんでした（苦笑）。ただ内容は、僕としてはかなりシリアスというか、漠然とした恐怖について書いたつもりです。

「急に起きたことは、意外にすぐに持ち直す」と。

ようするに、突然有名になった人物がすぐに表舞台から消えたり、もしくは、急激に儲《もう》かった会社がすぐに潰《つぶ》れてしまったり、急性の胃炎がそれなりにすぐ治ったり、とそういった現象を指したのだろう。

実際その時も、世界経済が壊滅する事態は起きなかった。「それよりも少しずつ、じわじわ、株価が落ちていくほうが回復しないだろう」とも父は言った。

どかん、という（竜が炎を吐くような）劇的な変化よりも、じわじわ、とした（地を這《は》う蛇さながらの）変化のほうが恐ろしい、というわけだ。

さてそこでふと、辰年の次は巳年であるが、巳年を起点にすれば、「蛇が十一年かけて、竜になる」と捉《とら》えられることに気づく。

私は、記者に言った。「蛇がゆっくりと成長し、竜になった場合は、なかなか手強《てごわ》いでしょうね。じわじわと成長したわけですから、すぐには消えません」

「ちなみに、伊坂さんにとって、恐ろしい竜に該当するものは何ですか」

少し考え、頭に浮かんだのは、あまりに典型的で恥ずかしい限りだが、「死や戦争」といった出来事だった。突き詰めれば私は、その二つが何より恐ろしい。

蛇が脱皮を繰り返し、いつの間にか巨大な竜に変化するかのように、人々の不安や不満が少しずつ膨らみ、火薬臭い、恐ろしい出来事につながることを想像してしまう。それが、どかん、と急に生まれたものであるならまだしも、じわじわと生じたものであるならば、簡単に消えるものではないはずだ。

静かに悪化した病が、自覚症状が出てきた時にはすでに手遅れ、という恐ろしさと似ているのかもしれない。

十一年後の辰年に世の中がどうなっているのか皆目、見当もつかない。ただ、私たちは別に、「引きずられるだけの蛇の尻尾《しっぽ》」ではない。社会が手の付けられない竜と化すことのないよう、時にとぐろを巻き、行き過ぎた道を引き返すこともきっとできるだろう。そう思いたいところもある。

といった話をしたところ記者は、「せっかく新年なのですから、もう少し楽しい話を書いたらどうですか」と言ってきた。

それなら、と私は読んだばかりの本『蛇　日本の蛇信仰』（吉野裕子《ひろこ》著）の話を出した。「どうやら、新年の鏡餅とは、蛇のとぐろを巻く姿を表している説もあるようですよ。カガミには、『蛇身』の音の意味もある、と。どうですか、新年らしい話ではありませんか」

「面白い話ではありますが、先ほどまでの話とは関係がありませんし、それがほら、例の、蛇足というやつです」▼2

中日新聞（夕刊）二〇一三年一月十日付

▼2この年は、冒頭が諺《ことわざ》で、他人の駄洒落を紹介しつつ、最後に自分の駄洒落で締める、という「干支エッセイ」界では（そんなのないですけど）、かなりの超絶技巧（笑）ですね。オリンピックの体操の鉄棒みたいに、「おっと諺」「ここで駄洒落」「あ、もう一回、駄洒落を入れてきましたよ」みたいな。

人気作家54人大アンケート！

「二〇一二年に読んで印象に残った本」

何と言っても島田荘司さんの『アルカトラズ幻想』が最高でした。横山秀夫さんの『64』も満喫しましたし、勧められて読んだ、後藤明生《めいせい》さんの『挾み撃ち』▼にも興奮しました。

「二〇一三年の予定」

朝日新聞で連載していた長編『ガソリン生活』が、春ころ、朝日新聞出版さんから発売されます。あとは書下ろしができあがったものから発表してく予定です。

「かつくら」二〇一三年冬号

▼勧めてくれたのは阿部和重さんです。「後藤明生、読んだことないんです」と話したら「読んでほしいな。影響を受けたどころじゃないので」とのことだったので「じゃあ」と。本当に面白く、めちゃくちゃ興奮しました。

この頃はちょうど、『キャプテンサンダーボルト』のプロットを練っていた時期ですね。三カ月に一度ぐらいの頻度で集まり、阿部さんと打ち合わせをしていました。

豊かで広大な島田山脈の入り口▼1

自分の小説の中で引用するために、ミュージシャン、フランク・ザッパのことをネットで調べていたら、あちらこちらに、「ザッパ山脈」という表現があった。たくさんのアルバムがある上に、作品ごとに色合いもずいぶん違い、中には標高の高い山の如《ごと》き手強いものもあるから、初心者からすると、「どこから登ったものやら」と途方に暮れる可能性もあり、だから、そう呼びたくなるのだろう。

島田荘司の作品群もやはり、島田山脈と呼べるかもしれない。ウィキペディアで調べ、数えてみたところ、長編と短編集を合わせ、八十近い作品がある。「どこから登っていけばいいの？」とたじろぐ人がいてもおかしくはない。

というわけで、これからの読者のためにおすすめの十冊を選んで

▼1「ついに書くときがきた！」という渾身のエッセイです（笑）。この『3652』でも何度か書いているように、島田荘司さんの小説は大好きなんですが、『アルカトラズ幻想』を読んで「ますます凄《すご》くなっている！」と感じ、とにかく島田作品をたくさんの人に読んでもらいたい一心で書きました。あとは、何となく、『占星術殺人事件』から入ろうとして挫《くじ》けちゃう人もいるよ

うな気がして、そこも伝えたかったんですよね。

みたい。
まずは短編集の、『御手洗潔《みたらいきよし》のダンス』だ。僕は実は、小説に関しては短編よりも断然、長編のほうが好きなのだけれど、御手洗潔シリーズについては短編も素晴らしい。石岡君と名探偵御手洗潔の掛け合いが、いや、掛け合いというよりは一方的に御手洗潔が演説をするだけなのだけれど、この御手洗潔の社会や歴史に対する分析が堪能《たんのう》できる上に謎《なぞ》と解決がきっちり楽しめる。しかも、島田作品における、「謎」は特別だ。たとえば、この短編集に収録の、「山高帽のイカロス」では、「空飛ぶ人の絵を描いていた画家が、まさに空を飛んでいたとしか思えぬ状況で、電線に引っかかり、死んでいた」と来る。幻想的とも怪奇的ともつかない、独創的な謎ではないか。おまけに、同時刻に走行していた電車が、人間の手首を引いていたりするのだ。訳が分からない。そして、その訳が分からない謎が、後半で解決される。御手洗潔が、「ああ、分かったよ」とクールに、億劫《おっくう》そうに謎解きを披露する。こうして自分で内容を紹介しているだけで、「めちゃくちゃ面白そうじゃないか！」と興奮してくるほどだ。他の収録作「ある騎士の物語」「舞踏病」も充分面白いのだが、僕はここであえて、誰がどう見てもファンサービスのおまけとしか思えない、「近況報告」なる一編について、紹介したい。タイトル通り、石岡君が御手洗潔の近況をファンに紹介するだけなのだが、それですら魅力的なのだ。御手洗潔が、世界地図に十円玉を並べ、石岡君に、「これが何を意味するのか分かるかい」と訊ねる。そこから世界を覆《おお》う現状について語る。遺伝子と戦争について話し、「病気とは、そして戦争とは、麻薬とは、進化とは、いったい何なんだろう」と皮肉まじりに嘆く。さらには、心温まる御手洗潔のエピソードが添えられているのだが、このような些《さ》細《さい》な挿話にさえ、謎と解決が織り込まれている。「大きな事件が起きなくとも、面白い」という島田荘司作品の魅力が味わえる。もちろん、いくら何でも、この小品が島田荘司の真骨頂！とまで言うつもりはないのだけれど、島田山脈の端っこ、標高の低い丘陵であっても、登ってみても損はないよ、とは主張したい。

さて、では、島田荘司の真骨頂とはどのあたりなのか。島田山脈の高い頂、島田連峰とも呼べるものといえば、九十年代のはじめから半ばにかけて発表された、御手洗潔大長編群だろう。ここでは、『暗闇坂《くらやみざか》の人喰いの木』『水晶のピラミッド』『アトポス』を挙げておく。毎年一冊、夏から秋にかけ、このような大作が書店に並び、僕は歓喜した。これらは、御手洗潔と石岡和己の大冒険といってよく、さまざまな巨大な謎に二人が果敢に取り組んでいくのだが、どれもが無類に面白い。そういえば、『アトポス』については、その大きな謎、「顔の爛《ただ》れた怪物」の正体が途中で見当がついた。べつだん、僕の推理する力が優れていたわけではない。島田読者としてそれより前に、別のルポ作品を読んでおり、そこで取り上げられていたある事柄とその事柄の名称（ネタが割れないように、曖昧《あいまい》な言い方で申し訳ない）から、頭に答えが浮かんだだけだ。ただ、そこで、「真相が予想できた」から、読むのがつまらなくなったのか、といえば、まったく違う。面白味は微塵《みじん》も減らなかった。信じてもらえないかもしれないが、むしろ、謎が増えたほどだ。真相が分かったにもかかわらず、読み進めていくうちに、「もしかして、本当に怪物はいるのかもしれない」と思わずにはいられなくなった。

そうなのだ、まさにこの、「怪物はいるのかも」と思わせる力が、島田荘司にはある。

島田荘司が唱える理論によれば、本格ミステリーに必要なのは二つ、「巨大な、詩的な謎」と、「それを現実的に解明する論理（説明）」だ。この二つさえあれば、そして、二つの落差があればあるほど、本格ミステリーとしての輝きは増す。

が、この理論を実践すれば、誰もが島田作品のようなものを作れるかといえば、決してそうではない。その秘密の一つは、演出力だ。島田荘司には、「魅力的な謎」をよりいっそう魅力的に、そして、現実離れした謎を、「あるかもしれない」と感じさせる力が、備わっている。しかもそれは、テクニカルな部分もあるとは思うが、主には、美術的な感覚やさまざまな伝承や科学的知識を網羅的に分析しようとする能力、物語を作ろうとする才能によるもの、天賦《てんぷ》のものであり、だから、誰にも真似《まね》ができない。

ちなみに、この島田山脈最高峰の大作群には、近作『アルカトラズ幻想』も加えたい。物語の規模や迫力には近いものがある。ただ、九十年代の作品と異なるのは、「ミステリー」という枠ではくくれない、「得体の知れなさ」が充満し、異様な迫力に満ちていることと、残念ながら御手洗潔が出てこないことだろう。もはや、ミステリーというよりも、独創的な文学作品に近い。

さて、興奮して熱く語ってしまったものの（今、我に返った）、高い山にいきなり登る気持ちになれない人も多いだろう。そこで紹介したいのが、『北の夕鶴2/3の殺人』だ。発表当時に流行していたトラベルミステリーの装《よそお》いをしているため、そういったものに興味がない人は触手が伸びないかもしれないが、中身はまったく違う。こちらに登場するのは、御手洗潔ではない。吉敷《よしき》刑事だ。僕が島田作品を読みはじめた高校生の頃は、基本的に吉敷シリーズしか新刊が出ていなかったため、馴染《なじ》みがあるのはこちらのほうなのだが、この、『北の夕鶴』における吉敷刑事はとにかく、恰好いい。元妻の罪を晴らすため、必死に真相を探る。満身創痍《そうい》で戦うハードボイルド、タイムリミットサスペンスといった側面を持つ一方、「後ろ向きに歩く謎の鎧武者《よろい》！」「記念写真に写る鎧武者！」といった謎も盛り込まれている。こんなに贅沢《ぜいたく》なミステリーがほかにあるだろうか。おまけに分量もコンパクトなのだ。ここに島田荘司の魅力と天才の七割五分くらいは詰まっていると言ってもいい。

もしくは、『ロシア幽霊軍艦事件』だ。こちらは御手洗潔の長編で、「芦ノ湖《あしのこ》に軍艦が現われた。どこから、どうやって？」という謎を巡る物語が繰り広げられる。真相や舞台設定以前に、御手洗潔と石岡君のやり取りが読めるだけで幸せなのだが、実は、「御手洗もので、大長編ではない長編」というものは非常に貴重で、それだけでも強く推薦したい。

大事な作品を忘れてはならない。吉敷シリーズ『奇想、天を動かす』だ。これは、島田荘司が自らの、「本格ミステリー理論」を証明するために、構想されたらしいのだが、とにかく、魅力的な「謎」が次々と現れる。「列車のトイレからあっという間に消えたピエロ姿の死体」「起き上がる死体」「現われる白い巨人」など、謎の波状攻撃だ。それをすべて現実の世界に着地させようとするのだから、無茶というか、天才の力技というか、とにかく素晴らしい。吉敷シリーズでいえばもう一つ、『涙流れるままに』もいい。吉敷と元妻のドラマの集大成と呼べるのかもしれない。できれば、『北の夕鶴』や『羽衣伝説の記憶』を読んでからのほうが楽しめるかと思うが、僕はこれを会社員の頃、昼休みに職場の脇《わき》のベンチで読み終えた。(どの場面なのかは忘れてしまったが)ラスト近くの吉敷の台詞か何かに心を打たれ、涙が止まらず、仕事場に戻りにくかったのを覚えている。

残りの一冊は何にしよう。個人的には、高速道路を走る虎《とら》の疾走感にやられ、「島田荘司はミステリーじゃなくても、面白い」と痛感した『都市のトパーズ』や、「鉄道を使ったこんなトリックがあるのか!」と驚愕《きょうがく》した『消える「水晶特急」』、学生時代にエピローグ部分を何度読んでも泣いてしまった『灰の迷宮』などに思い入れがあるが、果たして、山脈の入り口として相応《ふさわ》しいかどうかは分からない。ここは、ノンシリーズ物から一冊という意味で、『夏、19歳の肖像』にしておこう。青春小説の、これもまた名作だと思う。

そうそう、『占星術殺人事件』と『斜め屋敷の犯罪』という、島田作品の中で最も有名で、国内ミステリー史の中でも最も価値が高そうな二作品を入れなかったのは、べつだん、「俺は、メジャーな作品は選ばないぜ」といった捻《ひね》くれた優越意識からではない。確かに、この二作はトリックの持つ破壊力は圧倒的で、この二作がなければ、島田荘司は、今の島田荘司となっていなかったのだろうとも思う。ただ、この二つの山を登る体験が素晴らしいものだとは認めるものの、いかんせん景色が良くなる山頂までの道のりが険しく、初めての人間には難易度が高いのではないか、という思いがどうしても付きまとう。もちろん、本格ミステリーに慣れ親しんだ者にとっては、何の苦もなく、楽しい道のりなのだが、そうでない人からすれば、やはり、八分目もいかないうちに引き返したくなる可能性もある、と僕は思う。だから以前から、「島田荘司に関心を持った人が、最初に読むのが、『占星術殺人事件』」という事態はそれほど喜ばしいことではない、と感じていた。島田作品の魅力、その本質は、「トリック」以外のところにあるため（いや、トリックも凄《すさ》まじいのだが）、ほかの作品を読むことで、より、その面白味を堪能できるようにも思う。

島田荘司の10冊

『御手洗潔のダンス』（講談社文庫）
『暗闇坂の人喰いの木』（講談社文庫）
『水晶のピラミッド』（講談社文庫）
『アトポス』（講談社文庫）
『アルカトラズ幻想（上下）』（文春文庫）
『北の夕鶴2/3の殺人』（光文社文庫）
『ロシア幽霊軍艦事件　名探偵 御手洗潔』（新潮文庫）
『奇想、天を動かす』（光文社文庫）
『涙流れるままに（上下）』（光文社文庫）
『夏、19歳の肖像』（文春文庫）

「本の雑誌」[▼2]二〇一三年五月号

▼2このエッセイが掲載された後、島田荘司さんと、仕事とかではなく、食事をする機会があったんですよ。僕が二時間以上、島田作品への愛を語り続ける会になって（笑）。同席した編集者から「あんなに熱く語っている伊坂さんを初めて見ました」と言われちゃいましたが（笑）、初めて島田作品を手にした時の話から、何に感動したかを語り尽くしました。

▼ヒーローに必要なもの

先日、DVD化されたばかりの、『ザ・ウーマン　飼育された女』を観《み》た。ジャック・ケッチャム絡《がら》みの作品で、知っている人にとっては、「何をいまさら」といった感じもあるのかもしれないが、これがすごく僕好みだった。観ていない人のために、簡単にあらすじを説明する（あらすじを知りたくない人は、読まないほうがいいかもしれない。申し訳ない）。

物語の中心にいるのは、ある家族だ。父親がひどい。端的に言えばサディストなのだろう。支配者として振る舞い、自分の欲望のままに家族をコントロールしている。妻も娘も歯向かうことができず、怯《おび》えながら生活をし、長男はといえば父親の子分のような状態で、なぜか父親から影響を受け、やはりひどい。末娘は可愛《かわい》らしく、唯《ゆい》

▼実は最初に書いたのは「おもちゃ屋さんの店長」にまつわる話でした。

子どもの頃、ガンプラが流行《はや》っていて、おもちゃ屋さんの店長がヒーローだったんです。毎週土曜日に新作が入荷されると、その店長が輝いて見えて。でも僕は列の後方にいていつも買えないんです。前の人が買うのを見て「うわー、シャアザクだ」とか（笑）。

でもある時、僕は店長を知っているの

一《いっ》まともに見えるが、無邪気な幼児であり、マスコット的な存在でしかない。

　父親が狩りに出かける。そして野生の女を発見する。野生の女？　と首を傾《かし》げる人もいるかもしれないが、そう、野生の女だ。そんなのいるの？　と言いたい人もいるだろう。いるのだ。ケッチャム読者にはおなじみなのかどうか、ようするに人食い女だ。人食い女がそのへんの川にいること自体が驚きだが、それを見つけた父親が、怯えるどころか目を輝かせ、「捕まえて、家で飼おう」と思いつくことにはもっと驚く。

　彼は自宅ガレージまで女を運び、鎖でつなぎ、家族に飼育を命じる。こちらとしては、家族に内緒で飼うのかと想像したのだが、この父親クラスになると違う。家族を整列させ、「おまえたちが世話しろ」と指示を出す。家族に隠すことなどないのだ。

　人食い女とはいえ、拘束されては歯が立たず、次第に衰弱しはじめ、いたぶられていく。非常にフラストレーションが溜《た》まる展開だ。他者をいたぶり、凌辱しつづける父親に、怒りを覚えずに

に、店長が僕のことを知らない、という事実がとても切なくなって、「いつか店長さんに僕のことを知ってもらいたい」と思ったんです。それで「ヒーローって、そういうものじゃないの」というエッセイを書きました。

　ただ、出来上がって担当編集に見せたところ「もうちょっとエピソードないですか」と言われまして「ないですね（笑）」と。エッセイが難しいのは、ここで嘘をつけないことですよね。ないものはなくて。

はいられず、どうにかならないものかと悶《もだ》えてしまう。「ここでこの状況を打破するヒーローが現われてくれないものか」と願った。

その願いは叶《かな》う。ヒーローは現われる。いや、解き放たれる。人食い女が終盤、鎖を外されるのだ。女だからヒロインと呼ぶべきだろうか。とにかく、自由を得た人食い女のたたずまいの恰好良さと来たら、痛快でならず、「窮地を救う正義の味方が降臨した喜び」に心が震えた。が、よく考えれば（考えなくても）しょせん（？）人食い女である。正義の味方でも何でもない。そこからの行動は決して、褒められたものではなく、（子供には見せられない）おぞましい活躍を見せるのだが、颯爽《さっそう》とした正義の味方を目《ま》の当《あ》たりにしたような気分になる。なぜだろう、と考え、思い至った。鍵《かぎ》は、音楽にある。人食い女が戦う間、恰好いいギターの音がずっと流れているのだ。そのため、こちらは、「いい場面」を観ている気分になるのではないか。

結論、ヒーローにとっては、「ヒーローらしさ」を醸し出してく

それで、うーん、と考えて、その時観たDVDの話を書きました。この映画、僕はすごく好きなんですが、グロテスクなところもありますし、積極的にはオススメできないんですよね（笑）。

れる音楽が大事。

「野性時代」二〇一三年七月号

スピーチはしたくない。

このエッセイの依頼書には、「誠に失礼ながら、人前にお出になるのがあまり得意でないようにお見受けしております」と書かれていた。誠に失礼じゃないか！　と感じるよりも先に、やはりご存知でしたか、と思った。[▼1]

人前に出るのはもちろん、スピーチはとても苦手だ。

ただ、思い返してみれば、子供の頃からそうだったわけではない。小学生の頃は（率先して、というわけではなかったのだが）児童会長なる役職につき、行事があるたび全校生徒の前で喋《しゃべ》った。あれもスピーチの一種だろう。はじめのうちは緊張したものの、次第に気にならなくなり、千人の生徒を前にして壇上で喋るのも、「結構、余裕だな」と感じるほどになった記憶がある（そんな時代があったのか、[▼2]

▼1『重力ピエロ』の時から応援してくれている編集者が雑誌「考える人」編集部にきて、そこで依頼してくれたエッセイです。「誠に失礼ながら」で始まる誠に失礼な文面（笑）に思わず笑ってしまって、「苦手だけど、受けよう」となりました。

▼2この時がスピーカー伊坂幸太郎の全

盛期ですね（笑）。

と我ながら思わずにいられない。昔は、人間もマンモスを追っていたんですよ、とでも言われる気分だ）。ただ、中学生、高校生と年齢が上がるにつれ、「人前では喋りたくない」「緊張して、困る」という、今の私には馴染み深い状態になってきた。

いったいどこのタイミングで、私は、スピーチ苦手人間になってしまったのだろう。何か致命的なスピーチの失敗や、心の傷になるような経験があったかといえば、たぶん、そうではない。

では、どうして緊張するのだろうか。そのことについて、時々、考える。

大勢の前に立ち、注目を浴びるから緊張する。それは分かる。ただ、注目を浴びるとはいえ、聴衆の多くはスピーチの内容をさほど熱心には聞いていないのも事実だ。朝礼で校長先生がいくら有益な話をしてくれても、後で具体的な内容を覚えていることは少ない。披露宴でのスピーチもそうだ。もちろん、暴言を吐いたり、言ってはならぬことを口にすれば、良くも悪くも関心を集めるだろうが、ごく普通の内容であれば、その喋っている人間の立ち振る舞いを見ながら、ぼんやりと聞いているだけで、内容まではあまり気にかけない。

だから、注目されること自体を怖がる必要はないはずだ。

そこで関係してくるのが、人間の基本的な欲求、「他者から評価されたい」という思いではないだろうか。

気の利《き》いたことを言い、面白い奴《やつ》だと認識されたり、もしくは、ためになる話を披露し、優れた仲間だと一目置かれたい。そういった願いが関連しているのだ。遡《さかのぼ》ればこれは、マンモスを追いかけてきた時代に（まさかまたこの譬《たと》えを使うことになるとは）、狩猟の分け前をもらうため、「必要な仲間だ」とアピールしなくてはならない、そういった習慣が受け継がれているのではないか。裏を返せば、集団の中で、「役立たず」「つまらない人間」と認められることが、この上ない恐怖だと植え付けられていることを意味する。だから、つまらないスピーチをすることで、「失敗して、笑われるのではないか」「がっかりされるのではないか」と緊張する。

そこまで考え、私は、なるほど、と少しほっとする。スピーチが苦手で恐ろしいのは、私の性格の問題ではなく、集団で生活する人間の持つ根源的な反応なのだ。

「スピーチを避けたがるのは、集団で生活する人間にとっては、ごく普通のことだ！」そう主張したい。

が、そのような正当化が通用するほど、世の中は甘くない。なるべくスピーチをする役回りには距離を取るように、と心がけているものの、心がけはあくまでも心がけ、安全運転を心がけていても事故は起こるように、避けたくても人前で喋らなくてはならない場面はある。

たとえば、つい最近、台湾に仕事で行った。もともと海外旅行は得意ではないため、気は進まなかったのだけれど、いくつかの理由から思い切って、訪問を決めた。

行ってみれば非常に過ごしやすく、出迎えてくれた方たちもみな、あたたかくて、とても楽しかったのだけれど、試練はあった。

記者や読者の前で、喋らなくてはいけないのだ。

「最初に、中国語で挨拶《あいさつ》しませんか」と提案され、突貫で中国語の挨拶を教えてもらうことになった。が、いざその時になると、「私は緊張しています」という中国語がすでに、▼3緊張によってうまく喋れず伝わらない、という事態に陥った。苦笑いするほかない。それでもどうにかこうにか質疑応答を乗り越えたのだが、翌朝、掲載された新聞記事を訳してもらえば、「台湾に来て、最初に食べたサンドウィッチに、嫌いなキュウリが入っていたが、我慢して食べた」と、そんなことが書かれている。いろいろ気の利いたことを喋ったような気がするが、取り上げられるのはそこなのか、と驚くが、その発言自体、雑談めいたやり取りの中で司会者が話した内容だと思い出し、もっと驚く。私が喋る必要はあったのか。

台北《タイペイ》から新幹線で移動をし、人前でのイベントをいくつか、こなした。先にも書いたように、「気の利いたことを言いたい」「評価されたい」と考えるとろくなことはないため、「取り繕わず、正直に話す」を方針にした。それでも、私が喋った後で、それなりに場が沸くこともあった。なかなかやるじゃないか、と気を良くしたのだが、同行していた、私の海外エージェントはこう言った。「たぶん、

▼3イントネーションが違ったのか、上手く伝わらなかったんです(苦笑)。でも、その後のトークショーでは、漫画「スラムダンク」の話や映画「パシフィック・リム」の話がウケて(とはいっても、向こうの通訳が僕の話をうまく喋ってくれただけなんですが)、日本のカルチャーとか僕たちが楽しんでいるものを共有しているんだなあ、と思いました。会場も歴史ある場所ばかりで、食べ物も美味しく、台湾は本当に楽しか

ったです。

通訳の人が工夫して、面白い話にしてくれているんですよ」

何だって！　馬鹿《ばか》な。否定したいが、否定しきれないのも事実だ。通訳の女性が何を話したのかまでは分からないし、彼女は非常に、頭の回転が良い人だった。

ただそこで私は気付く。逆に考えれば、通訳の彼女がしっかりと訳してくれているのだから、私が緊張して、話がしどろもどろになっていることは、台湾の人たちにばれないのではないか。スピーチとは言葉で表現するものだから、「言葉の壁」がむしろ、この場合は有効に作用するわけだ。悪いことばかりではない、と私はほっとした。

が、帰国後、つい先日だが、台湾の雑誌からの記事が翻訳されて、送られてくるとこう書かれていた。

「伊坂先生は、恥ずかしいのか、ずっと床を見ていた」

なるほど、言葉は通じなくとも、緊張していることは伝わるらしい。スピーチ恐るべし、だ。

「考える人」二〇一三年秋号

私の隠し玉

光文社さんから出す予定の長編、『火星に住むつもりかい?』を書いています。時間はかかっていますが、分量が多いわけではありません。よほどのことがなければ、二〇一四年には出せるはずです。

年のはやいうちに新潮社から、短編集『▼1首折り男のための協奏曲』が出る予定です。今まで発表した、あちらこちらの短編を改稿しつつ、まとめてみたところ、緩やかな、不思議なつながりができました。

幻冬舎さんで書いていた▼2短編もそろそろ、本にまとまるようにも思います。

もう一つ、三年くらい前から▼3別の長編も進行しているんですが、

▼1担当編集とは「『首折り男のソナタ』で〝首ソナ〟にしよう」みたいな話をしていました。あるいは、『首折り男のフィルハーモニー』で「首フィル」とか（笑）。結局、「ソナタ」の意味が合わなかったこともあり、この形で落ち着きましたけど。

▼2『アイネクライネナハトムジーク』のことです。

▼3『キャプテンサンダーボルト』ですね。この時は八割ぐらい書きあがっていました。「この本で閉塞感《へいそくかん》をいろいろな閉塞感を

それは本当に隠し玉で、二〇一四年に陽の目を見るのかどうか。

「このミステリーがすごい！」二〇一四年版

打ち破ってやるぞ」と意気込んでいました。世の中には相変わらず、つらいことや怖いことが多いし、最近は出版業界も元気がないし、暗い気持ちになっちゃうので、「エンターテインメントでこの本を読んでいる間だけでも、それをやっつけたい」とひたすら思って書き続けていた気がします。それが世に出てしまった今、どこか寂しさというか、力が抜けてしまったところがあります。

2014年

木馬が怖い▼1

午年《うま》にちなんだ原稿を書きなさいと依頼されたものの、さて何を書こうかと悩んでしまい、困った時は本に頼って生きてきた私としては、とりあえず、馬に関する本を読んでみた。

『馬の世界史』（本村凌二《りょうじ》著）によれば、馬は「餌《えさ》の選り好みをしない」「縄張り意識が低い」「攻撃的ではない」「好奇心がある」「依存性が強い」といった人間にとって好ましい性格を備えており、人間に飼いならされるために進化してきたとしか思えない部分があるらしい。実際、野生の馬は今や、ほとんどいないようだ。

言われてみれば、歴史の教科書を思い出すだけでも、馬が活躍している場面は多い。荷物を運ぶ馬車や、古代ギリシャの戦車、馬の形の埴輪《はにわ》、ナポレオンの肖像画に描かれる、芦毛《あしげ》の勇ましい馬の姿

▼1 十一年目の干支《えと》エッセイです。あと一年で干支一周ですから「リーチだ！」「ようやく終わりが見えてきた！」という感動が込み上げてくる一方で、淋《さび》しさは全くなかったです（笑）。

など、たくさんある。馬のおかげで、運搬能力が増し、移動距離は伸び、行動範囲が広がったのは間違いない。もし、馬がいなければ人間社会の発達は変わっていたのかもしれない。

「馬耳東風、馬の耳に念仏、とか馬に関係する言葉も多いし」私が言うと、この原稿の担当記者は「トロイの木馬の話もありますね」と言った。

ギリシャ神話におけるトロイア戦争の、あの有名な話だ。ギリシャ軍が大きな木馬を、敵の城の外に放置する。中に兵士たちが隠れているのだが、敵のトロイア兵はそれを知らず、自分たちの城の中に木馬を入れてしまう。

「安心したトロイア兵が宴会をしているうちに、木馬から出てきたギリシャ兵が、仲間を外から引き入れて、勝つんですよね。いや、実はあのトロイの木馬のことを考えると、時々、怖くなるんですよ」私は言った。

「怖い？　何がですか」

「安心して受け入れたものが、自分を滅ぼす恐ろしさを秘めていたらどうしよう、という恐怖です。ほら、法律とか制度とかもそうじゃないですか。いろいろな大義名分で塗り固められた木馬を見せられて、導入してみたら、中から恐ろしい敵が現れて、こちらの生活を苦しめるかもしれない」

「心配性ですねえ。でも去年、成立した特定秘密保護法[▼2]はそういう意味では怖いですね」

「ああ、あれもトロイの木馬かもしれませんよ」私は答えかけたが、それは少し違うか、と気づいた。トロイの木馬と異なり、あの法律は多くの人に警戒される中で、決まった。もちろん、導入された法律が有無を言わせず適用される可能性はあるが、それにしても、どのように使われていくのか注目されるのは間違いなく、仮に初めて逮捕者が出たとなれば、大きなニュースとなり、あちこちで検証がされるはずだ（たぶん）。そういった意味では、油断していたトロイア兵のケースとは違う。

すると記者は「でも、確かトロイア兵の中にも、木馬を城の中に入れるべきではない！　と訴えた人がいましたよね。ラオコーンで

▼2 毎年、このエッセイを書いている頃に何か起こるんですよね。選挙とか。僕は心配性なので、書いたら怖いことが起こらないかな、という願掛けの意味も込めています。

したっけ。ただ、神の怒りを買って、殺されてしまって」と怖いことを言う。

「聞かなければ良かった」

「新年の話なんですから、もう少し明るい話がいいですね。みなが幸せになるような」記者が笑う。

私はうなずいたが、一方で「塞翁《さいおう》が馬」の故事を思い出す。幸せに見えた事柄が不幸に繋《つな》がることもあれば、不幸に感じたことが幸せをもたらすこともある。世の中の幸、不幸は予測できない、というあの教えだ。予測ができないのであれば、細かい出来事で一喜一憂していても仕方がなく、せいぜい祈ることくらいしかできない。幸福とまではいかなくとも、▼3まーまー馬馬穏やかな一年でありますように。

中日新聞（夕刊）二〇一四年一月十五日付

▼3「馬馬」を「まーまー」と読ませるという、駄洒落なんですけど、ちょっと一段階違う駄洒落ですね（笑）。これには、世界中の干支エッセイストが驚愕《きょうがく》しましたね。「何だ、今の技は！」と。自分でこう言ってて、くだらなくて、恥ずかしいですけど（笑）。

「国境なき文学団」アンケート

▼「コンテンポラリー文学のお気に入り3冊をお教えください」

『転生夢現』莫言／吉田富夫訳（中央公論新社）
『選ばれた女』アルベール・コーエン／紋田廣子訳（国書刊行会）
『イラハイ』佐藤哲也（新潮文庫）

今調べてみましたら、『選ばれた女』は、かなり昔の作品なのですね。翻訳が21世紀だったからか、勝手に現代の小説だと思っちゃっていました。お恥ずかしい。ただ、好きなので入れておきます。

▼ほかに加えるとすれば、サルマン・ラシュディ『真夜中の子供たち』、バルガス＝リョサ『緑の家』『パンタレオン大尉と女たち』、大江健三郎『取り替え子』などですかね。どれも本当に面白くて、くらくらきます。

「21世紀における文学の役割についてお答えください」

今は（個人的には）、文学に役割などない、と自覚することが大事になってきました。

「自作が外国語に翻訳される場合どのように訳されたいとお考えですか？　もしくは他国語に訳されるとしたらどのように読まれたいとお考えですか？」

おかしみが消えないように、くだらない部分がちゃんとくだらないものとして伝わればいいな、と思います。

「文藝」二〇一四年春号

人気作家57人大アンケート!

「二〇一三年に読んで印象に残った本」
▼1『はまむぎ』(レーモン・クノー)が何が描かれているのかよく分からないにもかかわらず、面白かったです。『兵士たちの肉体』(パオロ・ジョルダーノ)も好みでした。▼2『星籠の海』(島田荘司)が読めて、幸せです。それから、高校時代に読んだ、『僕の殺人』(太田忠司)を再読したのですがやはり面白かったです。マンガは『補助隊モズクス』が楽しいです。

「二〇一四年の予定」

一月末に短編集『首折り男のための協奏曲』が新潮社から出る予定です。いろんな短編が少しずつ繋がりつつも、結局のところバラ

▼1 文章が難解ではないにもかかわらず、全くわからない作品がある、ということに感動しました。

▼2 発売直後に一気読みでした。とても面白かったんです。ただ、「御手洗潔、日本最後の事件」と謳《うた》われていたのが淋しく、島田荘司さんと会った際に「また書いてください」と言ってしまいました(笑)。

バラで、いわゆる連作短編集とは違う趣の、積み木細工のような作品になったんじゃないか、と気に入っています。あと、他にも新刊[3]が出るはずです。

「かつくら」二〇一四年冬号

▼3『キャプテンサンダーボルト』のことですね。かなり完成に近い状態でした。でも、実はこの時点では、どこの出版社から出すのか決まっていなかったんです。

▼「！」と「？」

「文学」と「娯楽小説」はどう違うのか、時々考える。定義は人それぞれで、どちらが偉いものでももちろんないが、二つが同じものだとも思えない。「娯楽小説」の場合は、「あらすじ」に注目されることが多い気がする。つまり、誰かに、「どんな話？」と質問されたら、「こういう話で、だから面白いよ」と説明できるようなものだ。波乱万丈のストーリー展開や、感情移入できる登場人物、そういったものを用意し、読者を楽しませ、「！」といった気持ちを味わわせるものとも言える。それに比べて、「純文学」のほうは、ストーリーとは別の部分、文章の表現力であったり、語り口であったり、思弁的な部分や作品の構造のようなものが重要であるように思う。「どんな話なの？」と訊《たず》ねられて、それなりに説明はできるの

▼何かの短編を書いたとき、編集者が「『！』の作品も好きですが、『？』の読み味の作品も好きです」という感想を送ってきてくれて、とてもわかりやすかったので、「その説明使っていい？」とお願いして、パクりました（笑）。『PK』はどう読まれるのか不安なところがあったんですよね。単行本を出したあとは、編集者が、『PK』の感想をネットで見ると、みん

だけれど、「うまく言えないけど、面白い」と言いたくなってしまうもので、読者の頭の中に「?」を与えるような小説だ。「！」と「?」に優劣はない。ただ、「！」を楽しむタイプの作品に、「面白いだけだ」と批判をしたり、「?」タイプの作品に、「すっきりしない」と文句を言うのは、筋違いだと僕は思う。

この『ＰＫ』の中の二編は、文芸誌「群像」からの依頼で書いたものだ。文芸誌とは、「純文学」の雑誌で、今、僕が書いた言い方によれば、「?」タイプの小説が載っている（載っていて欲しい）雑誌ということになる。僕はずっと、娯楽小説側の作品を書いてきたので、文芸誌にどういったものを書けばいいのか、とかなり悩んだ。気負うことなく、今まで通りに書けばいい、という考え方もあるのだろうが、せっかく文芸誌で書くチャンスであるのだから、「?」を好む読者にも受け入れられるものにしたい。かと言って、今までの僕の読者がそっぽを向くものは書きたくない。悩みに悩んだ結果、「！」と見せかけつつも「?」となるものができあがり、それが表題作の「ＰＫ」となった。あまり手の内を明かすのは良くないのか

な、『難しい』とか『分からない』ばっかり言ってるんですよ！」と教えてくれて、そういうこと教えてくれなくてもいいと思うんですが（苦笑）、とにかく文庫化の際には、「よく分からない小説なんです。それで、いいんですよ」と（笑）、説明することにしました。

その後、文芸誌では「新潮」で「人間らしく」「二月下旬から三月上旬」という短編を書きましたが、「！」のつもりで書いたところ「?」のリアクショ

もしれないけれど、「恐ろしい話」「悲観的な話」であるのに、何となく、「いい話」に読めるような工夫を凝らした。さらに、「ＰＫ」を執筆中に思いついた姉妹編「超人」を書き、その後でＳＦアンソロジー「ＮＯＶＡ」の依頼で書いた時間ＳＦものの「密使」も組み合わせることで、ほかの何にも似ていない物語ができあがった。それがこの本だ。僕のほかの作品に比べるとこの本は、「難しい」「よく分からない」と言われることが多いのだけれど、もともと、「！」と「？」を掛け合わせたものを目指していたのだから、その結果かもしれない。ただ、自分で言うのも何だけれど、これは僕にしか書けない小説であるし、これに似たものはそうそうないだろう、と思っている。

〈もうひとつのあとがき〉「IN POCKET」二〇一四年十一月号

ンが返ってきたりして、「あれ？」と。いろいろ試行錯誤を重ねていますね。あ、「二月下旬から三月上旬」は二〇一五年七月刊行の初のオリジナル文庫『ジャイロスコープ』に収録します。

私の隠し玉

『このミス』が出ている頃にはすでに、『キャプテンサンダーボルト』が発売されているはずです。阿部和重さんとの合作で、「合作」というと企画物のように思われるかもしれませんが、これはお互いの文章にもそれぞれ手を加え、藤子不二雄のような感じで書き上げた、正真正銘、それぞれにとって渾身《こんしん》の書下ろしとなっています。一人では絶対にできあがらなかったエンターテイメント小説となりました。そしてここ数年、ずっと予告していた長編『火星に住むつもりかい?』もすでにできあがっていますので、二〇一五年の早い時期には光文社から出してもらう予定です。

今年は▼1文庫がやけにたくさん出るような予感があるのですが、一方で新作もがんばって書いていこうと思います。いくつか、過去に

▼1この本を含めた新潮文庫からの「デビュー十五周年、三

書いたものの続編めいたものも書く予定で、何となく、「ネタに困ったんだな」と思われそうで怖いですが、それは違っていて、ネタに関してはずっと前から困っています。

「このミステリーがすごい！」二〇一五年版

カ月連続刊行」のことです(笑)。正直なところ、こんなに立て続けに文庫本を出しても、読者は困るだけで、誰も得しないんじゃないかと思うんですが。ただ、世の中、「損得」だけでは動けない、というか(笑)。

▼2「陽気なギャング」の続編です。

2015年

メエにはメエ▼1

このエッセーの担当記者から電話があり、「おめでとうございます」と言われた。何のことかと首をひねっていると「干支《えと》にまつわるエッセーをはじめてお願いしたのが申《さる》年の時でした。つまり、今回の未《ひつじ》年のエッセーを書くと」と言う。

「なるほど、干支を一周することになりますね」。干支エッセー完結となるわけで、これは、非常に感慨深い。「ただ、羊に関するネタがなくて困っているんです。思いつかないあまり、眠れなくて。眠るために羊を数えると、また干支エッセーのことを思い出してしまうという悪循環で」

「伊坂さん、安心してください。ネタがないのは毎年のことですよ。それに毎年、同じようなことを書いています。社会に対する漠然と

▼1「干支エッセイ」もいよいよ最後の年になりました。十二年、長かったです。めちゃくちゃ感慨深いですね。これだけの期間、ずっと依頼をし続けてくれた中日新聞さん、そして担当記者のMさんには、心から感謝しています。「この干支エッセイ完走者がすごい！」みたいなランキングがあれば、上位に食い込む自信がありますね。

した不安です」

言われてみればそうかもしれない。いつだって私は世の中のことが心配だ。これは子どもの時からの性格であるから仕方がない。小学校のころ、毎日の生活はそれなりに平和で、当時の日本は経済的にも右肩上がりだった。目に映る光景は明るく見えたが、一方で、米ソ冷戦時代の一触即発の緊張感や世界を何十回も終わらせることのできる核兵器の数などがあちらこちらで語られており、だから私は、どんなに穏やかな状態であっても安心してはいられないのだ、と子どもながらに（子どもだからこそ）考えるようになった。大人たちがいつ、獰猛《どうもう》な本性を現すのか、戦争をはじめるのか、とびくびくしていたのだ。

「そのことを『羊の皮をかぶった狼《おおかみ》』と言い表すことができますね」。私は言う。「今の子どもたちは違うんでしょうか」

今も恐ろしい事件や情報はあちらこちらにある。ネットのおかげで、より簡単に、より大量に手に入る。さらに、日本経済は優良マークは押せない状態であるため、これはどちらかといえば、表面上も裏側も油断できない、さしずめ「狼の皮をかぶった狼」のようなもので、そういった時代の子どもたちはむしろ、心配を飛び越え、私よりは（良くも悪くも）達観している可能性もある。

「伊坂さん、話を聞いていて一つ思うのは、ようするに昔も今も、社会の本質は狼ということですね。羊のようにおとなしくもなければ、かわいげもなくて、コントロールできない。気を許せば、噛《か》みついてくる」

「それが怖いんです。しかも、ニュースを見るたびに、心配だ心配だ、と言っているものだから、僕自身、狼少年みたいになってきています」

「羊の皮をかぶった狼少年、ですね」

私はそこで、「読書亡羊」という四字熟語を思い出した。羊の監視役が読書に夢中になり、はっと気づいた時には羊がいなくなっていた、という意味合いで、導き出される教訓は「ほかのことに気を取られていると、大事な仕事でミスするよ」ということらしいが、全体としてはのんびりとした微笑《ほほえ》ましい光景が浮かぶため、好きな

▼2 前回の午年の、「馬馬」を「まーまー」と読ませる駄洒

言葉だった。が、それも考えようによっては怖くなる。「みんなが日々の娯楽、読書とか、今ならほらスマホいじりとかに夢中になっていて、ある時、はっと前を見れば、平和な羊の群れが」

「消えてるんですか？」

「狼にかわっているとかね。この干支エッセーをはじめた中年のころよりも今はギスギスしているように思えるじゃないですか。やられたらやり返せ、目には目を、みたいな雰囲気すらあって、冥々《めいめい》とした暗闇《くらやみ》を感じます。それならば、挨拶《あいさつ》されたら挨拶を返す、くらいの、[2]『メエにはメエ』という世の中がいいです」

うまくオチをつけたつもりだったが、担当記者は何も言わず電話を切った。優しい人であったが、やはり狼が皮をかぶっていたのか。

とにもかくにも、読者の皆さまには良い年でありますように。

中日新聞（夕刊）二〇一五年一月十三日付

落と似たようなことをまたやっています（笑）。ようするにワンパターンなんです（笑）。いざ終わると、淋しい気持ちも出てきたんですが、干支に入れ替え制みたいなのがあるならまだしも、同じ動物に関するエッセイで二周するのはどう考えてもキツい（笑）ので、これで終わりかな、と思っています。いつか、電撃復帰、みたいなことはあるかもしれないですが、とりあえず今年は、来年の干支が何であるのか、まったく意識していません（笑）。

人気作家58人大アンケート!

「二〇一四年に読んで印象に残った本」

▼『チューリングの妄想』（エドゥムンド・パス・ソルダン）〃バルガス＝リョサ〃チルドレンとでもいうべき世代の作家さんなんでしょうか。勝手に親近感を覚え、この作家さんの作品をもっともっと読みたくなりました。ほかのも翻訳してほしいです。

▼本屋さんのバルガス＝リョサの売り場の近くで見つけたのですが、スパイエンタメのような小説で、とても面白かったです。

「二〇一四年で印象に残った出来事」

何より、四年前からやっていた、阿部和重さんとの合作『キャプテンサンダーボルト』が完成し、出版できたことがうれしくて仕方がありません。

「二〇一五年の予定」

二月に書下ろし長編『火星に住むつもりかい？』が光文社から出る予定です。こんな構成の、こんな変な小説はあんまりないんじゃないかと思えるような長編になりました。それ以降は、発表できる原稿がまったくない状態です。がんばります。

「かつくら」二〇一五年冬号

Bonus track

▼定規

　僕の部屋には定規がひとつ、ある。原稿を書く机の上の、小さな樽《たる》の形をした文具入れの中に、挿してある。三十センチメートル用の、プラスチック製で、昆虫の名前なのか会社名なのか判然としないメーカーが販売しているものだ。実を言えば僕はそれを、小学生の頃からずっと使っている。買い換える必要がないからだ。

　他の文具、例えば消しゴムであれば使うたびに減っていくし、ボールペンであればインクがかすれていくけれど、定規にはそれがない。劣化もしないし、磨耗もしない。

　文具入れから定規を取り出して、眺めてみる。そこで、僕にはひとつ疑問が浮かぶ。

　いったい、定規を作っている会社はどうして経営が成り立つん

▼『アヒルと鴨とコインロッカー』を出した時、ネット上でサイン本を受け付けたんですが、サイン本は発売日の後にサインをするので、発送が遅くなってしまうんですよね。それで、わざわざサインをほしいと応募してくれた人が発売日に本を入手できないのが申し訳なくて「おまけをつけましょう」とお願いして、作ってもらいました。
　ネタは以前から「定規って、いつ買

だ？

定規はいったいいつ買い換えるんだよ。

頭を横に強く振る。定規のことにかまけている場合ではない。目の前には、十一月に発売される新刊の見本があった。「アヒル」も「鴨《かも》」もストーリーには関係がないのに、タイトルに用いてしまってよかったのかな、と反省をしているところだった。

気分を変えようと席を立ったのだけれど、そこで、膝《ひざ》が机の脚にぶつかってしまう。

あ。

衝突の振動で、机の端に置いてあった定規が、すっと滑って、机の裏側へ落ちた。音もなく定規は消えた。

すぐさま机と壁の間を覗《のぞ》き込むが、何も見えない。机は壁にぴたりと密着しているものだと思い込んでいた僕は、正直、隙間《すきま》があることも知らなかった。ほんのわずかではあるが、確かに、空間がある。

い換えるんだろう」と疑問に思っていたので、それを（笑）。変な話になったので、気に入っています。

果たして何ミリほどの隙間だろうか、と知りたくなったが、それを計測するのには定規が必要で、当の定規はその隙間に落ちているのだから、どうにもならない。

舌打ちをしながらふと、「もしかすると、こうやってなくすから、新しい定規が売れるのかもしれないぞ」と思いつく。でも、すぐにその考えを打ち消す。こんなものはなくしたうちに入らないではないか。幾らでも拾う方法はある。

幾らでもある方法のなかから、「釣り上げる」やり方を選んだ。まず、たこ糸を探し出し、机の高さ程度の長さに、切った。小さく切ったガムテープで、即席の両面テープをつくり、そのたこ糸の先につける。これを釣り糸代わりにして、机と壁の間に垂らし、定規を引っ張り上げよう、と目論《もくろ》んだわけだ。

首を伸ばし、片目を瞑《つむ》り、隙間に目を近づける。暗い。床までの距離は把握できず、しかも埃《ほこり》臭い。

とりあえず試しに、とガムテープのついたほうを下に、たこ糸を垂らしてみた。

はじめは何の感触もなかった。けれど、いったん糸を回収しようとした時、手ごたえがあった。

ぐっ、とたこ糸が引っ張られる感覚があったのだ。強い力ではないが、明らかに、ある。定規にテープがくっついたのかな、と期待がよぎるが、どうもそうではない。

重みが増した。

隙間にもう一度顔を近づけるが、何も見えない。数ミリの真っ暗い空間があるだけだ。ただ、そのかわりに、その隙間の奥から、ざわざわとした音が下から聞こえてくるのが分かった。

慌《あわ》てて耳を、恐る恐るではあるけれど、近づける。すぐさま、ぞっとした。

底なしの深い井戸から這《は》いのぼってくる音のような、千尋《せんじん》の谷から湧《わ》き上がってくる響きのようなものが、聞こえてきたのだ。

耳を押し付ける。それは風によって空気が漏れるような、微《かす》かなものではあったけれど、声のようだった。囁《ささや》く、声だ。僕の背中に怖気《おぞけ》が走る。

イトダ。

その声をはっきりと耳にした。声が聞こえたこと自体よりも、その声の異様さに、肌が粟立《あわだ》った。その小声には、興奮や高揚、切実さの混じった、得体の知れない迫力があったからだ。

持っている糸が、わずかに沈む。妙な振動が、糸を介して、右手に伝わってくる。

虫なのか、と疑う。虫が糸を這い上がってくるのだろうか、と。けれどそこでまた、声がする。

糸だ。

間違いなくそう言っている。それは囁き声ではあったけれど、声が小さいだけで、種類としては絶叫に近い。

するとさらに底のほうから、叫び声とも雄叫びともつかない、不気味な喚《わめ》きが鳴った。唸《うな》りのような声が、耳に届いたのだ。

競馬場の第四コーナーで、馬券を握りしめた男たちが、欲望の声をいっせいに上げる声、あの、地響きとしか言いようのない声、まさにあれと似ていた。

登れ。登れ。登れ。

耳には確かに、その合唱が聞こえた。虫の羽音のような、囁きではあったけれど、それは確かに合唱だった。僕を圧倒し、襲い掛かってくる雪崩《なだれ》のような、唸りだ。

糸にかかる力がぐんぐん強くなる。支えきれないほどではないが、その不気味さに声も出ない。

机と壁の間には、明らかに蠢《うごめ》く何かがあって、叫び声を上げていた。

糸だ糸だ糸だよ糸早く早く早く痛えな押すなよ何だよやべえ卑怯者《ひきょうもの》上から蹴《け》ってきやがる絶対許さねえぞ早く登れ登れって押すなよ押すなよ押すなよ前のカンダタの野郎みてえになっちまうぞまた糸が切れたらどうすんだよとにかく登れよ登れよ。

僕には、痩《や》せ細った手で糸をつかみ、目を剝《む》いて、死に物狂いで登ってくる者たちの形相が、姿が、見えるようだった。

これは、油虫のような大きさの、油虫のように密集した、けれど油虫なんて生易しいものではない、死に物狂いの大勢の人々だ。

そう確信した瞬間、僕の身体《からだ》中の毛がそそけ立った。腕に鳥肌が立ち、気づくと、糸を持つ手を離していた。音もなく、糸は落ちた。息を止めたまま、一歩退き、机と向かい合う。心臓が強く鳴っている。恐怖で歯の根が合わない。机は何事もないようだった。微動だにしない。音ももはや聞こえなかった。ただ、それ以上、机の隙間に顔を近づけることはできない。

僕は溜《た》め息をつき、机の引出しを開けた。財布を取り出す。靴下を履いて、玄関に向かう。

玄関の鍵《かぎ》をかけながら、納得をする。なるほど、これが定規を買い換える時だ。

『アヒルと鴨のコインロッカー』ネットサイン本通販特別付録

ソウルステーション[1]

いいことがひとつもなかった一日の、そのうえ悪いことが三つほどあった一日の終わりに、私は自宅へ帰るために地下鉄に乗っていた。つり革につかまっていると、隣の男性が鼻歌で何かの曲[2]をふんふんと歌っている。もちろん、不愉快だった。が、その彼は目を閉じ、疲労や不安に耐えるような表情をしていて、日々の生活にぐったりしているのは明らかで、なるほど彼はその萎《しお》れた自分に水を与えるような思いで、その音楽を口ずさんでいるのだな、と私は思った。すると途端に、彼の鼻歌の旋律がとても魅力的に感じられた。不思議なものだ。

次の駅で彼が降りると、私は知らず、小声でそのメロディを口ずさんでいる。鼻歌が、風邪のウィルスさながらに車内に残り、こち

▼1 親しくさせてもらっているクリエイティブディレクターの小西利行さんが、ブルーノート東京と地下鉄メトロの企画のことで誘ってくれて、書いたものです。いろんな人の言葉が地下鉄の車内に貼られる、というもので、僕は短いお話を書いたんですよね。

▼2「ソウルステーション」はハンク・モブレイのジャズアルバムです。僕は大好きで、たぶん大学生の時に最初に買っ

らに感染したかのようだ。有名なジャズのテーマに似ていた。隣に立った背の高い女性が怪訝《けげん》な目を向けてくる。恥ずかしくて目を閉じ、口を噤《つぐ》む。が、すぐにまた先ほどのメロディが頭の中に満ち、歌わずにはいられなくなり、少しだけ歌った。うるさい、と叱《しか》られるのを覚悟していたが他の乗客は何も言ってこなかった。

翌朝、地下鉄で隣にいる若者がハミングで何かを歌っていた。平静を装《よそお》い耳を澄ましたところ、彼の歌う旋律は、昨晩に私が口ずさんだものそっくりで、しかも、人から人へと引き継がれた伝言が少しずつ歪《ゆが》むかのように、その鼻歌にもアレンジが加わっていた。私はそれを、いいことのほうにカウントした。

「音楽の話をしよう／32 for music exhibition／音楽を愛する32人の言葉の展覧会〝音楽トレイン〟」東京メトロ×ブルーノート東京×コットンクラブ／二〇〇九年四月

たジャズのアルバムだと思います。それで、企画が電車に関係するものだったので、「ステーション」とつくのはいいかな、と。今回の収録作の中でもかなりレアな作品じゃないですかね（笑）。

あとがき（この本ができるまで）

エッセイが得意ではありません。とエッセイ集の中で書くのは非常に心苦しいのですが（天ぷら屋さんに入ったら、店主が、「天ぷらを揚げるのは実は苦手なんだよね」と言ってくるようなものですから）、ただ、エッセイを書くことには後ろめたさを感じてしまうのは事実です。もともと、餅《もち》は餅屋、と言いますか、小説を書く人は小説を書くことに専念して、その技術やら工夫の仕方を上達させていくべきで、たとえば、エッセイについては、エッセイの技術や工夫の仕方に時間を費やしている人が書くべきだろうな、という気持ちがあるのですが、それ以上に、僕自身が至って平凡な人間で、平凡な日々しか送っていないため、作り話以外のことで他人を楽しませる自信がないから、というのが大きな理由です。

ですので、エッセイの依頼をもらっても、なるべく引き受けないように、と考えているのですが、親しい編集者からの依頼には応《こた》えたいという思いもありますし、そのエッセイの企画意図によっては、やってみたいと感じることもあり、いや、たいがいは、編集者さんからの依頼が断れなかった、という理由からなのですが、ぽつぽつと引き受けてきました。そんな具合ですからもちろん、エッセイ集をまとめるようなつもりはまったくありませんでした。

それが数年前、ふとした折に、デビュー当時からの担当編集者である新潮社、新井さんが、「十周年のタイミングが来たら、エッセイをまとめませんか」と提案をしてきました。その頃は、「たぶん、十周年まで、この仕事を続けてはいないんじゃなかろうか」と（悲観的に）想像していましたので、「ああ、そうですね」と気軽に答えました。もし、十年目まで仕事をしていたとしても、その頃にはうやむやになっているだろう、とも期待していたところもあります。ところが一年ほど前、唐突に新井さんが、「エッセイ集ですが、どうせなら、デビュー作が発売された日と同じ日付（奥付）で発売することにします」と宣言しました。

なるほどやはりエッセイ集を出すことになるのか、とそのあたりで自覚するようになり、同時に、「十周年だから」という名目があれば、苦手なエッセイをまとめることもいいかもしれないな、と思うようにもなりました。むしろ、十周年というタイミング（口実）を逃してしまえば、エッセイ集を出す気持ちにはなれないだろうとも分かりました。

というわけでできあがったのが、この本です。

改めて今回集めたエッセイを読み返すと、自分がいかに平凡な（刺激のない）日々を送っているのかが分かりますし、（当たり前ではありますが）毎回、同じことを言っているなあ、とつくづく思いもしました。ただ、どの原稿にもそれぞれ、思い出や思い入れがあり、こうしてまとめてもらうのも良かったのかもしれないと感じてもいます。

デビューが決まった直後、「公募ガイド」さんから初めてのエッセイの依頼を受けた際、「ゲラって何ですか？」と電話で質問した時の心細さと、「依頼が来た」という喜びを今もよく思い出します。あれから十年が経《た》って、すごく遠くまで来たような、ほとんど同じ場所にいるような、複雑な気持ちです。

最後に。こうした場で出版社の人の名前を出すのは内輪話の趣が強くなるような気がするので、個人的には避けてきたのですが、「十周年のエッセイ集」という位置づけの本には相応《ふさわ》しいようにも思い、書いてみることにします。

エッセイ集を出しますよ、と意気込んでいた編集者、新井さんは今年に入り、異動となり、あとを継いでくれた大庭さんがこの本を作ってくれました。十年目に出すのだから、三六五日×十年で、さらに、うるう年が二回あるので三六五二日ですね、と彼が言ってくれたことから、この本のタイトルが決まりました。

表紙については、三谷龍二さんが作品を作ってくださいました。「三谷作品を使いつつ、小説作品とは違う雰囲気の装幀《そうてい》にしてください」という我儘《わがまま》な要求に、（新潮社から出版される）僕の本をずっと担当してくれている装幀室の大滝さんが応えてくれました。

みなさん、ありがとうございます。

そして、この本に限らず、今まで僕の本を読んでくれた方に、何よりも感謝しております。本当にありがとうございます。

文庫版あとがき

デビュー十年目の時に、このエッセイ集『３６５２』を単行本として発表しましたが、それから五年経《た》ち、文庫化となりました。この五年のあいだにぽつぽつと書いてきたエッセイや解説も追加で収録しています。

何と言っても、毎年一月に中日新聞で掲載してもらっていた干支《えと》エッセイを（単行本の時は、申年《さる》から寅年《とら》分まででした）、今回はすべて載せることができ、個人的には大きな達成感を覚えています。

やはり、昔の文章を読むのは少々恥ずかしいところがありますし、「今だったらこんな書き方はしない」と思う部分も多々あるのですが、一方で、昔から同じことを繰り返し書いているような気もします。

本業の小説とはまた違うエネルギーを使った本ではありますが、読者に気楽に楽しんでもらえれば嬉《うれ》しいです。

単行本の際に収録していたエッセイ「峩々《がが》温泉で温泉仙人にあう」については、この文庫とほぼ同時期に発売される『仙台ぐらし』（集英社文庫）のほうに収録されるため、こちらからは削ることにしました。

この作品は平成二十二年十二月新潮社より刊行された。
文庫化に際しエッセイ、掌編を追加収録した。

3《さん》・6《ろく》・5《ご》・2《に》

伊坂幸太郎エッセイ集

新潮文庫　い－69－9

平成二十七年六月一日発行

著者　伊《い》坂《さか》幸《こう》太《た》郎《ろう》

発行者　佐藤隆信

発行所　株式会社新潮社

郵便番号　一六二－八七一一
東京都新宿区矢来町七一
電話　編集部(〇三)三二六六－五四四〇
　　　読者係(〇三)三二六六－五一一一
http://www.shinchosha.co.jp

価格はカバーに表示してあります。

乱丁・落丁本は、ご面倒ですが小社読者係宛ご送付ください。送料小社負担にてお取替えいたします。

印刷・錦明印刷株式会社　製本・錦明印刷株式会社

ISBN978-4-10-125029-8　C0195